民國文化與文學研究文叢

七　編

第10冊

民國文學：歧義重生的城市敘事（下）

梁建先 著

國家圖書館出版品預行編目資料

民國文學：歧義重生的城市敘事（下）／梁建先 著 — 初版 —
新北市：花木蘭文化事業有限公司，2017〔民 106〕
目 2+208 面；19×26 公分
（民國文化與文學研究文叢 七編；第 10 冊）
ISBN 978-986-485-238-3（精裝）
1. 中國當代文學 2. 敘事文學 3. 文學評論
820.9　　　10601321

民國文化與文學研究文叢
七 編 第 十 冊　　ISBN：978-986-485-238-3

民國文學：歧義重生的城市敘事（下）

作　　者　梁建先
總 編 輯　杜潔祥
副總編輯　楊嘉樂
編　　輯　許郁翎、王　筑　美術編輯　陳逸婷
出　　版　花木蘭文化事業有限公司
社　　長　高小娟
聯絡地址　235 新北市中和區中安街七二號十三樓
　　　　　電話：02-2923-1455／傳眞：02-2923-1452
網　　址　http://www.huamulan.tw 信箱 hml 810518@gmail.com
印　　刷　普羅文化出版廣告事業
初　　版　2017 年 9 月
全書字數　325171 字
定　　價　七編 31 冊（精裝）新台幣 58,000 元

民國文學：
歧義重生的城市敘事（下）

梁建先 著

目次

上冊

下冊

第三章　市民敘事：棲身於城市的鄉民本色

從一千多年的中國歷史長河來看，在每一個社會形態中，它全部的歷史和文化並不是由少數幾個重大人物和幾個重大的政治事件組成的。同樣，對於一個城市的文化底蘊，也不是由幾個精英知識分子的話語所能構築的，而是存在於大多數沉默不語的城市人們群體行爲和意識活動之中。因此，對於城市人們群體的研究，有利於讓我們更加清晰地瞭解到城市發展的社會形態與文化形態。一直以來，人們對於生活在城市中人的群體總稱爲「市民」，這個概念顧名思義指的就是城市居民。然而，「市民」一詞概念來源於西方，它並非簡單的指涉於城市職業與居民身份，而更著重的是其淵源的歷史演變與其意識形態的內涵，以及包涵的文明、理性、民主、法制等現代性價值。

而自晚清以來，近代工商業的發展逐步打破了自給自足的封建經濟模式，民族資本家的實業也如雨後春筍般蓬勃發展，中國城市化的發展速度得以日益加快，都市和城市居民階層的影響日益增大，逐步進入了人們思考與研究的視野。隨著城市的發展，有人總結了這樣一句名言：「農業革命使城市誕生於世界，工業革命則使城市主宰了世界。」〔註1〕確實，現代工業文明的價值觀相比傳統農業社會的安分守己、封閉、內向，它更注重的是理性、科學、法制以及自我。中國社會已經開始由傳統的農業文明走向工業文明，社會的價值觀也正在悄然發生變化之中。「以城市工商業爲經濟發展的基礎而形

〔註1〕楊東平：《城市季風——北京和上海的文化精神》，新星出版社，2006年版，第44頁。

成的一套現代文明價值體系，其中包括民主、科學精神，也包括人權、平等、自由等思想。」〔註2〕，也開始逐步的通過教育、出版、媒體等多種方式進入到城市居民的生活之中。儘管作爲鄉村的對立物的近代城市出現的時間還不夠長，但是，城市的文明理念借助於近代傳播媒體的力量已在少數精英知識分子的振臂大呼下逐步深入人心。這是一種社會向前發展的必然趨勢，「以現代文明來取代農業文明的歷史大勢，是時代和民族發展所必然。……對於鄉村來說，拋棄舊的生產方式和文化觀念、迎應現代文明是它的唯一前途和必然選擇。在這裡，任何對其溫情脈脈的留戀和回歸都是滯後的。」〔註3〕因此，可以說，隨著城市現代化的進程，人們認爲中國的市民階層也隨之進入了現代文明體系當中。他們不再與土地保持著緊密的聯繫，進入了一個以經濟、物質利益爲主導的社會關係中。他們遠離了「日出而作、日落而息」的生活方式以及長期「面朝黃土背朝天」的勞動方式，他們一邊享受著近代工業文明帶來的各種消費、娛樂方式，也一邊接受著都市價值觀、精神的衝擊。

然而，我們通過分析研究發現，中國的市民階層儘管是在中國傳統文明的傳承與西方物質文明的衝擊這樣一個雙重環境裏逐步發展壯大，但是近代以來的市民階層幾乎絕大部分都是由長期生活在農村的「鄉民」過渡而來的，其本質上還是保持著傳統「鄉民」的思維模式、生活習慣、處世哲學等等。反映在中國現代文學作品中，市民作爲知識分子、作家的書寫都市文本的對象，儘管他們呈現出了不同的性格特徵與文化內涵，但是都有一個強大的文化內核，即現代文學中的市民階層其實是並不具備現代意義上的市民特徵。我們可以說這些都是反映出了作家在表現題材、思維模式上的自由選擇，正如王德威在《想像中國的方法》一書中，他這樣說：「小說之類的敘事問題，……往往是我們想像、敘述『中國』的開端」，「小說不建構中國，小說虛構中國」。〔註4〕也即是說，當作家對一個對象進行敘述時，往往是摻入了自己的想像。然而，通過研究作家所建構的想像，去尋找潛藏在作家背後

〔註2〕李俊國：《中國現代都市小說研究》，中國社會科學出版社，2004年版，第1頁。

〔註3〕賀仲明：《中國心象——20世紀末作家文化心態考察》，中央編譯出版社，2002年版，第160頁。

〔註4〕王德威：《想像中國的方法》，生活·讀書·新知三聯書店，2003年版，第1～2頁。

的巨大的價值判斷、創作立場，去尋找同一主體折射出來的不同鏡像之間的差異，可以觸及到文學發生的必然性與偶然性之間的關聯。由此，梳理現代文學中的市民形象，我們發現，都市裏的市民要麼是思想愚昧的，生活困苦不堪的；要麼是被壓迫被剝削的和具有反抗鬥爭精神的；要麼是在審美關照下的展現出俗世生活畫卷或是人性惡俗的。每一種書寫方式都代表了敘述者的一種道德、價值立場，值得我們去思考的是，爲什麼不同作家會對同一個事物得出的不一樣的鏡像呢？不同鏡像的背後是否蘊含的本質會具有共同性？這些都是作爲文學研究者值得深入探討的重要命題。

第一節　愚昧與反叛的「鄉土」市民

眾所周知，如果將五四定位爲中國現代社會革命的源初，其主要緣由還在於凸顯五四的革命性質，即一場以文化革命爲目的的啓蒙運動。它既不是一場單純的政治革命，也不是一場以變革經濟形態的運動，倡導這場革命的主體還是——知識分子。作爲知識分子的啓蒙運動，必然是通過培養自身階層的精英意識，去激發社會以擺脫傳統思想的束縛，從而逐步滲透到社會政治與經濟的改良與變革。從五四思想革命的影響來看，知識分子對於新文化運動的倡導，對於廣大民眾的思想啓蒙，在今天看來確實起到了巨大的作用。知識分子依據自身作爲文化生產者的特權，通過自由的思想表達和藝術創作，正式對儒家傳統正面發難，舉起了批判社會、批判文化傳統的大旗。「啓蒙運動倡導者們不同於純粹的愛國革命家，他們拒絕將中國的落後——長期存在的『自身造就的愚昧』——歸咎於外來侵略者。……相反地，他們不斷提醒人們中國封建傳統所施加的重負，特別是宗法權威——即對家族或官僚國家盲目忠順的倫理觀。」〔註5〕爲此，愚昧、落後的國民性成了啓蒙精英們急切想要改變的思想現狀，同時婦女解放運動以此激起民眾對自由、平等的追求與自我解放。在他們的小說創作中，不僅僅鄉土社會裏有愚昧、落後的農民，在現代化進程中都市裏的市民也如同一轍，還有一批大膽追求自由、獨立與愛情的新城市女性形象，他們的目的就是要利用他們那套西方價值言說，來審視、評價民族傳統，從而實現復興、強國之願。

〔註5〕【美】舒衡哲：《中國啓蒙運動——知識分子與五四遺產》，新星出版社，2007年版，第1頁。

市民，顧名思義，指的是生活、居住在城市裏的人。根據權威字典的解釋，市民指的是「城市居民」〔註6〕。市民一詞最早來源的西方，指的是「在古代城邦國家和中世紀城市中，那些擁有政治、經濟特權的人們被稱爲『自由市民』或『自由民』」〔註7〕。在歐美等西方國家，擁有市民身份即代表擁有城市共同體的身份特權。如在馬克思・韋伯的《城市》一書中，「城市共同體」必須建立有自己的自治政府，擁有自己的法律、法院，「市民」即擁有這種自律性和自主性的人。〔註8〕黑格爾也在其著作《歷史哲學》中對市民的形成有詳細的論說，他認爲中世紀城市的發達導致了城市中人開始形成具有密切關係的團體，開始合法地締結自身階層的權利。〔註9〕由此可見，西方社會的市民身份，一方面在制度上對市民的政治和法律權利有所保障，另一方面市民有一套集體遵循的平等、自由價值觀念。

而在中國，「城市」這一概念最早指的就是「城」，與西方意義上的「市」是不同的。「城」在《詩經》中的最早記錄指的是「城邑」，如在《大雅》裏記載周文王、武王修築有防禦工事的都城鎬京。到了漢朝，就有眾多的文學家寫下了關於東都、西都的辭賦，有了極具傳統文化色彩的城市文學。唐代長安城的繁榮與唐代傳奇的書寫更是有著密切的聯繫。隨後至宋明清，中國的「城」的發展與繁榮往往是與中國的鄉土農村經濟有著不可分割的聯繫，與西方工業革命下的「市」有著明顯的區別。同時，由於漢語在用詞習慣上比較喜歡用雙音節詞來指稱一個事物，因此逐漸地在我們的習慣用語中將「城」的表達同「城市」的表達意義趨於同化。因而在學界的研究中，更準確的說，眾多研究者所用的「市民」一詞實際上指稱的應該是「城市居民」。

根據這一邏輯起點，有學者提出我國最早的市民階層出現在北宋，「北宋初期在民戶中將坊郭戶和鄉村戶區分開來，以戶籍形式將全國普通居民分爲城市居民和鄉村居民，坊郭戶的單獨列籍定等是中國歷史上市民階層興起的標誌。」〔註10〕從《清明上河圖》中可以看得出來，北宋時期經濟繁榮發展，

〔註6〕《現代漢語詞典》，商務印書館，2012年版，第1186頁。

〔註7〕孫頻捷：《市民化還是屬地化：失地農民身份認同的建構》，上海社會科學院出版社，2013年版，第183頁。

〔註8〕陳映芳：《徵地農民的市民化——上海市的調查》，華東師範大學學報，2003年。

〔註9〕黑格爾：《歷史哲學》，上海人民出版社，2005年版，第362頁。

〔註10〕謝桃坊：《中國市民文學史》，四川人民出版社，1997年版，第8頁。

已經出現了資本主義的萌芽，但由於北宋至後幾百年間都處於一個超穩定的封建制度裏，這個時期的市民還屬於早期的市民狀態，其市民價值觀和行爲方式都跟鄉民並沒有多大的區別。根據《辭海》一書對於「市民文學」的解釋可以看出，眞正意義上的市民應該源起於近代工商業發展：「……歐洲的市民文學 11 世紀在意大利出現；中國從唐代傳奇開始，而以宋人話本最爲突出。晚期的市民文學已是近代資產階級文學的先河。」〔註 11〕市民的出現，應該不僅是居住地的變化，同時也關係著社會結構的整合。有學者就提出了市民化的過程：「職業的農民，以及作爲一種身份的農民轉爲爲市民，在獲得市民資格的同時發展出相應的能力、素質、認同。這個過程既包含農民居住地點、居住方式、初級關係與次級關係重要性強弱的變遷，還標示著社會資源在各階層的重新配置、社會認同的變化，以及整個社會結構的變動與整合。」〔註 12〕因此，晚清到民國的社會形態以及當時的內憂外患實際，西學意義上的市民還並沒有形成於晚清以來資本主義興起的城市之中。根據中國鄉土社會實際，按「市民」經濟與文化地位的劃分標準，大致可以分爲三大類：屬於市民上層的是高級官員、大企業家以及精英知識分子，一般的中產階級、教師、政府與企業管理人員構成市民中層，而廣大的城市平民以及中小商人、產業工人等底層百姓則屬於市民的底層。由於在前一章已經將「市民」中的中上層——知識分子與企業家作爲「城紳」研究對象已深入分析過，那麼本章所研究的對象爲「市民」中的中下層，即廣大的底層市民。

追溯五四以前書寫廣大底層市民的小說，幾乎都是表現城市裏底層人民的生活娛樂方式以及有關才子佳人故事的通俗小說。從宋代《金瓶梅》到明代「三言二拍」再到清末民初鴛鴦蝴蝶派小說，通過描寫醉生夢死的城鎭繁華生活，幾乎都是沉浸在一片享樂主義的氛圍中，也將廣大底層市民的社會生活以及種種精神面貌全方位、細緻地呈現了出來。然而，隨著近代嚴峻的政治形勢以及西方政治、經濟的大肆入侵導致國將不國、家不像家時，知識分子在經世致用的社會思潮的影響下尋求各種救國之路，當洋務運動、維新變法、辛亥革命等政治運動失敗之後，他們意識到救亡圖存的唯一出路只有喚醒民眾、啓迪民智。因此，這類以娛樂爲主要目的的小說不管是從觀念還

〔註 11〕《辭海》，上海辭書出版社，2009 年版，第 2075 頁。

〔註 12〕鄭杭生：《農民市民化：當代中國社會學的重要研究主題》，《甘肅社會科學》，2005 年第 4 期。

是內容題材都被判定爲消磨人們意志、污染社會風氣的低級趣味的小說。此時的小說創作開始承載沉重的政治意識，梁啓超在其《論小說與群治之關係》一文中就明確提出以小說來「新民」的目標，將小說看成是改良社會的工具，不僅可以改造民心，還能凝聚民意，參與輿論宣傳和政治教化。承載開啓民智、反思與批判成爲了小說創作的首要任務。李澤厚在研究近代思想時也得出這樣的結論：「每個時代都有它自己中心的一環，都有這種爲時代所規定的特色所在。……在近代中國，這一環就是關於社會政治問題的討論了。燃眉之急的中國近代緊張的民族矛盾和階級鬥爭……把注意和力量大都集中投放在當前急迫的社會政治問題的研究討論和實踐活動中去了。」〔註 13〕由於五四知識分子對於西方現代文明先進範例的好奇求知與強烈認同，因此他們首先向社會權威的傳統發起了正面攻擊，封閉、落後的傳統文化以及愚昧、麻木的國民成爲了啓蒙者們喚醒民眾的立足點。

五四時期，啓蒙精英們利用大大小小各類報紙媒體大肆介紹西洋文化，猛烈攻擊封建思想。陳獨秀在《青年》第一卷就發表了反響巨大的評論：「舉一切倫理、道德、政治、法律、社會之所嚮往，國家之所祈求，擁護個人自由權利與幸福而已。思想言論之自由，謀個性之發展也，法律之前，個人平等也。個人之自由權利，載諸憲章，國法不得而剝奪之，所謂人權是也……此純粹個人主義之大精神也。」〔註 14〕陳獨秀倡導新文化運動之目的就在於此，將西方的個人主義思想取代幾千年來的集體主義思想。同時，他又進一步指出東西文化的根本差異在於：「法律上之平等人權，倫理上之獨立人格，學術上之破除迷信，思想自由，此二者爲歐美文明進化之根本原因。」〔註 15〕通過對西方個人主義思想的傳播，反觀中國自身還處於封建思想下的人們，啓蒙者們將思想改革的陣地擴展到了文學創作之中。胡適的《芻議》到陳獨秀的《文學革命論》，都在提倡文學形式的變革與創新，要將改造國民性與革新政治緊密聯繫在一起。

> 今日吾國文學，悉承前代之敝……其形體則陳陳相因，有肉無骨，有形無神，乃裝飾品而非實用品；其內容則目光不越帝王權貴神仙鬼怪及其個人之窮通利達。所謂宇宙所謂人生所謂社會，舉非

〔註 13〕李澤厚：《中國近代思想史論（後記）》，人民出版社，1979 年版，第 475 頁。
〔註 14〕陳獨秀：《東西民族根本思想之差異》，《青年》第 1 卷第 4 號。
〔註 15〕陳獨秀：《袁世凱復活》，《新青年》第 2 卷第 4 號。

其構思所及，……此種文學蓋與吾阿諛誇張、虛僞迂闊之國民性，互爲因果。今欲革新政治，勢不得不革新盤踞於運用此政治界精神界之文學。〔註16〕

陳獨秀的這一段對文學創作與革新政治的深刻反思，強烈反應出了他對於以孔孟之道爲核心內容的傳統思想文化的批判，對於被傳統道德束縛的國民的反思。緊接著，胡適、李大釗、郭沫若、茅盾、魯迅、周作人等一大批精英知識分子將著眼現實、關注人生作爲了文學創作的自覺選擇。1921 年文學研究會的同仁們高呼「將文藝當作高興時的遊戲和失意時的消遣的時候，現在已經過去了。我們相信文學是一種工作，而且又是與人生很切要的一種工作；治文學的人也當以這事爲他終身的事業，正同勞農一樣。」〔註 17〕於是文學創作走出了傳統知識分子的小圈子，不僅創作對象轉向普通民眾，同時也將普通百姓列入了預設讀者範圍。「文學研究會、特別是茅盾的文學思想，已由一般的『平民』，深入到社會的低層，深入到被侮辱、被損害的人民群眾，這樣，也就在人本主義、倫理主義的基礎上悄悄地實現著向民本主義、歷史主義的過渡。」〔註 18〕不僅文學研究會的作家們將文學創作轉向了人民群眾的生活，以郭沫若爲代表的創造社也極力地張揚、擴展了「人的文學」。

在文學革命理論的大力宣揚和倡導下，以「新民」爲首要任務的文學創作將「人」徹底地藝術化了。由於這些知識分子大多是留洋歸來或者身居大城市，見證了現代文明的優越性，於是他們從根本上否定了幾千年來的傳統文化與鄉土中國的老百姓。

這是一個令人困惑的現象：就在這個在西方人眼中顯得不再荒唐時，她卻開始在自己許多兒女眼中顯得怪誕……我們曾希望盡己所能說服他們，他們的哲學荒謬，藝術幼稚，宗教邪惡，詩歌平庸，道德粗俗，習俗混亂；然而現在，當我們一大半人都意識到自己判斷錯誤時，他們卻令人大惑不解地堅持認爲，我們幾乎完全正確。〔註19〕

〔註16〕陳獨秀：《文學革命論》，《中國現代文學史參考資料》（第一卷），中國人民大學出版社，1959 年版，第 44～45 頁。

〔註17〕《文學研究會宣言》，載 1921 年 1 月 10 日《小說月報》第 12 卷第 1 號，見《文學運動史料選》第一冊，上海教育出版社，1979 年版，第 175 頁。

〔註18〕解洪祥：《中國現代文學精神》，山東教育出版社，2003 年版，第 121 頁。

〔註19〕【英】莊士敦：《神山聯合會》，見單正平：《知識分子與現代中國》，廣西師

這是出自一個來自帝國主義帶著嚴重西方優越思想的觀察家的一段話，關於民國初期的中國社會思想的評價，不難看出，作爲西方人尚能對於中國傳統精英文化予以贊美之情，但是新文化運動的積極分子們見到的卻滿眼都是混亂、粗俗、幼稚，原因何在？直接的原因就是因爲中國落後，而落後的直接原因就是束縛了幾千年的傳統文化，因此導致了中國人的愚昧不堪。爲此，縱觀五四時期的小說創作，對於庸眾農民藝術形象的麻木、腐朽、落後書寫俯首皆是。在魯迅著名的「鐵屋子」比喻中，滿屋子昏昏欲睡的人們就是對當時愚昧、麻木民眾的最形象的描述。爲此，才導致了他走上拯救國人身體不如拯救國人精神的棄醫從文道路。「凡是愚弱的國民，即使體格如何健全，如何茁壯，也只能做毫無意義的示眾的材料和看客，病死多少是不必以爲不幸的。所以我們的第一要著，是在改變他的精神」〔註 20〕。在魯迅創作的影響下，開啓了愚昧民眾形象塑造的先河。

啓蒙知識分子之所以選擇底層人物作爲他們批判國民性的靶子，是因爲當「中國人」這一形象被置身於啓蒙知識分子的表意系統中時，無論在身份認同領域還是情感認同領域，都被深深烙上了落後國民性的標簽。用文學批評家張宇紅的話來總結就是：晚清時期用西方文化來「我化」，意即我適應西方文化；五四時期則是用西方文化來「化我」，即改變我。〔註 21〕五四知識分子在將西方文化內化成一種啓蒙邏輯與文化資本時，批判與指責就變得水到渠成了。有學者總結當時《新青年》雜誌上對於國民性問題的描述：「卑劣無恥、退葸苟安、詭易圓滑之國民性」，「野蠻不識字無經濟能力之豚尾民族」，「苟偷庸懦之國民」，「愛和平尚安息雍容文雅之劣等民族」，「淺化」，「腐敗墮落到人類普遍資格之水平線之下」，等等。〔註 22〕郭沫若就曾在他的詩歌《上海印象》中這樣描述上海城市裏的人們：「遊閒的屍，／淫囂的肉，／長的男袍，／短的女袖，／滿目都是骷髏，／滿街都是靈柩，／亂闖，／亂走。」〔註 23〕在聞一多《天安門》一詩也表達了相似的看法：「你沒有瞧見那黑漆漆

範大學出版社，2010 年版，第 207 頁。

〔註 20〕魯迅：《〈吶喊〉自序》，《魯迅全集》（第一卷），人民文學出版社，2005 年版，第 439 頁。

〔註 21〕張宇紅：《現代主義思潮的滲透與興變》，載樂黛雲、王寧編：《西方文藝思潮與二十世紀中國文學》，中國社會科學出版社，1990 年版，第 155 頁。

〔註 22〕龐樸：《繼承五四超越五四》，載林毓生編：《五四：多元的反思》，三聯書店，1989 年版，第 136 頁。

〔註 23〕郭沫若：《上海印象》，《郭沫若全集》（文學編第一卷），人民文學出版社，1982

的，／沒腦袋的，蹩腳的，多可怕，／還搖晃著白旗兒說著話……」、「勸人黑夜裏別走天安門。／得！就算咱拉車的活倒楣，／趕明日北京滿城都是鬼！」〔註 24〕郭沫若、聞一多顯然將城市裏的人都異化了，這是啓蒙者的文化選擇。啓蒙知識分子將如此誇張的語言描述了鄉土中國幾千年來沉澱的國民性，這不得不說是在以西方作爲參照物下的一種啓蒙運作策略。在文學服務於啓蒙、賦予改造社會人生的使命思想指引下，魯迅就在《吶喊》、《徬徨》中對封建思想與制度進行了徹底的批判與揭露，深深地體現出了他改造國民性、療救病態社會的理性思考。在魯迅創作的影響下，喚起了一大批作家用批判的眼光去探求社會人生。

當五四文學進入以啓蒙爲主體的文學領域時，從題材上來說，大多都是以表現鄉土農民的社會生活爲主，也有學者提出來說「大致分爲農民題材與知識分子題材……啓蒙的先驅知識分子與舊中國麻木庸眾的衝突構成了文學主脈」〔註 25〕。這種說法是可以成立的，因爲傳統的中國社會是以自然經濟爲主，而儒家思想本質上也是一種以農民意識爲主導的社會思想。因此，近代以來的中國現代文學作家作品幾乎都是圍繞中國農村生活的，正如魯迅極力批判的中國農村的落後以及農民的愚昧，如祥林嫂、阿 Q 等都是農村形象的典型代表。在魯迅創作的影響下，出現了以葉聖陶、沈從文、王魯彥、許傑、廢名等作家爲代表的鄉土文學流派，他們批判傳統鄉土社會裏的野蠻、蒙昧、迷信，他們將傳統鄉村社會的崩潰以及近代化西方文明的雙重影響構成了他們啓蒙思想的立足點，爲中國現代文學史上留下了許多著名的篇章。然而，在近代資本主義經濟迅猛發展並開始控制社會生活時，近代城市的基本設施以及市政管理得以形成，商品經濟原則開始成爲城市生活的基本原則，尤其在北京、上海等較大型的中國城市裏，強大的文化生產與消費方式已經涉及到人們生活的各個領域，市民的社會生活也開始變得豐富起來。此時，多數精英知識分子基本上都已經置身於城市中，或者已經在城市完成了自己的學業，進而成爲了城市人，身肩憂患意識的他們應該逐步將社會的主導思想轉移到了都市精神上來，因此五四時期的文學作品也相應地出現了書寫城市的文學作品，市民生活得到了普遍關注，也開始成爲了作家筆下凸顯

年版，第 162 頁。

〔註 24〕聞一多：《天安門》，姜濤編：《聞一多作品新編》，人民文學出版社，2009 年版，第 81～82 頁。

〔註 25〕張鴻聲：《文學中的上海想像》，人民出版社，2011 年版，第 57 頁。

自己思想的人物原型。當城市作爲農村的對立面出現時，在文學作品中也本應該是有著都市所特有的文明與行爲習慣，本應該展現城市裏市民社會所特有的文化與生活，但是在知識分子所置換的啓蒙話語系統中，城市與農村基本沒什麼兩樣，不管是在外部形態上還是內在文化上都表現出了與農村的同質，生活在城市裏的市民本質上更是與農民無異。如在五四影響最大的作家魯迅先生的作品裏，大多數寫的故鄉農村以及典型的農民形象，而就在其僅有的幾篇城市題材的作品裏，城市的形態與保守、閉塞的鄉村沒什麼兩樣，這已經在第一章已有詳細分析，同樣，書寫北京的市民也並不具備現代市民的國民性，依然不過是鄉土中國的子民那樣的麻木、自私、保守。因此，縱觀知識分子在啓蒙思想主導下書寫的市民的作品，可以分爲兩類，一類是擔負啓蒙使命的市民形象，也就是那些愚昧、麻木以及受苦受難的市民；另一類是扮演啓蒙角色的市民，也就是那些追求自由與愛情的覺醒市民。

現代小說中的愚昧麻木的市民形象自魯迅開始談起。不可否認，在魯迅的小說裏，不管是對於舊文化的批判，還是對於新文化的呼喚，自始至終都貫穿著一條精神主線，那就是「立人」。魯迅曾這樣描述自己寫作的意義：「此其效力，有教示意；既爲教示，斯益人生；而其教復非常教，自覺勇猛發揚精進，彼實示之。凡苓落頽唐之邦，無不以不耳此教示始。」〔註 26〕魯迅著書的目的就是認爲，作爲知識分子的「覺醒的人」、「猛士」，應該負有啓蒙大眾的職責，其終極目標就是要將處在水深火熱的舊社會中的中國人民解救出來，以建立一種全新的社會秩序和全新的中國人民。作爲精英知識分子的魯迅，儘管他是作爲五四運動中最清醒的鬥士，儘管他尖銳而無情的批判與揭露，儘管他在絕望之中極力呼喊「救救孩子」，但自始至終堅守著這一民族拯救的希望。在魯迅早期的鄉土小說《狂人日記》、《故鄉》、《孔乙己》裏，「狂人」在歪歪斜斜的每頁書上看到的都是「仁義道德」，從書本的字裏行間裏看到的只有兩個「吃人」的大字，閏土由一個「項帶銀圈、手捏鋼叉」的英雄少年最後變成了「臉上許多皺紋、恭敬、像石像的木偶人」，孔乙己是一個可以被任何人無情奚落的落魄文人，這些人物形象都是生活在最底層的舊社會裏，被傳統宗法制社會所毒害而精神已經徹底淪喪的愚昧、麻木的劣根性國

〔註 26〕魯迅：《摩羅詩力説》，轉引自【美】史書美：《現代的誘惑：書寫半殖民地中國的現代主義（1917～1937）》，何恬譯，江蘇人民出版社，2007 年版，第 90 頁。

民，將苦難底層民眾的這一集體形象搬上歷史舞臺，是作家要通過批判、揭露這一誇張的藝術手法從而引起人們療救的意識，從而實現思想啓蒙——「立人」這一目的。

雖然魯迅記憶中最深刻的還是他的故鄉紹興農村，書寫得最多的也是農民藝術形象，但是作爲自小就遊走在紹興城長大後定居在北京城的知識分子，城市日益完善的人文、地理環境也深深地影響了他，因此在他的小說中也不乏對於城鎭與城市的市民形象的刻畫。在魯迅的啓蒙意識下，市民形象也是統一於中國國民這一大集體形象之下，國民的劣根性也存在於生活在城鎭、城市裏的人們身上。魯迅《藥》這篇小說故事發生的背景就是在紹興城，隱射的就是革命黨人秋瑾在紹興城的軒亭口被清政府殺害的事件。故事的主人公華老栓是小市民，夫妻辛勤操持著一家小茶館。他的兒子華小栓患有嚴重的癆病，他不去求醫，卻聽信別人說的偏方沾人鮮血的饅頭可以治癆病，於是想盡一切辦法找人血好醫治兒子的癆病。當有人通知他盡早趕去拿「治病良藥」時，華老栓「彷彿一旦變了少年，得了神通，有給人生命的本領似的，跨步格外高遠」〔註 27〕。華老栓愛子心切，只要能治好兒子的病，哪去管是誰被殺？爲什麼被殺？他作爲一個只知道低頭苦幹卻還只能維持生計的處於最底層的市民，只能任人宰割、受騙上當，他不用也根本沒有想過這些問題——什麼是「革命」、什麼是「造反」。他封建迷信、愚昧麻木且毫無反抗意識，最大的希望就是家庭平安便心滿意足。華老栓沒有覺悟、經濟困難的勞動群眾，是舊中國千千萬萬人民的代表。魯迅通過對華老栓性格的刻畫把辛亥革命前夕在封建勢力重壓下人民群眾的精神狀態淋漓盡致地表現了出來。

在魯迅書寫市民的作品裏，不僅有如華老栓這樣愚昧麻木的單獨個體書寫，最令人絕望的是那些沒有臉譜的愚昧群體形象——看客的書寫。魯迅對看客群體形象的刻畫與剖析，在文學史上已成爲了一個經典的民族形象。張福貴曾給予這樣的評價：「魯迅無情的剖析著國人靈魂的種種頑疾，而國民靈魂的醜陋在根本上是人之爲人，作爲個體生命存在的生命意識的泯滅和生命意志力量的疲弱。人已經完全喪失了他所該有的生機和活力，剩下的僅僅是空洞的軀殼，而支撐這軀殼的便是卑怯。」〔註 28〕魯迅對於市民看客形象的

〔註 27〕魯迅：《藥》，《魯迅小說全集》，北京燕山出版社，2009 年版，第 25 頁。
〔註 28〕張福貴：《「活著」的魯迅：魯迅文化選擇的當代意義》，社會科學文獻出版社，

深刻洞知，揭露的是在長期封建思想的桎梏下人性的扭曲以及極端的麻木。如《藥》中，「那三三兩兩的人，也忽然合作一堆，潮一般向前趕；將到丁字街口，便突然立住，簇成一個半圓」，「頸項都伸得很長，彷彿許多鴨，被無形的手捏住了的，向上提著」〔註29〕。《祝福》裏，魯鎮街上的看客們一次又一次地無情消費著祥林嫂的悲劇，當成了他們茶餘飯後的談資：「男人們聽到這裡，往往斂起笑容，沒趣的走了開去；女人們卻不獨寬恕了她似的，臉上立刻改換了鄙薄的神氣，還要陪出許多眼淚來。有些老女人沒有在街頭聽到她的話，便特意尋來，要聽她這一段悲慘的故事。」〔註30〕《示眾》裏，小說沒有故事情節，展示的是北京城裏一群看客市民對被示眾者的冷漠，作者在設置「看」與「被看」的場景中，既沒有點明他們看的是什麼，爲什麼看，這些問題連看客他們自己都不明白。而對看客的描述讓人歎爲觀止：「霎時間，也就圍滿了大半圈的看客。待到增加了禿頭的老頭子之後，空缺已經不多，而立刻又被一個赤膊的紅鼻子胖大漢補滿了。這胖子過於橫闊，佔了兩人的地位，所以續到的便只能屈在第二層，從前面的兩個脖子之間伸進腦袋去。」〔註31〕不論是對殺害革命者夏瑜時天還未亮就人頭擁擠，還是描寫阿Q在被押赴刑場的途中造成萬人空巷的場面，革命者轟轟烈烈的犧牲在這群麻木的看客中被完全消解了，魯迅正就是以其清醒的現實主義筆調，深刻地道出了這群看客們的內心空虛、精神冷漠麻木與愚昧自私。

魯迅開創了國民劣根性的批判模式，以現實主義的筆調將中國的歷史敘事濃縮成了「想做奴隸而不得的時代」和「暫時做穩了奴隸的時代」〔註32〕。魯迅以啓蒙者的身份，將歷史的荒謬與歷史中人的荒謬看成是互爲因果的關係，在他看來，要打破這一長期形成的歷史堅固鏈條，只有清醒意識到人在歷史中的不合理存在，也就是只有改變人在歷史中形成的劣根國民性，才有可能逃離出荒謬的歷史模式，才能創造出新的社會模式。魯迅這一批判思維

2010年版，第79頁。

〔註29〕魯迅：《藥》，《魯迅全集》（第一卷），人民文學出版社，2005年版，第464頁。

〔註30〕魯迅：《祝福》，《魯迅全集》（第二卷），人民文學出版社，2005年版，第17頁。

〔註31〕魯迅：《示眾》，《魯迅全集》（第二卷），人民文學出版社，2005年版，第71頁。

〔註32〕魯迅：《燈下漫筆》，《魯迅全集》（第一卷），人民文學出版社，2005年版，第225頁。

模式正契合了五四的革新思想，於是在相互的影響下大大激起了精英知識分子們的回應。在五四文學革命運動中活躍的作家王統照看來，城市裏底層市民不僅是麻木愚昧的，還是苦難悲慘的。在《生與死的一行列》中，作者以沉重的筆調展現了一幅城市底層市民的窮苦悲慘畫面。故事從一個貧苦的底層市民老魏的死開始，回憶了老魏悲苦的一生並講述給老魏料理後事以及出殯的一系列場面，自始至終透露出無限的悲苦與淒涼：

> 五六個人扛了一具白木棺材用打結的麻繩捆縛住……這窮苦的生與死的一行列，在許多人看來，還不如一輛人力車上的個妓女所帶的花綾結更光耀些……他們在街上穿行著，在他們沒有統系的思想中，自然也會有深深的感觸，他們也以爲是人類共有的命運的感觸，但他們愚蠢，簡單，卻沒曾知道已被命運逐出於宇宙之外。〔註 33〕

如同攝影機的視角，將場面描寫拍攝得如此淋漓盡致，如此冷靜深刻的精神分析，透露出的是深沉又濃厚的葬禮進行曲般的悲愴氣氛。生活在底層的市民剛二、李順以及老祖父，他們如牛馬般沒有思想，也如牛馬般苦難，儘管他們同情、可憐裝在了棺材匣子裏的老魏，但是他們卻沒有向給予他們恥辱人生的命運進行反抗。同樣的生活在這個城市裏的人們、看客，對於這行走在雪後灰泥大街上的一行列，「死者是誰？跛足的小孩子是棺材中的死屍的甚麼人？好好的人爲甚麼死的？」〔註 34〕對於這樣的問題，城裏的人們已經不屑於關注，他們倒是對於街口殺豬、市口槍斃犯人的血腥場面更能獲得快樂的愉慰。就在描繪城裏的人們無聊時將目光鎖定到這一行列的人們以及這一行列的人們安於被命運所支配這樣對比的場景中，蘊含著作家的深沉思考：這個就像棺材一樣的社會，已經徹底將底層民眾深深地禁錮住了。同樣，在《湖畔兒語》裏，王統照通過一個兒童的視角側面描述了城市裏底層市民的生活困境。故事主要寫一個十來歲的孩子小順在湖畔邊向「我」描述他家的貧困境況和他自己可憐的生活遭遇，表現了那個時期底層市民的淒慘生活。小順的生母——矮小、瘦弱的女人生了七個孩子只剩下小順還活著，最後自己也因負病死去。小順後來雖然有了後媽，但卻並沒有改變他的生活，反而

〔註 33〕王統照：《生與死的一行列》，李葆琰編：《文學研究會小說選》，人民文學出版社，1991 年版，第 140 頁。

〔註 34〕王統照：《生與死的一行列》，李葆琰編：《文學研究會小說選》，人民文學出版社，1991 年版，第 141 頁。

因貧困而墜入了更爲屈辱的深淵。全家爲生計所迫，父親由一名安分的鐵匠變成了鴉片煙館小夥計，後媽爲了生活不得不做出賣肉體的事，每天從下午到半夜在家接客，小順便在這時被「轟」出家門，獨自徘徊於湖畔。「你們試想一個忍著饑苦的小孩子，在黃昏以後，獨自跑到葦塘邊來，消磨一個半夜。又試想到他的母親，在家中因爲支持全家的生活，而受的最大且長久的侮辱，是個非人的生活。現代社會組織下的貧民的無可如何的死路，到底是怎樣呵！」〔註 35〕面對小順如此的不幸遭遇，作者向這個黑暗的社會發出了有力的控訴。

在徐雉的小說《賣淫婦》，同樣也是揭露社會黑暗、逼良爲娼的苦難、悲慘故事。小說以第一人稱的手法講述了自已經歷的一個故事，生活在 S 市裏外表看似尊貴卻有著血淚生命史的女人，經歷了喪夫、獨自養子、失業、再嫁無門最後只能墮落爲娼。當她爲了孩子必須得生活下去而不得不去想辦法拉客時，然而「有些男子陪她看了戲後，並沒有隨她到她的家裏；如果這男子購票的錢是她出的，那她是徒然地遭了損失。有的雖隨她到家，然而一但發現她是個娼妓時，就望望然而去，但這還是有惻隱之心的，那殘暴一點的還要唾她的面，揮拳蹴腳地毆打她，而且責罵她，說她是個騙子。」〔註 36〕做一個娼妓都不得的苦難人生，以及沉沉地打在了這個可憐女人身上的生活之鞭，都是作者在強烈地控訴著這個無情的、黑暗的社會。茅盾曾評價她爲「五四的產兒」——廬隱的小說裏，也有不少涉及到底層城市市民的作品，如在《靈魂可以賣嗎》中關注到了工廠女性的精神磨難，以及女工心靈的痛苦，觸及到的是工廠女工悲慘的生活條件和悲苦的命運感歎。在廬隱的《兩個小學生》和李劼人的《編輯室的風波》兩個短篇裏，一個寫的北京城一個寫的某省會城市，都揭露出了軍閥政府的黑暗統治，分別寫了兩個小學生被害、報館被查封的故事。「淒慘的哭聲，刺碎了全醫院的病人的心，無數同情的歎聲，和那母子的血淚，襯出無限夜的蒼涼，和世界的黑暗來！」〔註 37〕從這樣悲慘的畫面描述中，我們完全可以看出作者在有力地控訴了造

〔註 35〕王統照：《湖畔兒語》，李葆琰編：《文學研究會小說選》，人民文學出版社，1991 年版，第 135 頁。

〔註 36〕徐雉：《賣淫婦》，李葆琰編：《文學研究會小說選》，人民文學出版社，1991 年版，第 700 頁。

〔註 37〕廬隱：《兩個小學生》，李葆琰編：《文學研究會小說選》，人民文學出版社，1991 年版，第 174 頁。

成人們苦難生活的動蕩社會的罪惡。

同魯迅的《祝福》有著相似悲劇性的沙汀短篇小說《獸道》，揭露了川西某城裏獸道橫行帶給一個半老女僕的巨大身心苦難。小說以「我」的口吻講述了寄居城裏姑父家時所見到的魏老婆子的悲慘遭遇。魏老婆子原本是一個善良、守寡多年的女僕，然而就在媳婦產後尚未滿月、兒子外出做工時，一群大兵輪姦了媳婦，她爲了救媳婦甚至喊出了「她身上不乾淨，她才生了娃」，「我跟你們來哩！」〔註 38〕然而，她還是阻擋不了悲劇的發生，最終導致媳婦含恨上弔自殺。苦難的生活已經給予了她巨大的打擊，然而城裏的人們並沒有施予同情，相反她們都去侮辱她，連她的兒子也埋怨她，魏老婆子在肉體與心靈上承受不了這苦難與屈辱，最後她徹底瘋了。「獸道」的世界吞噬了一個善良的女人，深刻地道出了作者對於黑暗社會的強烈控訴。在馮沅君的《貞婦》裏，描寫的也是一個在某縣城裏的一個被婆婆、丈夫虐待並休退的婦女悲劇故事。小說以沉重的筆調批判了封建禮教對女性的身心戕害。何姑娘自小就失去了雙親，出嫁後又遇到母老虎般的婆婆和沒良心的男人，被休後疾病纏身，一生飽受苦難，然而封建「守貞」枷鎖死死地將她同不幸扣在了一起，在慕老太太的出殯儀式上拼盡了所有甚至生命向夫家表示自己的貞節。小說最具諷刺意味的是何姑娘終於實現了她的目的，在何家得到了一小塊墓地。封建思想對這群生活在縣城的人們的思想固滯是何等的愚昧與不堪，加在這些市民身上的苦難是何等的沉重與悲哀。

從創作的維度來分析，五四啓蒙作家們揭露舊社會裏愚昧與苦難的人們，讓人倍感灰暗、淒涼與壓抑，然而，這還不是啓蒙者們的眞正目的，他們更希望的是樹立啓蒙理性燭照下的全新形象，以弘揚人權、自由、平等現代文明價值與思想。而與新思想、新文化直接相關的城市則成了這些全新形象的發生地。在城市裏，有青年人嚮往的自由的、理性的生活空間，可以戀愛自由、婚姻自主。因此，啓蒙知識分子的文本中的市民，當然並不全是如鄉土農民那樣的愚昧與飽受苦難，這些形象僅僅是作爲國民性批判的聚焦，也僅僅只是啓蒙的目標之一。然而，知識精英們更在意的是要塑造一群扮演啓蒙角色的人物，以此作爲新時代的國民標杆來引導廣大落後的人們，爲此，這些追求自由、獨立愛情的人物必然是接受了一定思想啓

〔註 38〕沙汀：《獸道》，王列耀選編：《中國現代短篇小說名著選評》（卷八），暨南大學出版社，1996 年版，第 40 頁。

蒙的並且嚮往城市或者已經身處城市。在上一章已經分析過了作爲知識分子形象出現的扮演啓蒙者，那麼這裡主要涉及到的就是城市裏的另一批啓蒙扮演者——新女性形象。受西方人文思想的影響，在五四話語系統裏，呼籲女性解放絕對是噱頭最大也是最現實的一種思想啓蒙。梁啓超從「新國民」到「新國民母」的實用主義思想轉變，其目的是要用移風易俗來潛入社會傳統思想體系，強調女性在挽救民族危亡中的巨大作用，進而通過介紹國外傑出的新女性形象來鼓勵中國女性參與社會革命。爲此，婦女解放、男女平等、反抗父權與夫權、身體與貞操等等現代詞彙開始輪番刺激著人們的眼球。

從 1918 年《新青年》雜誌發起「易卜生專號」開始，「娜拉」的反抗與出走成了中國傳統社會中受夫權束縛的女性競相傚仿的榜樣，並且引發了關注女性解放、倡導自由思想的創作熱潮。茅盾就曾這樣總結過：「易卜生和我國近年來震動全國的新文化運動，是一種非同等閒的關係，六七年前《新青年》出《易卜生專號》，曾把這位北歐文學家作爲文學革命、婦女解放、反抗傳統……等新運動的象徵。」〔註 39〕於是，魯迅、郭沫若、郁達夫等筆下的出現了大膽、叛逆的新女性形象，如魯迅的《傷逝》中的新知識女性子君，郭沫若詩歌中高呼的女神以及歷史劇中的叛逆女性，郁達夫筆下的大膽妖嬈追求身體享受的女性。當然，寫得更爲經典的非這批女性作家筆下的女性形象莫屬。如陳衡哲、廬隱、冰心、謝冰瑩、丁玲、馮沅君、淩淑華等，她們以女性獨特的視角創作出了現代文學史上的新女性形象。由於這些作家大多家庭背景較好，受過良好的教育，並且多不滿封建倫理道德與包辦婚姻，因此在「娜拉」的影響之下使得她們走在了時代的前列，契合了五四新文化運動的發難之始的個性解放意識的她們，幾乎不謀而合地選擇了最能體現現代女性思想的愛情與婚姻爲題材，通過反抗父權、夫權和封建專制的束縛，表達強烈的個性解放意識、大膽的反叛逆精神。冰心的《兩個家庭》，丁玲的《莎菲女士的日記》，廬隱的《海濱故人》、《或人的悲哀》，馮沅君的《卷葹集》，陳衡哲的《洛綺絲的問題》，淩淑華的《綺霞》、《花之寺》等都屬於這方面的作品。可以說，這些小說中的女主人公們幾乎都是從農村走出來的離鄉進城人，正是因爲有五四啓蒙理性中傳播思想自由、個性解放的傳播之地——都市，她們在此接受時代教育的感染，思考著自己的人生走向與愛情條件，所

〔註 39〕沈雁冰：《談談〈玩偶之家〉》，《文學週報》第 176 期，1925 年。

以這些主人公人才會有如此大的感召力與吸引力。

冰心於 1919 年 9 月以她的第一個短篇小說《兩個家庭》揭開了「社會問題」的序幕。小說以第一人稱「我」的手法記敘了北京城裏兩個家庭完全不一樣的結局。儘管都是兩個同樣留學歸來的有志青年，到最後之所以會出現完全迥異的人生道路，原因就在於與他們結婚組闔家庭的女人有著不一樣的知識背景。「我」的表哥娶的是一位受過良好教育的「我」的同學亞茜，既能做得了丈夫事業上的好幫手，又能給他一個溫馨美滿的家庭。而另一位留學生陳華民的太太則是一位官宦人家出身的小姐，終日沉溺於打牌娛樂與社會應酬中，陳家不僅是淩亂不堪，而且還常常吵鬧不斷。當陳華民最終絕望、孤獨地在醫院死去時，通過母親的話「她沒有受過學校的教育，否則也可以自立」〔註 40〕和小說最後作者的感慨「論到家庭的幸福和苦痛，與男子建設事業能力的影響」〔註 41〕這兩句話所蘊含的意味可以明白，這篇小說折射出來思想意義就在於冰心通過兩個家庭的對比，將傳統家庭結構由男性主宰、女性附屬的地位完全顛覆了過來，女性變成了決定男性命運的一個關鍵因素。這個故事通過對能獨立自主、有思想追求的現代女性的宣揚，有力地打擊了傳統文化中的男權思想。陳衡哲在關於女性認識的問題上同冰心也有著很大的相似性，她也欣賞如「亞茜」這樣的獨立的知識女性，當然這與她的出身經歷有著很大的關係。陳衡哲出生於一個有民主思想的現代知識分子家庭，從小就決議要做一個獨立的有思想的女子，因此形成了她自信堅定的個性以及獨立自強的人生態度。在她的小說《洛綺絲的問題》中，洛綺絲一度是她盛讚與狂熱追求的女性形象。洛綺絲年輕漂亮又有知識，應該說這樣的女子與一位哲學家結成百年之好是令無數人豔羨不已的好事。然而，洛綺絲意識到一旦結婚後就得主持家務、生兒育女，這些瑣碎的事情將會困擾到她的前途與追求的事業。於是，爲了自己的追求，她犧牲了愛情也放棄了婚姻，換取了哲學研究上的功成名就。丁玲與陳衡哲在對新女性的追求上體現出了爲「新民」而塑造出的「新國民之母」思想的一脈相承。在淩叔華的《綺霞》裏，綺霞跟洛綺絲一樣，都有著自己遠大的理想和志趣，稍有不同的是曾經

〔註 40〕丁玲：《兩個家庭》，卓如編：《冰心全集》，海峽文藝出版社，2012 年版，第 19 頁。

〔註 41〕丁玲：《兩個家庭》，卓如編：《冰心全集》，海峽文藝出版社，2012 年版，第 20 頁。

也是「譏誚閨閣女子易於滿足」的綺霞一度放棄了自己的追求選擇了婚姻家庭。當她被朋友輔仁一句感歎「爲了這『開門七件事』，從古到今，不知毀掉多少有天才的女子了」〔註 42〕所震撼後，她幡然醒悟到了作爲現代女人在家庭與事業兩者之中是不能平衡的，於是在她艱難的理智與情感的激戰後，她清楚地認識到組織一個幸福的家庭，一定是不可繼續拉琴的，想音樂成功必須擺脫家庭的牽掛。綺霞同洛綺絲一樣，爲了自己的事業遠走他鄉，最終實現了自己追求的夢想。顯然，這些新「國民之母」形象完全有別於封建社會中的舊女性「生育機器」與男性附庸形象，她們追求自己的存在價值以及與男人之間的平等關係。

廬隱也有大量的以「我」（女性）爲主體的強調個性的文學作品與五四關於「人的解放」文學遙相呼應的作品。但是，與這些生活在小城的新知識女性們選擇逃離與反抗家庭專制不同的是，廬隱文本中的知識女性，儘管她們也在充滿激情地去呼喊個性解放與婚姻自由，但是她們卻既不能以足夠的勇氣去反抗，也不能堅決去追求自己的愛情。《海濱故人》中的露沙、宗瑩、玲玉、雲青、蓮裳個個都是接受了五四新知識、新思想的新女性，都是在五四戀愛自由思想下覺醒了的女青年。然而，孤僻倔強的露沙一反傳統地愛上了有夫之婦的梓青，儘管梓青的婚姻被父母強迫的，對他而言毫無愛情存在。但是，由於強大的封建思想以及世俗觀念的不容，使她不得不陷入欲愛而不能的悲觀苦悶境地，以致發出「地球雖在，竟無我輩容身之地」的強烈控訴，最後只能在世人流言蜚語的畏懼中尋求一種精神的戀愛。《或人的悲哀》中主人公亞俠是一位文學女青年，面對結了婚又「見異思遷」的叔以及與自己糾纏不清的情感，她卻開始對前途充滿了迷茫，不知道要如何繼續自己的人生道路。所以在她給朋友的信件中多次使用了「死亡」的詞語，最後還是選擇了投湖自盡結束了本該如花的青春與生命。亞俠在思考了人生的意義時覺得「一切的事情，都不過是演戲一般」，當她試圖去遊戲人間時，卻發現「被人間遊戲了我」。亞俠的這種悲歎儘管也有些像冰心在《超人》「世界是空虛的，人生是無意識的」之類的想法，但冰心卻是以「愛的哲學」去解救，而廬隱卻成了一個深刻的悲哀感歎者。魯迅也曾在五四落潮時深刻地反省了新時代知識女性的悲劇命運。寫於 1925 年的小說《傷逝》，在北京會館中的子君是一位受啓蒙思想指引下的反叛封建婚姻、追求愛情

〔註 42〕凌叔華：《綺霞》，《現代評論》第六卷第 138 期，第 23 頁。

的知識女性形象。子君喜歡讀書，更喜歡聽「我」「談家庭專制，談打破舊習慣，談男女平等，談易孛生，談泰戈爾，談雪萊……」〔註 43〕。在書本知識與「我」的言論的共同影響下，子君大膽的與自己的家庭決裂並搬來與「我」同居，其思想堅決徹底到「我是我自己的，他們誰也沒有干涉我的權利」〔註 44〕。她的這種反抗與吶喊以及個性覺醒的姿態在五四時代無疑是呼應了思想啓蒙浪潮並具有極大的影響力。但是，魯迅之深刻與尖銳無人能比，他之所以讓子君最後孤獨地死去正是作者的用心所在，女性解放只不過是一個徹徹底底的僞命題。

然而，在現代中國城市社會的迅速發展時期，科技帶來的工業物質文明，規範的社會分工帶來的技術進步，經濟發展帶來的就業機會，進步教育理念帶來的思想普及，已經在 20 世紀的中國成爲了歷史事實。尤其是北京、上海、南京、武漢、廣州等現代都市的迅速崛起，中國社會已在悄然都市轉型。根據資料統計，「從 1914 年至 1919 年，紡紗廠每支紗的利潤增加了 70%。而錢莊的利潤增加了 74%。一些重要公司的利潤增加了 20 倍，有的甚至 50 倍，紅利達到 30～40%，有時甚至 90%。因爲企業家們並不與其雇員分享收益，這樣高利潤的意義就更爲重大。實際上技工和壯工的工資，在廣州只上升了 6.9%，在上海上升了 10～20%。」〔註 45〕從這些數據可以看出，隨著經濟的迅速繁榮，都市化的程度也在加速，伴隨著城市人口也大量增長。1910～1920 年間，上海的人口從 49 萬左右迅速增長到 76 萬，北京的人口數量也從 72 萬增長到了 86 萬。〔註 46〕1920 年的上海，市民群體主要來源於本埠居民、流民無產者、各種學人和知識分子、各地紳商。上海的大量流民「既出現了許多落魄的失敗者，也出現了許多成功的創業者，更造就了大批得以安身立命的城市勞工」〔註 47〕。一份關於 1929 年的上海普通工人家庭支出的數據表明，當年平均普通勞工的收入支出比例中，食物支出佔 53.2%，房租支

〔註 43〕魯迅：《傷逝》，《魯迅全集》（第二卷），人民文學出版社，2005 年版，第 114 頁。

〔註 44〕魯迅：《傷逝》，《魯迅全集》（第二卷），人民文學出版社，2005 年版，第 115 頁。

〔註 45〕【美】費正清編：《劍橋中華民國史》（上卷），中國社會科學出版社，1994 年版，第 739～740 頁。

〔註 46〕【美】費正清編：《劍橋中華民國史》（上卷），中國社會科學出版社，1994 年版，第 741 頁。

〔註 47〕徐甡民：《上海市民社會史論》，文匯出版社，2007 年版，第 37 頁。

出佔 8.3%，衣著佔 7.5%，燃料佔 6.4%，雜項佔 24.6%。〔註 48〕從這個消費比例可以看得出，食物消費的比例並沒有佔據收入的大半，而雜項消費的比例卻不少，說明普通工人的生活也並不得見得如文學作品中的那般貧窮與苦難。再有一組關於北京的教育數據，「截至 1907 年，北京已擁有 200 所學校、1300 名教員和 17053 名學生。」，「1919 年北京的公立、私立學校數目爲 324 所，……北京的學生有近 55000 人，其中 7000 名爲女生。」〔註 49〕除了有規範的學校教育外，還有各種社會教育方式對城市民眾進行思想傳播，比如很受大眾歡迎的演講所。到 1916 年止，京城就有 13 家講演所，每家日平均出席人數從 75 到 1005 人不等。聽講的人中，最爲常見的商人階層，其次是普通勞動者，再次是學生。〔註 50〕其次還有各種公共圖書館的開放也對社會教育起到了很大的作用。因此，可以說，在這些大城市裏，廣大的市民並不是文本中的那些描述，這是作家們有意將都市市民書寫看成是社會落後的一個重要指標，而這種偏見又能夠引起眾多有志於社會的人士投來耽溺般的關注，並將此作爲了中國社會、政治、文化的縮影。這種文化批判的邏輯顯然是帶有某種預設的目的性。正如狂熱鼓吹對外侵略擴張的帝國主義者德富蘇峰就曾這樣評價蘇州及幾個城市的街道：「總之，至今並沒有什麼可以被稱作道路的東西」，其目的就是要將這些描述引向一個價值判斷：「支那的街道乃是支那人欠缺公德心的鐵證」。〔註 51〕德富蘇峰的這種中國落後的言論其目的就是要爲他們的殖民主義侵略建立一種正義的可行的輿論。

對於市民的愚昧、苦難的書寫，通過分析，我們發現潛藏於新文化知識分子思想中的一個重要動機，就是他們的批判社會、批判國民性，以及對「人」的認識。學界普遍認爲，啓蒙作家將市民敘事的焦點集中於同鄉民一樣愚昧、落後，其目的就是要將二者都納入到落後國民性這一敘事理論中，以此作爲思想啓蒙運動的手段。然而，這種結論並沒有觸及到精英知識分子的深層意識困惑中。他們對於市民敘事類似於鄉民的書寫僅僅是作爲批判國

〔註 48〕李文海編：《民國時期的社會調查叢編》（城市〈勞工〉生活卷）（上），福建教育出版社，2005 年版，第 426 頁。

〔註 49〕【美】西德尼·D·甘博著，陳愉秉、袁嘉、齊大芝、李作欽、鞠方安、趙漫譯，《北京的社會調查》，中國書店，2010 年版，第 125、127 頁。

〔註 50〕【美】西德尼·D·甘博著，陳愉秉、袁嘉、齊大芝、李作欽、鞠方安、趙漫譯，《北京的社會調查》，中國書店，2010 年版，第 149～150 頁。

〔註 51〕德富豬一郎：《78 日遊記》，轉引自李孝悌編：《中國的城市生活》，北京大學出版社，2013 年版，第 477 頁。

民性的一種嗎？個人認爲，落後愚昧的市民形象應該追溯到知識分子的深層文化記憶中。幾乎所有的啓蒙精英們都來自於農村，他們最熟悉的、印象最爲深刻的往往是他們童年、少年時代留下來的關於故鄉的記憶，關於故鄉中鄉人的記憶，儘管這些啓蒙精英們成年後進入大城市甚至出國留洋，但他們深深的鄉土視角已經在他們思想中根深蒂固，他們對於城市的一切還不能完全掌控，對於城市的文化還未能深入到他們的日常生活中，也不可能深入到他們的創作。最直觀的證據就是他們進城後對於居住房屋的設計與佈局、對於家族群居的生活、對於生活習慣的堅持基本上都保持著農村的傳統。可以說，在一個延續了幾千年的農業文明下的鄉土中國，帶著西洋色彩的都市儘管已經不斷的衝擊著啓蒙作家們，然而他們的內心承受能力還未能與時代眞正並駕齊驅，他們從鄉村中來，思想中始終不能脫離的是傳統文人的內心情感需求，他們對於鄉村的情感維繫在他們的理性價值判斷中不斷的糾結與悖離著。因此，在他們筆下的市民既非「市民」也非「鄉民」，「市民」只是他們作爲啓蒙理性中的一極，然而另一極卻牢牢地繫在了鄉村、「鄉民」形象之中。

因此，在還未完全把握到城市命脈時，啓蒙精英們只能去書寫自己最熟悉的也最擅長的敘事模式。他們認爲時代歷史賦予了他們啓蒙者的責任與義務，他們應該把革新社會的思想灌輸到大眾的頭腦中去，以此徹底改變長期受封建思想束縛的國民靈魂。因此，啓蒙者們從思想革命開始入手改造國民的靈魂，以此實現社會政治與文化的全面變革。他們認爲思想啓蒙、思想革命是高於政治革命的，同時將倫理革命看成是思想革命的首要內容。於是，陳獨秀、胡適、李大釗等就曾大量書寫系列文章，猛烈攻擊封建傳統的倫理道德，而這種深層次的倫理道德已內化、積澱爲了國民的一種無意識心理結構和國民的靈魂與性格。作爲一個對中國文化頗有研究的外國人就曾這樣評價當時眾多啓蒙知識分子對於傳統文化的批判：「中國眞要拋棄她自己全部的文化遺產，迫不及待地渴望得到西方國家的物質成果，打算拔出她的古老文明之根，以便爲來自歐美的五光十色的東西騰出地盤嗎？……急於接受西方文明的所有物質設備，從兵艦到自來水筆……（中國人）正顯出這種徵兆：全盤懷疑他們民族聖賢的智慧、民族文學的魅力和民族藝術的光輝。」〔註52〕

〔註52〕【英】莊士敦（R. johnston）：《神山聯合會》，轉引自【美】格里德爾著，單正平譯：《知識分子與現代中國》，廣西師範大學出版社，2010年版，第207頁。

在啓蒙知識分子的筆下，愚昧、麻木、落後、不覺悟等國民性格被推至了前臺，已經成爲了當下國民的主要病態性格，而封建專制的種種清規戒律也還在嚴重阻礙著國民前進的腳步，禁錮著人們的思想自由。對國民進行思想啓蒙成爲了啓蒙精英的第一要務，要使他們覺醒、認識到「我」是一個「人」，要讓每個「我」都具有做人的資格、尊嚴、自由與權利。爲此服務於思想啓蒙運動的啓蒙文學便變得更爲緊要，思想啓蒙借用文學這一載體確實充分發揮出了它的作用，展現出了它的時代價值。

啓蒙視角下的另一類市民形象——知識女性的書寫，是在晚清時期男性啓蒙精英的「女性解放」言說下才逐漸浮現於小說創作之中。從前面一組關於男女生接受教育的數據，以及縱觀五四女性解放思想全過程，值得肯定的是啓蒙精英確實意識到了封建男權社會裏女性所處的社會地位與所遭遇的各種不平等待遇，他們掀起的女性解放運動確實是順應了現代文明的感召。然而，很容易被忽略的一個實質性問題就是：這是一場以男性爲主導的女性解放運動，也就是說應該注意是誰在言說女性解放。有學者就曾尖銳地指出:「我們必須充分注意到『社會改革』一詞的巧妙使用——什麼是『社會』？說穿了無非就是男性主體的利益集團。所以『社會變革』的眞正實質，就是新的男性主體的利益集團，要顚覆舊的男性主體的利益集團，『性別』只不過是一種用來遮掩的幌子罷了。」〔註 53〕這段話深刻地揭露出了女性解放運動的實質，與其說是解放了傳統封建社會的女性，不如說是女性從一種男權社會的附屬品身份掉入另一種男權社會的附屬品身份，而並不與他們提倡的西方現代女性解放運動實質相一致。或者更爲直截了當的說，「男性爲『女性解放』而搖旗吶喊，絕不是去追求什麼男女平等，他們只不過是在借助這一話題，去實現自身想要達到的某種目的。」〔註 54〕

在五四高潮時期，確實在文學創作領域產生了較多關於農村女性受苦受難的作品，引發了眾多思想層面的社會反響。而小說文本中進入都市裏的女性自然就被賦予了扮演啓蒙角色的形象，讓知識成爲了她們外在的身份，於是她們反抗專制、追求自由與愛情變得合情合理。爲此，陳衡哲、冰心、淩叔華等在五四初期也隨解放浪潮高呼，追求自我的知識女性在她們的作品中

〔註 53〕宋劍華：《「玩偶」被「娜拉」：一個啓蒙時代的人造神話》，《南開大學學報》（哲學社會科學版），2013 年第 6 期，第 102～103 頁。

〔註 54〕宋劍華：《「玩偶」被「娜拉」：一個啓蒙時代的人造神話》，《南開大學學報》（哲學社會科學版），2013 年第 6 期，第 105 頁。

隨處可見。由於「女性解放」啓蒙本身就是男性精英帶有「某種目的」而編織出來的美麗花環，因而隨著受過新式教育的女性知識分子的生活與成長經歷，她們逐步發現新女性們其實是處於一個「被解放」的尷尬處境。新女性以爲逃離父親的家就是擺脫了封建家庭的束縛，以爲爲了追求愛情而不顧一切就獲得了想要的自由，然而，幾千年來的傳統觀念怎麼可能一夜之間崩潰，男性對女性最美想像中的聖潔處子怎麼可能一夜之間棄如草芥，不得不承認，女性要眞正解放必將是一個長期與緩慢的過程。她們並沒有獲得屬於女性自己的且超越男性話語的理論體系，反而是不管她們如何的反抗、掙扎追求自我，最終還是逃不掉作爲女人的悲劇命運。廬隱就曾寓言式的洞察到了這次女性解放運動的實質，她坦言男性呼喚所謂的「娜拉」時代，其實並沒有帶來兩性之間的眞正平等，也沒有帶來新女性所嚮往的自由和幸福，也沒有改變女性的「玩偶」地位，而是「現在覺悟的男子……利用婦女解放『冠冕堂皇』名目，施行陰險狡詐伎倆」〔註 55〕。因此，在廬隱深深地意識到了女性在短暫的追求自由之後陷入的是一種另外的焦慮與困惑之中，最終依然承擔著傳統女性的角色，「結婚、生子、做母親，……一切平淡的結束了，事業志趣都成了生命史上的陳跡……女人，……這原來就是女人的天職」〔註 56〕。認識深刻的遠遠不止廬隱一人，這種影響甚至延續到了往後的女性作家筆下，如蕭紅、張愛玲、蘇青、梅娘、施濟美等，她們通過一個個的故事講述在用自己的生命體驗去訴說著被「娜拉」後的深刻領悟。陳衡哲在贊賞亞茜的成功無不與她作爲家庭女主人的傳統角色身份相關，洛綺絲最終也是落寞地獨自想像作爲家庭中那個自己。淩叔華的採苕（《酒後》）最終放棄了 kiss 子儀，固然是因爲酒醒的緣故，然而正是借著這酒醒，將採苕拉回了爲人妻的傳統角色——恪守職責、嚴守本分。魯迅也深刻洞見了啓蒙的秘密，將這種驚爲天人的密碼暗藏於了子君的悲劇命運中，子君只不過是涓生在逃避孤獨與寂寞的宣泄工具。作爲啓蒙的先鋒陳獨秀在事後曾這樣評價女性解放，「世界上本來就沒有『戀愛』這純東西，男女問題不過是生理上自然的要求，有何神聖可言，偶而遊戲，消遣則可」〔註 57〕。

〔註 55〕廬隱：《「女子成美會」希望於婦女》，錢虹編：《廬隱選集》，福建人民出版社，1985 年版，第 3 頁。

〔註 56〕廬隱：《何處是歸程》，錢虹編：《廬隱選集》，福建人民出版社，1985 年版，第 308 頁。

〔註 57〕沉寂、朱曉凱編：《陳獨秀：人生哲語》，安徽人民出版社，1995 年版，第

可以說，啓蒙視角下的市民形象書寫，不管這些啓蒙精英們是如何在大勢宣揚他們的反傳統言說，是將新都市下的市民看成是農民般的愚昧、苦難進行批判國民性也好，還是將新都市下的新女性塑成勇於反抗、追求自由與愛情的國民標杆形象也罷，其實他們始終都沒有脫離傳統意識，他們也跳不出傳統思想的圈子，他們想借西方現代文化來啓蒙大眾，最終連他們自己都被深深的淹沒在傳統文化裏。趙園曾精闢地概括評價：「中國有的是田園式的城市，這類城市對於生長於鄉土中國、血管裏流淌著農民的血的中國知識分子，絕不像西方現代城市之於西方知識分子那樣異己」〔註 58〕。確實，在五四時期，城市的發展儘管在加速，但是人們在思想層面只不過是把它看成是鄉村的延續。所以，啓蒙視角下「鄉民」般的市民書寫，逃不出的是知識分子的認知記憶，以及對於鄉土世界的精神認同，對於新女性的呼籲，不過還是滿足於另一種男權社會的某種需求，與西方的文明價值無關，充其量也只不過是借用了西方話語作爲宣揚自身言說的外殼或者武器罷了。

第二節　壓迫與抗爭的「鄉土」市民

二十世紀二十年代中後期的新文學，在思想與創作上表現出了一個整體的變遷趨向：五四時期著眼於人的解放與人性解放的啓蒙文學，在急劇動蕩的社會政治運動中，啓蒙文學受到了政治暴力的嚴酷考驗，知識分子們在民族危機的關頭總結與反思五四以來的思想救國路線，認爲「上部建築之一」的中國文學不能再停留在「淺薄的啓蒙」以及資產階級個人主義意識當中，必須實現「從文學革命到革命文學」的轉變。〔註 59〕可以說，這一階段的文學開始從五四一代所倡導的啓蒙思想中轉型到了強調階級意識與工農革命之中，倡導無產階級的左翼話語爲左翼都市小說的創作提供了可供想像的歷史語境。因此，在左翼作家的筆下，市民形象〔註 60〕被內化成了階級集團對立的產物，對生活在底層工人的書寫已經同現代都市的政治、經濟生活緊密地聯繫在一起。所以左翼都市小說文本中的市民是知識精英們構築的都市想像

239 頁。

〔註 58〕趙園：《北京：城與人》，上海人民出版社，1991 年版，第 14 頁。

〔註 59〕成仿吾：《從文學革命到革命文學》，齊樓編：《革命文學論文集》，上海書店，1986 年影印版，第 121～134 頁。

〔註 60〕上層市民部分已經單獨列在第二章討論過了，本章主要探討的是底層市民。

的一種，他們負有左翼反帝反封建文化運動以及建立民族國家的雙重政治使命，既是民族危機的見證者，同時也是以階級和民族意識去洗滌都市罪惡建立新秩序的新城市主人。

要分析清楚市民是被包裝成什麼樣的面孔而被左翼推到公眾視野的，首先要從當時的歷史背景說起。在中國，二三十年代，由於城市起步較晚，但經濟發展迅速。因此隨著工業經濟的發展，大量的移民湧入城市，尤其在工商業最爲繁榮的大都市上海，大量的外來人口迅速擠佔了城市的生活空間，造成了嚴重的貧富差距、強烈的階級對立以及不可調和的民族矛盾等社會現象。同時也造成了整個社會集團的複雜，階級分化的加劇，絕大部分外來人口在城市裏轉變成了工業無產階級。當然，這些變化不僅僅是上海的，從整個中國城市社會來看，尤其是在現代化發展較快的沿海城市，工業無產階級的發展壯大已經引起了研究者們的注意。這些迅速發展的資本主義經濟城市裏，既是資本主義發展的天堂，也是革命爆發的基地。同樣，在世界資本主義大環境裏，也正面臨著種種有過之而無不及的問題，比如金融危機、經濟蕭條、私有財產、貧富不均、勞工健康、失業暴動、血腥鎮壓等等。如巴黎數十百萬參加革命的人民，舍彼得堡、莫斯科等地的罷工抗議也是此起彼伏。無產階級的精神領袖馬克思，他分析了資本主義社會裏階級鬥爭，指出了社會發展史上最大的矛盾在於階級利益的鬥爭，因此他認爲無產階級革命推翻資產階級，共產主義社會最終將取代資本主義社會。馬克思主義思想在五四時期就已經傳入了中國，但是由於宣傳者並不處於一個理想的政治地位，反傳統、揭露中國舊社會的落後成了啓蒙時期最大的聲音。如在 1918～1919 年間，李大釗就陸續的發表了《庶民的勝利》、《我的馬克思主義觀》等作品，大力宣揚了唯物史觀與階級鬥爭學說，以及建立一個沒有壓迫、沒有階級對立的新社會思想。隨後，瞿秋白、陳獨秀等也相繼參與了馬克思主義思想的傳播。儘管國人對於馬克思主義思想學說有一定的取捨與有意誤讀，但是他們的言說在當時的社會非常適應民族革命與時代需求。隨著帝國主義、資本主義的侵入，精英知識分子們意識到了改造中國的途徑只有更新社會制度，只有人民革命才能救中國。於是，馬克思、列寧主義思想成爲了他們救國的思想大旗，也成了分析中國社會矛盾最實用的工具：中國的社會已經成了剝削階級與被剝削階級兩級對立的社會，中國陰暗的、醜陋的政治現象、貧民大眾的苦難人生等一切都根源於階級的剝削與壓迫。如郭沫若就在其《革命與文學》中論述了文學與革命的關係，認爲眞正的文學應當是革命文學，文學的內容是必須爲革命服務的。成仿吾也在其《從文學革命到革命文學》中指出五四知識分子沒有充分認識所處的時代，也沒有一個完備的知識和思想，所以啓蒙運動只是一種淺薄的啓蒙。革命的知識分子必須要以接近工農大眾的用語，以工農大眾爲書寫對象，實現從文學革命到革命文學的一個根本轉變。於是，「大眾」作爲一個集體想像逐漸的進入了知識分子的思想與創作視野中。

但是，對於五四時期的知識分子來說，他們在以精英的身份凌駕於大眾之上並試圖以智者的普世情懷去啓迪大眾的過程中，逐步意識到自己對於廣大群眾的生活與價值觀其實是並不瞭解的，所以當他們大聲「吶喊」過後陷入了「徬徨」境地，同時「白色恐怖」也進一步將他們的理想徹底毀滅。然而，儘管啓蒙運動沒有實現其改造社會、建立新國家的目的，但是隨著他們在啓蒙運動與社會抗爭中的實踐經驗的積累，他們逐步意識到只有放下精英身段一改以往教化大眾的思路，去體驗與反映廣大工人階級的生活與鬥爭，創作屬於無產階級自己的文學作品。於是，馬克思主義理論逐漸成爲了主導的文藝理論，革命文學開始成了創作主流，通過報刊、雜誌將一大群共同傾向的作家吸引到了上海這個殖民主義、資本主義盛行的大城市，創立了左翼作家聯盟。左聯的成立，反過來對於推動馬克思主義文藝理論的發展起到了很大的作用。據資料統計，左聯翻譯出版的世界無產階級文學作品佔當時外國文學作品的 40%，約達 700 種，其中最多的是來自於蘇聯的作家作品，如高爾基、法捷耶夫、肖洛霍夫等等。〔註 61〕左聯不僅大量翻譯反映無產階級生活與鬥爭的作品，還積極推動文藝大眾化運動，並明確指出「文學的大眾化」是建設無產階級革命文學的第一個重大問題。因此，左翼作家從文學創作的形式、內容以及語言都要求從現實的革命出發，強調文學服務於政治革命的宣傳作用，將創作題材主要地集中反映在無產階級的鬥爭中，如強調地主對農民的剝削、工人對資本家的反抗與鬥爭。由於左翼作家基本上都集中於上海，一方面在現代都市與傳統農村的眞實空間轉換中，他們感受到了資本主義、殖民主義對於中國鄉村的摧毀力量，一方面在大量馬克思主義文藝理論的影響下，他們感受到了無產階級的歷史使命，由此他們「自覺以現代

〔註 61〕錢理群、溫儒敏、吳福輝：《中國現代文學三十年》，北京大學出版社，1998 年版，第 197 頁。

大工業中的產業工人代言人的身份，對封建的傳統農業文明與資本主義工業文明以及西方殖民主義同時展開批判，要求文學更自覺地成爲以奪取政權爲中心的無產階級鬥爭的工具」。〔註 62〕

蔣光慈在介紹了蘇聯無產階級文學時，他指出無產階級作家的特質是：無產階級作家之於革命，不存在領受不領受的問題，他們本身就是革命；無產階級作家同無產階級都屬於同一階層共同體；無產階級詩人都是地上的歌者，他們鄙棄一切不公平的現象；他們還是城市的歌者，他們應該去歌詠城市、工廠、機器、工人的生活。〔註 63〕可以說，無產階級文學是以城市爲出發點，更準確的說，是圍繞城市生活的文學。而城市人群也被分化爲了資產階級與無產階級兩大陣營。葉文心在其《上海繁華：都會經濟倫理與近代中國》也曾這樣分析：「三十年代中期，一股左翼思潮在上海崛起，把都市資產階級個人與家庭的出路跟國家民族的出路結合起來論述。根據這個說法，市民階層的悲劇，並不是個人的悲劇，而是整個國家命運在帝國主義體系之下的寫照。上海的中國民族資本逃不出西方殖民主義經濟勢力的籠罩，也逃不出帝國主義一貫的侵略和剝削。都市的市民階層如果想要爲自己及家人找到生機，唯一的出路就是加入社會主義陣營，以國爲家，以集體結合的力量與剝削者做正面的鬥爭。」〔註 64〕這幾句話，葉文心深刻地總結出了左翼都市題材作品裏廣大市民群像是如何被塑造出來的。也就是說，在左翼小說敘述話語中，已經不再是原來五四時期那種知識分子對都市社會個體的感受感知了，而是紛紛採用馬克思主義理論去審視城市，充分承載著左翼知識者們對未來歷史的憧憬與對現實社會的關注。因此，左翼有關城市的小說中，城市一改以往物質文明的象徵，城市人也沒有城市人應有的特徵，而只是階級集團矛盾對立的產物，通過對市民的飢餓、受虐、受辱等等苦難元素，進而走上抗爭、出走、革命的道路，從而實現與左翼政治的同步宣傳作用。儘管不同作家因爲個性特徵與經驗積累不同，作品表現出了不同的風格特徵。但是，總的說來，作爲被剝削者的無產階級身份的市民，在左翼作家作品裏，具體

〔註 62〕錢理群、溫儒敏、吳福輝：《中國現代文學三十年》，北京大學出版社，1998 年版，第 209 頁。

〔註 63〕蔣光慈：《十月革命與俄羅斯文學》，《蔣光慈文集》，上海文藝出版社，1988 年版，第 124～125 頁。

〔註 64〕葉文心：《上海繁華：都會經濟倫理與近代中國》，時報文化出版公司，2010 年版，第 12 頁。

可以分爲以下兩大類：一類是被資本家剝削、壓迫下的工廠工人形象，另一類是受共產主義思想引導下走上革命道路的女性形象。

在左翼都市題材的作品中，工人〔註 65〕階級作爲一個重要的集團形象首次出現在了文學視野之中。當然，書寫工人形象並非是在左聯的倡導開始創作的。五四時期，新文化運動的倡導者們就已經注意到了城市裏的勞工生活狀態，許多的人力車夫、城市工人成爲了他們作品中的人物主要身份。比如在胡適的《人力車夫》、魯迅的《一件小事》以及郁達夫的《春風沉醉的晚上》等作品中，就塑造了生活在城市最底層的貧民。但是五四期間書寫的城市底層工人，從落後與文明的對比中去彰顯知識分子的啓蒙意識，展現的是知識分子們的一種道德、人文關懷，同時也是以精英知識分子的姿態將這些城市工人放在了受啓蒙的一個對立場上，凸顯的是這些受啓蒙者的愚昧、落後的國民劣根性。而出現在左翼小說文本中的工人形象，較之五四時期有了更爲政治上的意義，將產業工人的生活展示密切地同政治、經濟生活聯繫在了一起，並將其視爲了現代資本主義社會裏的一種重要力量，通過書寫工人的被壓迫與苦難從而彰顯出其革命性、先進性的階級屬性。走在時代創作最前端的左翼小說，不僅有涉及到了工人形象的各個側面，還湧現了眾多關於工人題材的作品和眾多的工人形象，如蔣光慈的《短褲黨》中的李金貴、邢翠英，丁玲的《法網》中的顧美泉，樓適夷的《鹽場》中的鹽民老定，草明的《傾跌》中的蘇七、阿屈，劉一夢的《失業之後》的紗廠工人朱阿順，蔣牧良的《夜工》中的印刷工三姑娘，李守章的《秋之汐》中的李二叔，夏衍的《泡》中的彩雲、《包身工》中的豬玀們，萬迪鶴的《達生篇》中的燒煤工長一，劉白羽的《草紙廠》中的造紙工老杆子，羅烽的《岔道夫李林》鐵路岔道工李林等等。縱觀眾多左翼作家筆下的這些工人形象，具體可以分爲兩類：一類是苦難的犧牲者，一類是暴力的反抗者。

左翼作家對苦難工人形象的書寫，在很大程度上來說是延續了五四啓蒙時期的寫作視角，作爲城市社會的底層，他們必然是具備了底層的經濟屬性，

〔註 65〕工人大致可以分爲廣義和狹義兩種。狹義上的工人主要指工廠從事底層工作的人，如流水線上的工人。廣義的工人不僅包括狹義上工人，還包括較爲上層有掌握知識技術的人，具有更加寬泛的意義。而本章所指的工人不僅指流水線上的工人，還要包括從事無技術的底層工作、靠出賣力氣的人，因爲在三十年代工業化水平還處於較低層次，他們都屬於同一勞工階層，也是左翼小說中具有共同形象特徵的典型。

因此他們生活狀態是困苦的，他們所遭受的命運也是苦難的。但是，當左翼作家們自覺或不自覺地將筆尖觸及到工廠工人的時候，他們最先感覺到的就是工人們悲慘的生活狀態和艱難的命運，這種悲慘的來源於五四啓蒙時期的社會底層的悲苦來源不同，在這裡有更廣闊的社會背景和更複雜的社會因素，其中最重要的就是凸顯資本家作爲工人苦難命運的製造者與罪魁禍首，凸顯的是階級對立的矛盾，也是書寫工人發起暴力衝突的合法理由。同時，這些苦難的工人原是首批農村進城的人，他們身上有祖祖輩輩生活在土地上的農民忠厚老實的優良品德，也有著封閉狹隱的保守思想。即使在他們洗腳進城轉化爲了工人之後，也更改不了他們身上農民的品質和根性。他們在城市裏辛辛苦苦成家立業，在工廠車間裡老老實實埋頭苦幹，但是總逃避不了惡劣的工作環境以及高強度勞累的苦活，不僅要遭受工頭的虐待，還要遭受家庭生活的淒苦與疾病、死亡等。在左翼小說中這類卑微地生活在城市最底層的工廠形象，有樓適宜《鹽場》中的老定、蔣牧良《夜工》中的三姑娘、萬迪鶴《達生篇》中的長一、李守章《秋之沙》中的李二叔、夏衍《泡》中的王彩雲等等。

樓適夷在《鹽場》中塑造了一個忠順的鹽民老定形象，「老定生長在這個鹹氣衝天的鹽場裏，足足已快要六十個的年頭。」，「一擔一擔的海水，一天一天的太陽，好容易看看漸凝成白雪一般的鹽了，這時候大都已疲勞得再沒一點力氣，但成功的歡喜終於還使他強支了自己的肩膀，把一擔兩三百斤重的鹽擔挑回家去」，由於老定能在鹽場誠誠懇懇的幹活，於是他終於在鹽場成家立業並成了一個模範的鹽民，儘管「讓太陽燒他的頭，讓鹽鹵炙他的手，讓秤手和公倉的職員們打他的耳光，他還是一個龍頭們的順民。」〔註 66〕由於長期的剝削和壓迫造成了禁錮他精神的無形枷鎖，使得他失去了反抗的力量，也看不到新生的希望。當兒子成和與阿俊在謀事的時候，他還覺得他們是「鬧不出什麼事來的」，直到目睹年輕的鹽民奮起鬥爭，他才開始感到這是他們的翻身之日來了，於是他好幾日都不曾到酒館去喝燒酒了。可是當革命失敗的時候，他又弓背汗流滿面地曬鹽去了。在鹽民老定身上，既有著他的辛苦耐勞、樸實善良的優良品質，同時也有著逆來順受、怯弱可欺的愚民心理。在李守章的《秋之汐》中，林二叔也是一位可悲的苦難者。他膽小懦弱，

〔註 66〕樓適夷：《鹽場》，引自《春風沉醉的晚上——1919～1949 工業題材短篇小說選》，工人出版社，1984 年版，第 96、98、99 頁。

當妻子與工頭就在他面前毫無顧忌的行齷齪舉動時，他不敢怎樣，甚至還裝出一副鼾呼的樣子來。當他拖著病體勇敢地去告知黃鈞生現在的危險處境時，他用自己幾十年來的人生經驗勸告這個年輕的後生：「這世界不平等，我自已經歷過，我也是曉得的。但是世界上的事不是勉強得來的，人總是靠天過日子，人的窮富是命中注定的。像那時候，大家都鬧平等平等，現在還不是不平等嗎？反而送去了許多青年的性命！可見人總不可以和『天命』爲難」〔註 67〕。從林二叔這個懦弱忠厚了一輩子的老年人的話語中，足足可以看得出悲慘的生活對他宿命論人生觀的巨大影響。

除了眾多的苦難個體形象塑造，還有沒名沒姓的苦難群像塑造，如夏衍的報告文學《包身工》。夏衍筆下的包身工主要指的就是在江浙一帶招募進上海工廠做苦力的女孩群體。這些年輕的女孩在二十塊大洋的包身費下來到上海這個「人間仙境」淘金圓夢，然而等待她們的卻是十六個工友共住的七尺闊、十二尺深的充滿了汗臭、糞臭與濕氣的隔間，以及每天爲紗廠賣命十二小時卻只有兩粥一飯的伙食和領不到一分的報酬的待遇。這些包身工如同囚犯般的被隔絕在充滿了機器噪音與灰塵的車間裏，她們拼了命地爲資本家趕工趕貨，得來的卻是遭到「懶蟲」與「豬玀」的辱罵，稍有不當甚至還得承受廠主和工頭的體罰。在報告文學的最後，作者滿懷悲情地批判了都市裏非人的包身工生活：

> 沒有光，沒有熱，沒有希望，……沒有法律，沒有人道。這兒有的是二十世紀的爛熟了的技術、機械、制度，和對這種制度忠實地服務著的十五六世紀封建制度下的奴隸！
>
> 黑夜，靜寂的、死一般的長夜。表面上，這兒似乎還沒有人自覺，還沒有團聚，還沒有反抗，——她們住在一個偉大的鍛冶場裏面，閃爍的火花常常在她們身邊擦過，可是，在這些被強壓強榨著的生物，好像連那可以引火、可以燃燒的火種也已經消散掉了。〔註 68〕

在夏衍的這段描述中，包身工們生活在了「黑夜」、「靜寂」、「死一般」的氣氛中，在「爛熟了的機械」技術下過著奴隸般的沒有團結與反抗的生活。在都市裏，不少包身工因爲受不了折磨而孤獨地死在了這座輝煌的都市裏。很

〔註 67〕李守章：《秋之汐》，引自《春風沉醉的晚上——1919～1949 工業題材短篇小說選》，工人出版社，1984 年版，第 68 頁。

〔註 68〕夏衍：《包身工》，轉自《中國現代散文選》（第六卷），人民文學出版社，1983 年版，第 1～24 頁。

明顯，夏衍的這種左翼都市批判立場是立足於階級分析的觀點以及日本民族侵略的緊迫與危機感，通過這種強烈的貧富對比，召喚的是一股衝破這黑暗的毀滅力量，一股反抗與摧毀壓制在大眾頭上的資本家與帝國主義勢力。

這類苦難的工人形象書寫，左翼作家們是在一定程度上對五四啓蒙和批判傳統的延續。五四時期對苦難和悲慘的渲染，隱藏著的是啓蒙作家們對國民劣根性的批判視角，而三十年代的暴露苦難更多的是爲民眾反抗和鬥爭做反襯，是爲喚起群眾革命力量提供合理背景。因此，在左翼小說中，爲了顯示反抗鬥爭動機的充分和堅決，苦難往往被渲染到個人無法改變和抗拒的地步，非借助於集體的暴動或鬥爭不可，宣傳革命和鼓動鬥爭自然水到渠成。與壓迫隨著而來的就是反抗，反映在左翼小說家的小說文本中就是暴力。暴力的反抗成了工人階級最具摧毀舊世界的力量，也成了工人階級的先進性所在。

眾所周知，錢杏邨對蔣光慈爲無產階級革命文學的建立和探索做出的貢獻曾給予了高度評價，他認爲蔣光慈是「中國革命文學的著作的開山祖」〔註 69〕。誠如錢杏邨所言，蔣光慈確實用自己的語言建構了一個無產階級革命的新世界，一個在壓迫、剝削下的中國勞苦階級衝破剝削階級枷鎖的新世界。他是一個狂熱無產階級革命的作家，在其全部的著作中，幾乎都離不開革命鬥爭的社會生活。他的第一個中篇小說《少年漂泊者》，「不但是第一部較長的無產階級小說，而且包含了大部分在以後共產主義小說所有的地道的主題。」〔註 70〕小說裏的主人公汪中在十五六歲父母慘死而漂泊進城後，當過勞作過度的學徒，經歷了短暫夭折的愛情，後來成長爲了有覺悟的工人及工人領袖，最終成爲了英勇犧牲的革命軍人。由於這篇小說是蔣光慈早期的創作，因此不乏粗率和一定的教條主義，但是通過汪中這個「黑暗的反抗者」與「自由的嚮往者」以及「強勁的敵對者」形象，將封建主義的黑暗，軍閥和帝國主義者的罪惡，覺悟的工人、學生罷工，以及革命軍人的浴血犧牲等等典型情節一一展現了出來，對當時的社會具有強大的宣傳與鼓舞作用。如果說在《少年漂泊者》裏作者還帶有拜倫式的浪漫主義情懷的話，那麼到《短褲黨》裏，蔣光慈的情感完全發生了變化，不再帶有小資產階級的憂傷，

〔註 69〕錢杏邨：《蔣光慈與革命文學》，轉自《蔣光慈研究資料》，寧夏人民出版社，1987 年版，第 278 頁。

〔註 70〕夏志清：《中國現代小說史》，復旦大學出版社，2005 年版，第 185 頁。

完完全全爲猛烈的革命激情所取代。作者就曾在小說的序言裏這樣寫道：「當寫完的時候，我爲一股熱情所鼓動著，幾乎忘記了自己是在做小說。……本書是中國革命史上的一個證據」〔註 71〕因此，小說在充滿緊張氣氛的渲染和極速跳動的節奏下，不僅塑造了史兆炎、楊直夫等致力於革命事業的引導人，還重點塑造了李金貴、邢翠英以及華月娟等工人形象。工廠工人的不堪受壓迫、奮起反抗的英勇精神在小說中得到了充分的表現。如小說開頭部分就將李金貴作爲一個 S 紗廠的工人領袖，在當革命黨人史兆炎分析了上海工人的悲慘境遇並做了言辭激烈的罷工鬥爭鼓舞後，李金貴就第一個站出來說「我們廠裏的工友們是很革命的，只要總工會下一個命令，我包管即時就動起來。我們這一次非幹它一下子不可！」〔註 72〕作爲一個從工人裏成長起來的領袖，他理所當然地認爲革命是「也僅是關於工人階級的事情」。女工邢翠英也是工人裏最活躍的，在參加過共產黨組織的罷工會議後，她「想起自己在絲廠中所遭受的痛苦，那工頭的強姦，打罵，那種不公道的扣工資，那種一切非人的生活……」也意識到了「現在的世界眞是不成世界！窮人簡直連牛馬都不如！這不革一革命還可以嗎？革命！革命！一定要革命！」〔註 73〕邢翠英身爲一個女工，她所理解的革命就是讓自己不再遭受苦難就必須將廠主、工頭一個個抓來殺頭，只有通過組織絲廠女工與資本家鬥爭，將女工賊從身體到尊嚴都要狠狠的教訓，於是才能有工人們伸伸頭的日子。因此，在工人們的理解中，只有通過暴力革命才能還自己一個不再被剝削被壓迫的日子。

這些從工人成長起來的工人領袖，他們有著和普通工人共同的經歷和體驗，同時由於他們接受了一些革命思想，在共產黨人和知識分子的帶領下懂得了反抗和鬥爭，也積極參與對身邊工友們的革命思想傳播。還有如《失業以後》中的朱阿順，S 紗廠裏那個身材細長的青年工人，不屈不饒地領導著工人同資本家對抗，「工人們便從廠裏一齊擁出來，面孔都高傲的，奮憤的緊張著，激昂的空氣還依然充滿在群眾裏。『打倒資本家！』『打倒走狗！』『恢

〔註 71〕蔣光慈：《短褲黨》，《蔣光慈文集》（第一集），上海文藝出版社，1982 年版，第 213 頁。

〔註 72〕蔣光慈：《短褲黨》，《蔣光慈文集》（第一集），上海文藝出版社，1982 年版，第 220 頁。

〔註 73〕蔣光慈：《短褲黨》，《蔣光慈文集》（第一集），上海文藝出版社，1982 年版，第 222～223 頁。

復被開除工友們的工作！』」〔註 74〕。小說最後朱阿順以犧牲小家來成就大家的精神詮釋了對革命的堅定；《秋之汐》裏的黃鈞生，帶領工友們處決了既有公仇（作爲罪惡的工頭）又有私仇（卑鄙爭搶自己的愛人林鳳英）的紗廠工頭張學才，處決前宣讀了工頭張學才的惡行：「罷工既遭其破壞，工友遂被其謀殺！如此罪大惡極，若不加以懲處，工人將無噍類！今已審訊屬實，且由該工賊自己簽押；理應予以判決，處以最後處分，解決其生命」〔註 75〕；《鹽場》中的祝先生、成和及「小馬先生」，儘管在帶領鹽民反抗的過程中遭遇了恐怖鎮壓與殘殺，但是他們自始至終並沒有退縮與放棄，「鹽民的鹽民協會又舉行盛大的集會，袁公庭和高阿泰的房子被搗毀。鹽民們又開始了活躍，增加了比以前更高的聲勢」〔註 76〕；《奴隸》中的水生，受政府壓迫而從省城到煤礦來作苦力的工人，後來成爲了煤礦工人罷工的領導者，變得足智多謀、沉著冷靜和富於革命經驗。在這些工人出身的工人領袖的號召與帶領下，其他無知識和懵懂工人也開始參與到抗爭中來。然而，這些工人是以群像出現的，他們只是意識到命運的不公平，產生的是最直接的改變自身處境想法，萌發的是簡單的反抗與鬥爭意識，他們並沒有眞正屬於自己隊伍的組織領導，加上工人群體本身受教育的程度低，知識貧乏。因此，他們的反抗鬥爭是並沒有經驗的，他們甚至會思想動搖，對革命產生懷疑，可想而知，革命是難以獲得勝利。比如《短褲黨》裏工人武裝起義最後發動的失敗，《子夜》裏瑪金的經驗缺乏，工人罷工鬥爭最後在屠魏嶽一番安撫性的勸告下退卻，革命的攻勢最終變成了利益的妥協，《失業以後》裏的朱阿順領導下的紗廠工人罷工最後也是以失敗告終，《鹽場》裏鹽民的罷工也沒有達到鹽民們的目的，《秋之汐》中的工人罷工在工頭張學才的破壞下也以失敗告終。

左翼作家在左聯文學革命理論的指導下塑造出來的工人形象，出於積極配合與宣傳社會現實鬥爭的需要，工人形象塑造流於了一種程序，工人是階級壓迫的受難者，他們所承受的苦難和暴力的工人的另一個代名詞，其實他

〔註 74〕劉一夢：《失業以後》，引自《春風沉醉的晚上——1919～1949 工業題材短篇小說選》，工人出版社，1984 年版，第 40～41 頁。

〔註 75〕李守章：《秋之汐》，引自《春風沉醉的晚上——1919～1949 工業題材短篇小說選》，工人出版社，1984 年版，第 88 頁。

〔註 76〕樓適夷：《鹽場》，引自《春風沉醉的晚上——1919～1949 工業題材短篇小說選》，工人出版社，1984 年版，第 116 頁。

們對眞正的革命是不甚瞭解的，作品中對空泛的革命話語、革命理想的渲染以及激情誇張的敘述其實是將工人形象更加的意識形態化了，其局限性也恰恰說明了於左翼作家在塑造工人時本身所陷入的一個思想困境。

在左翼革命文學題材的小說文本中，除了爲凸顯階級矛盾與抗爭的工人形象外，還有一群比較突出的「時代女性」〔註 77〕形象塑造，她們成就了女性形象發展變化的軌跡。如果說，在五四啓蒙影響下很多女性從封建傳統的大家庭裏走了出來，雖然也喚起了一定程度上女性意識的覺醒，然而卻並沒有給女性未來指明方向，「娜拉」出走了以後不是墮落了就是又回到了個人的小家庭中；但是，在三十年代的革命文學時期，由於社會政治、經濟與文化發生重大的轉變，文學作品中的女性形象有了新的選擇——革命，湧現了一大批走上革命道路參與救亡的新女性形象。

蔣光慈所引領的革命加戀愛模式小說，是三十年代的革命文學創作的潮流。錢杏邨就曾這樣評價：「書坊老闆會告訴你，頂好的作品，是寫戀愛加上點革命，小說裏必須有女人，有戀愛。革命戀愛小說是風行一時，不脛而走的。我們很多的作家喜歡這樣幹，蔣光慈當然又是代表。」〔註 78〕在蔣光慈的小說中，《野祭》開啓了革命加戀愛模式，書寫了兩位女青年與上海 S 大教書的男性革命文人陳季俠的故事。小說是以一個男性的視角來敘述女人的，因此對女性形象的構築與革命的關係可以看得更加的明顯。陳季俠原本對於章淑君是不感興趣的，但無奈章淑君落花有意，爲了靠近這位欣賞的愛人，她將陳所認同的革命事業作爲了自己終身的追求，於是她放棄了舒適平坦的生活，在反革命危機四伏的上海，毅然勇敢地走上了街頭去散發革命傳單，最後慘烈地死去。而另外一位陳所欣賞的鄭玉弦，卻因爲害怕反革命勢力逐漸疏遠了陳季俠，然而陳對她的反應卻是「這是我薄情的表現嗎？這是因爲我沒曾眞心地愛過她嗎？呵，不是！這是因爲她把我所愛的東西從她自己的身上取消了。」〔註 79〕按照陳季俠的理解，章淑君因爲愛慕自己而走上了革命道路，鄭玉弦因爲遠離了革命所以「我」對她的愛戀瞬間消失。在這三角

〔註 77〕見陳建華著：《「革命」的現代性——中國革命話語考論》，上海古籍出版社，2000 年版。

〔註 78〕錢杏邨：《革命的羅曼蒂克——序華漢的三部曲〈地泉〉》，《阿英全集》（第一卷），安徽教育出版社，2003 年版，第 673 頁。

〔註 79〕蔣光慈：《野祭》，《蔣光慈文集》（第一卷），上海文藝出版社，1982 年版，第 372 頁。

關係中，革命成為了最重要的元素，只有獲得了革命意識才有權利獲得愛情與幸福，否則，愛情就會被遺棄。從這裡可以看出，走上革命道路的時代女性，是離不開革命男人引導的。

蔣光慈的另一部小說《衝出雲圍的月亮》，對革命與愛情的關係處理延續了《野祭》的模式。小說講述了美麗的王曼英與兩個男人柳遇秋、李尚志的故事。王曼英原本愛戀的是口才流利與目光靈動的柳遇秋，然而在大革命失敗後，柳遇秋變節投向了國民黨陣營，此時的王曼英產生了消沉、幻滅的心裏，用自己的身體去報復這個萬惡的上海資本主義世界。正當她失去了目標而漂浮、遊戲於各種男人之中的時候，有著堅定革命目標的李尚志出現了，他鼓舞、激勵她，帶給了她無限生活的勇氣，於是王曼英就像衝破了烏雲密罩的月亮一樣獲得了新生，閃爍出了蓬勃向上的生機與動力。從作品中可以看出，王曼英作為一個女性，如果她不走上革命道路，那麼她只能消沉最終走上自我毀滅的道路，只有革命的男人才能給予她新生，才能給予她生活的希望與勇氣。

賀桂梅曾將革命與戀愛小說分為兩種模式：蔣光慈模式與丁玲模式。〔註 80〕她是從革命與戀愛的相互關係中來做劃分的，從某種意義上說，也反映出了丁玲對於革命文學理論的擁護與堅守，以及對男性革命話語的主動延續。三十年代丁玲的主要代表作《韋護》、《一九三〇春上海（之一）》中的麗嘉、美琳形象的塑造就是其很好的證明。前一部小說講述了麗嘉與韋護最終失敗的愛情，緣由是韋護覺得自己因為貪圖與麗嘉的愛戀而怠惰了革命，所以韋護最後放棄了麗嘉而選擇了革命。麗嘉作為女性，得不到自己想要的愛情，其緣由就在於麗嘉沒有革命意識。因此，一旦女性與革命脫離了關係後，她必然不可能獲得想要的幸福。後一部小說講述了美琳與兩個不同類型男人的故事，美琳本來是一個家庭中的小女人，有著舒適安逸的生活，然而她覺得空虛與寂寞，在左翼革命青年若泉的影響下，毅然拋棄了家庭，走上了革命的道路。兩個女性，因為革命，得到的是兩種不一樣的人生。一個是因為沒有革命意識而被拋棄，一個是因為革命而主動拋棄家庭，當然這其中少不了那個作為革命者的男人的巨大影響。如《一九三〇春上海（之一）》中的美琳，她作為一個受五四影響的女性，因為崇拜子斌於是與他過起了同居

〔註 80〕見賀桂梅：《性／政治的轉換與張力——早期普羅小說中的「革命加戀愛」模式解析》，《中國現代文學研究叢刊》，2006 年 5 月版。

安逸舒適的生活。「他們住在靜安寺路一個很乾淨，安靜的弄裏，是一個兩層樓的單間。他們有一個臥房和一個客廳，還有一個小小的書房，他們用了一個女僕，自己燒飯，可以吃得比較好。……還常常去看電影，吃冰果子，買很貴的糖，而且有時更浪費的花掉。」〔註81〕然而，隨著社會的動蕩與變化，以及若泉的言論與行動，美琳對自己的生活越來越感到苦悶與不滿足：

> 過去呢，她讀過許多古典主義浪漫主義的小說，她理想只要有愛情，便什麼都可以捐棄。她自從愛了他，便眞的離了一切而投在他懷裏了，而且糊糊塗塗自以爲是幸福的快樂的過了這末久。但是現在不然了。她還要別的！她要在社會上佔一個地位，她要同其他的人，許許多多的人發生關係。她不能只關在一間房子裏，爲一個人工作後之娛樂，雖然他們是相愛的人！是的，她還是愛他，她肯定自己不至於有背棄他的一天，但是她彷彿覺得他無形的處處在壓制她。他不准她一點自由，比一箇舊式的家庭還厲害。他哄她，逗她，給她以物質上各種的滿足。但是在思想上他只要她愛他的一種觀念，還要她愛他所愛的。她盡著想：爲什麼呢？他那麼溫柔，又那麼專制。〔註82〕

不可否認，從這段話裏，可以看到兩個不同類型的男人對於美琳生活選擇的左右與影響。子彬是讓美琳從舊生活中逃離出來勇敢與其同居的男人，當同居生活過於平淡失去了熱情的時候若泉出現了，是若泉帶領了美琳走入了另外一種生活狀態，可以說，美琳的兩次選擇都是與男人相關，都是在男人的影響下而選擇與之相關的生活狀態。當然，這是在三十年代革命文學盛行的時期，所以以革命者形象出現的男人往往要取代其他形象的男人從而實現女性的思想昇華並走上革命的道路，並獲得了生存的意義。

茅盾在三十年代對革命加戀愛小說創作進行了系統的評論，他批判了蔣光慈所代表的革命的浪漫蒂克，認爲這種臉譜主義的寫作是「對革命現實嚴重的扭曲，無法讓讀者見識到革命的眞實面。」〔註83〕於是，他按照自己的

〔註81〕丁玲：《一九三〇年春上海》（之一），《丁玲全集》（第三卷），河北人民出版社，2001年版，第267頁。

〔註82〕丁玲：《一九三〇年春上海》（之一），《丁玲全集》（第三卷），河北人民出版社，2001年版，第280～281頁。

〔註83〕茅盾：《「革命」與「戀愛」的公式》，《茅盾全集》（第二十卷），人民出版社，1982年版，第3頁。

革命文學理論創作了革命戀愛小說，如從《〈蝕〉三部曲》到《虹》，茅盾塑造了一系列都市女性形象。按照茅盾自己的說法，他將這幾部作品中的女性進行了分類：「《幻滅》，《動搖》，《追求》這三篇中的女子雖然很多，我所著力描寫的，卻只有二型：靜女士、方太太，屬於同型；慧女士，孫舞陽，章秋柳，屬於又一的同型。靜女士和方太太自然能得一般人的同情——或許有人要罵她們不徹底，慧女士，孫舞陽，和章秋柳，也不是革命的女子，然而也不是淺薄的浪漫的女子。如果讀者並不覺得她們可愛可同情，那便是作者描寫的失敗。」〔註 84〕從茅盾這兩段引語中可以看出，他認為他寫的革命戀愛與蔣光慈所宣揚的將是大相徑庭，他將革命戀愛從社會眞實出發，都市女性不再是單純的奔往革命道路的女性，將是一群更為複雜的值得理解與同情的新女性。然而，茅盾筆下的這些新女性終究是脫離不了與革命的關係，脫離不了與男人的關係，更準確的說是脫離不了被具有革命話語權男人的左右和影響，一旦這個代表著革命者形象的男人缺席的時候，女性就一定找不到生活前進的道路而只能陷入幻滅或沉淪。

靜女士是《蝕》中作者細緻刻畫的一個女性形象，她的人生軌跡大致可以概括為「希望——幻滅——重燃希望——幻滅」，始終徘徊搖擺在革命與戀愛這兩個生活重心之中。在五四女性解放意識的影響下，靜離開了安逸的家鄉來到上海求學，並懷著去參加革命天眞的幻想。在上海，她把同學抱素當成了自己假想的戀人，甚至糊裏糊塗地獻身給了他。當靜發現抱素只不過是一個輕薄的女性追逐者時，她感到美好的希望瞬間幻滅了。絕望之中的靜躲到醫院結果又患上了猩紅熱，但是卻在這個時候被醫院中的一群充滿了熱情和激情的革命青年所感染，於是她又重燃了勇敢與自信，並在醫院做起了看護，收穫了與軍人強連長的愛情。然而當強連長奉詔歸隊去參加革命時，靜的希望又一次幻滅了。從《幻滅》所勾勒出來的靜女士的生活軌跡來看，每一次她的幻滅都是與革命相關，當她參加革命的實踐希望在現實中幻滅時，她只好退出革命並回到自己個人的小天地裏。儘管小說沒有出現一個代表正義與勇敢的男性革命者形象，然而卻始終都暗藏著一條遠離革命就遠離眞正人生的主線，女性如果沒有被革命所引領，那麼她只有退回到作為小女人的個人感情生活中。反思當時的大革命失敗的現實，在處理革命與女性的關係

〔註 84〕茅盾：《從牯嶺到東京》，《茅盾全集》（第十九卷），人民文學出版社，1991 年版，第 179 頁。

上茅盾所採取的寫作策略其實與蔣光慈等人並無異同。

《動搖》中的孫舞陽是一個比靜女士更爲張揚、熱情的女性，她不僅有著豔麗的外表，更有著英雄般的革命氣概，就如她的出場一樣有著令人震撼的效果。「在緊張的空氣中，孫舞陽的嬌軟的聲浪也顯得格外娲娲。這位惹眼的女士，一面傾吐她的音樂似的議論，一面拈一枝鉛筆在白嫩的手指上舞弄，態度很是鎮靜。她的一對略大的黑眼睛，在濃而長的睫毛下很活潑地溜轉，照舊滿含著媚，怨，狠，三樣不同的攝人的魔力。她的彎彎的細眉，有時微皺，便有無限的幽怨，動人憐憫，但此時眉尖稍稍挑起，卻又是俊爽英勇的氣概。」〔註 85〕這個集中國傳統柔美女性形象與堅定革命者形象於一身的女性，比起男性革命者方羅蘭更冷靜、更堅定。所以當她投身革命運動中時，可以冒著酷暑、頭頂烈日、渾身汗水而不顧，發表演說與反動派鬥爭以及物色革命幹部她都始終如一地飽含革命鬥志。連革命者方羅蘭都要發出「舞陽，你是希望的光，我不自覺地要跟著你跑」的感歎。同樣，《追求》中章秋柳也是與孫舞陽有著一樣鐵一般的硬漢個性，但章還更顯得具有獨立意識和革命激情。章作爲一個女性革命者形象，她還被賦予了一個拯救男性革命者的身份，這是較之前的女性形象更具有徹底性的女性。然而，當革命徵用了女性這個軀體時，革命並沒有獲得成功，史循最後還是發病而亡，章秋柳也因此而感染了梅毒。張揚自己不要平凡生活的秋柳，在帶著梅毒的病體下能不走向人生的低谷嗎？茅盾本想讓她在人生追求中不斷走向光明，無奈現實的社會背景只能讓他沮喪，所以筆下的女性革命者是沒有獲得出路的，在小說的最後隱含著作者強烈的控訴「秋柳啊秋柳！你是如此熱情、豐腴而又自信，卻也要走向幻滅！」

如果說《蝕》三部曲中的女性形象塑造較之蔣光慈還有著茅盾自己的創作思路，那麼《虹》中的梅女士成長模式與蔣光慈中的女性形象塑造在很大程度上有相似之處。夏志清就曾指出「自蔣光慈以還，所有中國革命小說都幾乎千篇一律地出現這樣的一個英雄人物：他具有鐵一般的意志，絕不濫用感情，不受美色所誘，不爲敵人的威嚇所屈。他帶著神秘的色彩，獨往獨來，對社會不滿。」〔註 86〕梅女士出生在一個封建守舊的家庭，受五四反封建反

〔註 85〕茅盾：《動搖》，《茅盾全集》（第一卷），人民文學出版社，1984 年版，第 159 頁。

〔註 86〕夏志清：《中國現代小說史》，復旦大學出版社，2005 年版，第 108 頁。

傳統浪潮的影響，她反抗家庭包辦的婚姻，欲與私下戀愛的對象韋玉私奔，然而韋玉個性軟弱無能，拒絕了梅女士的要求並另娶了她人。梅女士在不得已的情況下暫時同意嫁給了父親許配的對象柳遇春。梅女士不甘婚後的平庸生活，她衝破了家庭的枷鎖隻身來到了四川瀘州的師範學校教書。當四川的生活與她的理想相差甚遠時，毅然拋棄了一切來到了上海，並加入了共產黨的地下活動。就在這個革命的中心之地上海，她遇到了影響了她一生的共產黨領袖梁剛夫。梁剛夫全身心地投入在了革命活動之中，完全不爲梅女士的美貌所動，這使得梅女士愈發的感到他對自己的吸引。於是，在革命者梁剛夫等人的幫助下，梅女士成長爲了一名激進的革命鬥士。在小說的最後，梅女士從孟淵旅社跑了出來，當她看到南京路上滿滿的人和間歇的口號、鼓掌的聲音時，她的熱血立刻再度燃起，並隨著人流參與到了遊行的革命隊伍中。梅女士最終在思想和行動上狂飄突進式的成長以及不怕流血犧牲的巨大飛躍似乎在暗示著她已經找到通往革命的道路，重塑成爲革命者的道路。

茅盾筆下的這些女性形象，雖然在他創作之處就指出她們不是革命者，但是茅盾又強調了「只要環境轉變，這樣的女子是能夠革命的」〔註 87〕。茅盾對這些女性形象的塑造寄託的是他自己的社會理想與文學革命理念，但是當女性遭遇革命的宏大敘事時，體現出來的卻並非有著眞正生命體驗的女性，而是被遮蔽了女性作爲女人的本來面貌，去迎合當時革命文學寫作的需要。於是才會在左翼文本中出現當女性的生活中缺失了一個象徵革命的男性符號時，她必然陷入一種混亂或者幻滅的生活狀態；而一旦出現了革命英雄的男性時，女性必然會在這個精神導師的引領下走上革命的道路。已經有學者注意到了這樣的女性成長精神脈絡，「大量出現的革命歷史小說，尤其是那些長篇小說，如《暴風驟雨》、《青春之歌》、《野火春風鬥古城》，直到《金光大道》等，其精神脈絡還不得不追溯到《虹》。」〔註 88〕《〈青春之歌〉：「革命＋戀愛」的現代翻版》〔註 89〕一文中也重點分析了《青春之歌》的敘事模式對於左翼革命文學敘事模式的模仿痕跡，作者還指出連楊沫也承認自己像

〔註 87〕茅盾：《寫在〈野薔薇〉的前面》，《茅盾全集》（第九卷），人民文學出版社，1985 年版，第 542 頁。

〔註 88〕陳建華：《「革命」的現代性——中國革命話語考論》，上海古籍出版社，2000 年版，第 33 頁。

〔註 89〕宋劍華：《生命閱讀與神話解構——20 世紀中國文學經典文本的重新釋義》，廣東人民出版社，2010 年版，第 131～145 頁。

白紙染墨般地吸收了五四新文學作品和左翼革命文學作品，從而內化成了自己的創作實踐，所以小說裏既有著魯迅、胡也頻、蔣光慈小說的敘事模式，又有一條明顯的「女性」在「男性」引導下皈依「革命」的人生軌跡。

左翼文本中工人形象與革命女青年形象的出現並非偶然，他們的出現首先代表了中國都市化已經進入了一個相對成熟的時期，尤其是沿海一帶都市的飛速發展，其金融、工商、外貿、文化、傳播等都達到了一個較高的水平；其次，是作家創作思想的轉變，左翼作家在政治、經濟與文化的變革中形成了鮮明的政治美學色彩，他們對於普羅大眾的書寫從五四時期的個體意象轉變到了集體群像的塑造，並且還提升了群體的思想以精神層次，成爲了最具有革命鬥爭力的無產階級，於是無產階級的革命文藝在左翼作家群體的筆下逐漸形成了一種風氣，因此普羅革命文學以洗滌都市階級罪惡爲目的而席捲了 30 年代的創作文壇。那麼，左翼作家筆下的工人形象與女青年形象是否眞的是對現實的一個眞實反映？作爲知識分子的作家們是否眞的放下了自己的身份去貼近大眾而創作出屬於大眾的文學作品呢？然而，頗具悖論的是，歷史場域中的都市大眾並非如左翼作家筆下的大眾，這無疑是值得我們去進一步分析與研究。

首先，從城市底層的工人主體來說，他們都是一群來自於鄉土農村的農民，他們並沒有接受過知識的訓練，極少會讀書寫字，即使進入了工廠掌握了一定的生產技術，也只是會以出賣自己的苦力去從事車間裏的重複勞動，他們關心的自己小家的衣食住行，他們無力去投資家庭的教育，更無力去思考更多的社會問題。以上海碼頭工人的祖籍研究爲例，大致可以看得出城市裏工人來源的變化情況。根據一份 1963 年的統計研究資料，在 1918 年以前，上海碼頭工人來自上海本土的佔 39%，來自農村的佔 58%，而在 1919～1937 年間，來自農村的工人佔到了工人總數的 86%，來自上海本土的下降到了 4%，還有來自其他城市的佔 10%。〔註 90〕儘管這只是一個小小的碼頭工人來源統計，但是這個數字也反映出了在三十年代工人的來源情況，其絕大部分都是來源於農村，一方面是農村的經濟收入低下，有的甚至破產，一方面是受城市的吸引，在城市裏生存的機會比起在鄉下刨根問土要相對容易。因此，三十年代城市裏的工人實際上就是農民的另外一個身份，他們一樣有著

〔註 90〕轉引自【美】裴宜理著，劉平譯：《上海罷工——中國工人政治研究》，江蘇人民出版社，2011 年版，第 59 頁。

農民的天性與品格，既墨守成規又安於現狀，因此部分左翼文本中的被壓迫、受剝削的苦難工人塑造實際上反映的還是延續著五四時期知識分子的悲憫情懷。

再看一組關於 30 年代左右工人罷工的數字統計，「上海罷工的第一次浪潮發生在 1919 年反日的五四運動期間。當年，在 56 次罷工中，有 33 次與五四運動有關。六年後，在反對英日帝國主義的影響下，一場次數更多、規模更大的罷工浪潮出現了。當年，在 175 次罷工中，有 100 次與歷史性的五卅總罷工有關。次年，爲了迎接北伐軍進軍上海，工人們發動起義。作爲配合，上海至少發生了 2 次總罷工。」〔註 91〕根據這份統計數字，可以看得出來，工人們的罷工大多是在共產黨的領導與號召下組織起來的，以飽受苦難爲群體特徵的工人們，在意識形態的指引下，將矛盾直接指向了階級對立，因此衝突與鬥爭成了消滅對立的唯一武器，於是作爲農民背景的工人們被知識分子在文本創作中進行了一個華麗的轉身，工人們的先進性與覺悟性成了無產階級推翻資產階級的思想武器，工人被賦予了有階級覺悟的、團結的無產階級革命領導者身份，中國的無產階級加入到了世界無產階級的反剝削、反壓迫的反資產階級革命浪潮。中國近代史的研究學者們已經能夠清楚地看到罷工浪潮是知識分子所激發出來的事物，儘管後來工人的命運與共產黨的命運緊密聯繫在一起，但是在當時國民黨人也參與到了知識分子的統一戰線之中。〔註 92〕然而，往往一場社會運動的發生都是在某幾個關鍵人物的號召和領導下，當這些先鋒人物通過利用報刊、媒體以及他們自身的資源造成了一定的社會影響之後，一場運動才得以發生，而絕大部分的參與者並不是與發動者保持著步調一致的思想訴求。有記載如下，作爲上海總工會領導成員之一的楊之華，她深入工廠開展革命宣傳工作，由於切身關注女工的生活、婚姻、孩子、住房等細緻的問題，確實收穫了很大的影響。然而，有工人回憶她組織女工去農村做革命宣傳的時候，「我們拿著竹籃，站在凳子上，向村民演講。那些農民見到這種情形，就罵我們，還喊道：『你們少囉嗦。你們吃飽了，沒事找事，是吧！』」〔註 93〕作爲農民，他對於革命思想的宣傳是毫不關

〔註 91〕轉引自【美】裴宜理著，劉平譯：《上海罷工——中國工人政治研究》，江蘇人民出版社，2011 年版，第 81 頁。

〔註 92〕參見劉明逵、唐玉良：《中國工人運動史》，廣東人民出版社，1998 年版。

〔註 93〕「趙笙英和趙銀英訪談錄」，1957 年 2 月 21 日，上海社會科學院歷史研究所工人運動檔案。

心的，他們關心的只是自己小家的生存，因此存在於農民與知識分子之間的隔閡是顯而易見的。相比起農民的抗拒反應，工人們倒是顯得要配合一些，至少他們是罷工的主力軍，但是罷工對於工人們來說，卻與政治意識形態無關，他們的想法非常簡單，即只要有收入就去。據資料記載，有工友曾這樣回憶當年參與罷工的認識：「我對罷工沒什麼認識……人們上街遊行，我就跟在後頭……在四個月的罷工中，我們得了不少罷工補貼。我們想：『不上班也能拿錢，眞是大好事。』我們根本沒有其他認識。當工廠復工後，大家又回去上班了。」〔註 94〕從這份回憶錄可以看出，工人參與罷工最大的誘惑就是有補貼可得，至於罷工的目的以及影響這些問題都不是他們關心的。儘管他們在形式上參與到了罷工之中，但是他們這種實用主義的思維方式與農民並無兩樣。

訪談錄或許只是代表個人的認識與看法，下面這組研究數據更能清楚地反映出底層工人對於政治意識形態的認識程度。研究者在選擇對象時，有意挑選了北平最普通且最容易接近的工人——洋車夫。經過對 100 個洋車夫的調查中，研究者發現他們對於「什麼是工會」這個問題能正確認識的幾乎很少，大多數的人只是一知半解，甚至有 5 個人還認爲工會是搗亂的地方，有 7 個人完全一無所知；對於「工會的目的是什麼」的問題，絕大部分認爲是開會和標語，其中有 5 個認爲是打倒電車與汽車，可以說這代表了一部分工人的想法，說明工人最直接的想法就是現代機器文明對於工人原始勞動力的擠佔與取代，因此工人是持反對態度的，不得不承認這是他們參與罷工最直接的訴求；關於「恨不恨車廠」的問題，有 71%的工人表示不恨，而表示恨的只佔 10%，這個答案可以看得出來工人其實並沒有強烈的階級矛盾意識，他們所認爲的敵人其實還是汽車與電車這些與之相競爭的機器；至於「什麼是革命」的問題，絕大部分的工人應該是從標語與口號中得知的；而「革命好不好」的問題，贊成的只佔 36%，應該說這少部分工人之所以贊成，完全的與他們自身的直接利益有關，他們只關心失業與保障的問題，而其大部分人是根本不懂什麼是革命，也不關心革命成功與否。〔註 95〕

顯而易見，不論是訪談錄還是統計數據，都看得出來工人對於罷工、對

〔註 94〕「李新寶訪談錄」，1958 年 8 月 11 日，上海社會科學院歷史研究所工人運動檔案。

〔註 95〕李文海主編：《民國時期社會調查叢編》（城市勞工生活卷）（下），福建教育出版社，2005 年版，第 1283～1306 頁。

於革命的瞭解與熱情，他們與左翼文本中的工人形象可以說是兩個不同的版本，知識分子與都市底層人物之間的隔閡明顯存在。如果說左翼文本中的工人形象是想像性的寫作的話，那麼左翼作家明顯並沒有眞正瞭解工人的生活狀況，或者說由於革命文學創作的需要，左翼作家人爲地賦予了工人一個無產階級鬥士的身份，以此來激發、鼓舞廣大的工人參與到政治潮流中來。魯迅先生就曾在《黑暗中國的文藝界的現狀》中這樣分析：「所可惜的，是左翼作家之中，還沒有農工出身的作家。一者，因爲農工歷來只被迫壓，榨取，沒有略受教育的機會；二者，因爲中國的象形——現在是早已變得連形也不像了——的方塊字，使農工雖是讀書十年，也還不能任意寫出自己的意見。」〔註 96〕因此，隨著革命形勢的需要，工人本身無法承擔「站在人生戰陣的前鋒者的文學，……在機器旁邊作工的勞工小說家，……負著槍爲民眾流血的戰士的文學家，……提著鋤頭在綠野裏耕種的農民詩人」〔註 97〕，也無法「在而今的世界裏，說要使無產階級的人，充分獲得文學上的修養，而建立他自己階級的文學，那是絕對辦不到的事。」〔註 98〕爲此，作爲知識分子的左翼作家們主動承擔起了這一宣傳與發動的任務，也因此而陷入了藝術創作的窘境以及對現實工人的失語狀態。如茅盾在《從牯嶺到東京》一文中這樣描述文壇狀況：「老實說，當時的革命文學的作家只是革命的小資產階級知識分子，誰也沒有長期在工、農中間生活過，同工農一樣勞動。在當時，革命文學的作者即使有決心到工農中間去，事實上也行不通。」〔註 99〕丁玲後來反思自己三十年代的創作時這樣說道：「1927 年大革命失敗以後，國民黨反動派的大屠殺，不能不使我進一步思考，中國的出路在哪裏？人民的出路在哪裏？我很自然地站在人民一邊，我的思想日益左傾。我原本並不想當作家，而是迫不得已的，中國舊社會使我很受不了，我該怎麼辦呢？於是在無任何出路之下，開始寫小說」〔註 100〕從茅盾、丁玲的話語中，幾乎可以看得出來當時

〔註 96〕魯迅：《黑暗中國的文藝界的現狀》，《魯迅選集》（第三卷），人民文學出版社，1983 年版，第 61 頁。

〔註 97〕中國社會科學院文學研究所現代文學研究室：《「革命文學」論爭資料選編》，人民文學出版社，1981 年版，第 30 頁。

〔註 98〕中國社會科學院文學研究所現代文學研究室：《「革命文學」論爭資料選編》，人民文學出版社，1981 年版，第 106 頁。

〔註 99〕茅盾：《從牯嶺到東京》，《茅盾全集》（第十九卷），人民文學出版社，1991 年版，第 176 頁。

〔註 100〕丁玲：《我的創作與生活》，范橋、盧今編：《丁玲散文》（下），中國廣播電視

左翼作家的創作動機和目的，以及強烈的責任感和使命感。然而，左翼作家們爲了完成這一加冕在自己身上的偉大任務，他們創作出的藝術遠離眞實工人生活的實際，以一個知識分子的沉重使命感創作出了面向知識分子的作品，工人既不關心革命，事實上他們的文化層次決定了他們既不能讀也不瞭解這些革命文學作品。同樣，知識分子創作出的工人也不是眞正意義上的城市工人，他們對於暴力革命的理解、他們對於自身經濟問題的訴求是欠缺的，其實質就是一個徹徹底底的農民，工人群體的形象在左翼文本中面目是模糊、臉譜化的，正如知識分子最熟悉的還是對農民的瞭解一樣，工人形象實際上就是在革命地圖的轉移以及知識分子生存環境的遷移下將農民武裝成工人的一個變體。

三十年代左翼文本中女青年成長爲革命女性的敘事手法，凸顯出的是左翼作家們政治化想像書寫，其實與對工人形象的書寫是如出一轍的。作家們傳達出是一種無性別寫作方式，是對社會政治話語和革命之間一致性的一種表達方式，對女性意識淡化與隱退。如茅盾在小說《虹》中，對梅行素在離家出走的娜拉時期的描寫是非常豐滿而且富於藝術感染力的，但當她跨進革命時代時，很明顯，她的形象塑造變得簡單，成爲了拋棄一切只顧追隨革命的「男人式」女人，從而導致概念化與臉譜化。同樣，在丁玲的作品中，相比早期創作中塑造的莎菲、夢珂等細膩深刻的女性形象，在三十年代之後《韋護》中的麗嘉、《一九三〇年春上海》中的美琳、《田家沖》中的三小姐也幾乎是一個政治化的符號，充滿了教條色彩的她們是沒有深刻的思想感情的，也沒有作爲女性所特有的女性生命體驗的。「……丁玲徹底投入左翼活動，試想，倘若丁玲繼續發展都市女性文學的創作路線，今日她的作品會呈現何種面貌？當時的女性是否眞的可以不被愛情牽制，不追隨男性的步伐前進？革命文學是解放女性，或者將女性去性別化？早期的都市女性，與後期的農村姑娘，哪一張才是丁玲眞正的自我面貌？無論丁玲的革命戀愛小說如何詮釋，對丁玲自身而言，她竟也充滿嘲諷地落入革命戀愛小說的公式中，革命成爲愛情匱乏之後的替代品。」〔註 101〕這段文字對於丁玲創作的反思，其實也是對於左翼作家們的一個反思，革命理想的張揚遮蔽了女性的生命體驗，

出版社，1997 年版，第 270 頁。

〔註 101〕【臺灣】蔣興立：《左翼上海》，秀威信息科技股份有限公司，2012 年版，第 99 頁。

是值得玩味與思考的。

左翼作家們以知識分子的憂國憂民的情感關懷，將女性納入到了革命的寫作當中。因此，他們幾乎有著一致的敘事模式，就是每個一成長爲革命女青年的女性，都是在革命男性精神導師的幫助與指引下成長起來的。不同的男性導師造就的是女人不同的人生道路，而女人是沒有選擇的權利。如《幻滅》中的靜，一個從傳統家庭走出來的中國女性典型代表，她走出來接受了新式教育，閱讀各種報刊雜誌，於是嚮往並奔赴最革命的城市，主動追趕著革命時代的時尚，認爲這是「人們共同創造歷史的時代，你不能拋棄你的責任，你不應自視太低」〔註 102〕。在這樣一個大革命的時代裏，要想確立自身的重要途徑，那就是參與革命，然而女人要參與革命，戀愛就是其通往革命的必經之道。通過對比一系列的這類女青年形象書寫，很難發現在這些女性身上的女性自覺意識，反而只能強烈地感覺到她們對於依附男性以及渴望被愛的一種躁動心理。如《衝出雲圍的月亮》中的王曼英，當她孤身一人來到上海時，她感覺自己是一個被世界拋棄了的人，於是她產生了一種極端報復社會的方式，那就是「利用著自己的肉體所給予的權威，向敵人發泄自己的仇恨」〔註 103〕無疑，當缺乏被愛時，女人只有陷入困境之中。而一旦當有男性革命者出現時，女人立即變得革命起來。但是仔細分析，這些革命女性形象，她們所從事的與女性解放事業是沒有一點關係的，反而有一種背道而馳的意味。這些女性形象的出現，完全是男權政治話語下的產物，她們自覺放棄了作爲一個女人所特有的女性特徵，以此將自身投入到時代的洪流中尋找自身的存在感。讓我不得不震驚的是，作爲女性作家，也徹底地放棄了作爲女性的自我，而臣服在了男性話語系統之中，這是五四以來一直追求的女性解放的最好諷刺。如在《一九三〇年春上海之二》中，在革命思想的指引下，丁玲看待女性的美已經完全排斥女性性徵了，她試圖去構建一套新的審美話語來界定女性的特質：

> 他又俯首看瑪麗，瑪麗太美了，一種驕貴的美，她的肉體的每一部分，都證明她只宜於過一種快樂生活，都只宜於營養在好的食品中，呼吸在剛剛適合的空氣中，她的每一動作，只能用在上等交

〔註 102〕茅盾：《幻滅》，《茅盾全集》（第一卷），人民文學出版社，1984 年版，第 65 頁。

〔註 103〕蔣光慈：《衝出雲圍的月亮》，《蔣光慈文集》（第二卷），上海文藝出版社，1982 年版，第 139 頁。

> 際場合。不過他又想也許瑪麗剝掉這些華美的服裝，穿起粗布大衣，卻更顯出她的特質，她若能學得粗野點，反生出另一種說不出的美來，是可能的。他再看瑪麗，瑪麗雖然便似乎改了樣，一副他理想中的強倔的粗健的，稍稍帶點男性，卻還保持著她原來嫵媚的美的形狀。〔註 104〕

從望微對瑪麗的這段想像中可以看出，瑪麗有著柔美、高雅與精緻的美，這完全適合傳統審美眼光對女性的定位。然而，望微卻覺得這是一種帶有資產階級的美，是不值得欣賞的，她必須接受全新的改造：剝掉華美的服飾，換上粗布大衣，這樣才能能體現出無產階級女性的生活狀況，同時還必須有一個粗健的身體，這樣才能勝任無產階級的鬥爭使命。望微對於女性主體的塑造完完全全是參照男性形象而構建的，或者說是在革命主體意識下將女性的柔美視爲了一種資產階級的女性審美，只有完成對於資產階級意識的徹底改造，才能建立無產階級的革命意識。因爲在資產階級的意識形態下的女性柔美精巧的美，暴露的是一種資產階級男性的賞玩眼光，而革命就必須要去除這種資產階級的意識，因此女性特徵被主動過濾與遮蔽。

如果說革命女性是以泯滅女性自己性徵爲前提而構建的話，那麼，只能說這些革命女性就是男性的翻版，是左翼作家們想像女性的產物，是對自身形象的一個變體，並沒有超越於長期以來對於女性特質的想像，並沒有塑造出新時代的女性特徵，相反，還是延續了傳統中對於女性的定位，那就是女人終歸是男性的依附，也暗示出了幾千年來女性對於男性的非理性依賴關係。

無產階級革命文學（爲應對國民黨政府而同時命名爲「普羅文學」），傾向於把文學當作政治的「留聲機」，「文學是革命的先驅」，「文學即宣傳」，它強調的是文學的階級性與功利性，無產階級文學必須爲無產階級服務，於是政治的價值放在了首要的位置，文學成爲了政治的附屬品。因此，出於文學創作的需要，左翼作家們自覺地承擔起了廣大底層人們的代言人，放下作爲知識分子高高在上的身份，去貼近老百姓的生活，以此書寫出大量反抗剝削、反抗壓迫的典型人物。但是，在敘事中，他們對於工人形象的塑造還是流於了一種簡單的程序，將工人直接描繪成了階級壓迫的受難者，和暴力反抗的

〔註 104〕丁玲：《1930 年春上海之二》，《丁玲全集》（第三卷），河北人民出版社，2001 年版，第 311 頁。

鬥爭者，儘管他們對「革命的眞正目的是什麼」不甚瞭解，但他們一樣會滿懷激情地去爲革命獻身，這不得不說是知識分子創作工人形象的一個困境；同樣，強加承載在革命女性身上的政治意識形態的重負，從而導致她們身上體現出來的社會意識多於女性意識，使得她們作爲女人卻失去了女人的最本眞的面目，將五四以來的女性解放牢牢地桎梏在了女性對男性的依附與臣服之中。所有這些對於政治思想的直接演繹式書寫，不僅是時代的遺憾，也是在當下我們應該反思的問題。

第三節　理想與傳統的「鄉土」市民

中國現代文學在三十年代，文化啓蒙、政治救亡、民族革命伴隨著複雜的歷史成了時代文學的主流。然而，就在這樣一個特殊而緊張的歷史空間裏，現代文學展現出了它多棱鏡、不間斷的書寫軌跡，呈現出了多種創作風貌。其中有一股清泉般的自由審美創作思潮，更是以遠離政治意識形態、浪漫的文學情懷和相當的注意力，在關注著悄然變化的現代都市。儘管在戰爭文化的制約下，都市文學作家們大都無法逃離民族國家的宏大立場，或多或少地去關注民族革命戰爭，但是，由於作爲自由立場的知識分子，他們在自己的創作中一方面表現出與時代的合拍，而更爲突出的是自覺地以自身的趣味爲指引，書寫出都市裏充滿著中華民族人倫特點以及充滿人情味道的人生百像，在「俗」中體現「雅」，「雅」「俗」共享，將傳統與現代很自然地融爲一體，從而大大豐富了三十年代現代文學的歷史圖貌。

一座「城」與一個「人」的關係，如果他們之間達成了一定的默契，那麼，這個「人」必然是「城」文化最好的詮釋者，他們之間契合的精神已然是如水乳般交融的。趙園在分析北京城與人時，她深深地洞見出了這個秘密：「只有鄉土社會，才能締結這種性質的城與人的精神契約的吧，人與城也才能在如此深的層次上規定與被規定。」〔註105〕她的分析不僅僅指出了「人」與「城」的深層的對應關係，還透視出了在強大的傳統文化社會裏，是「人」的文化與審美選擇決定了「城」以何種方式的存在，同時「城」的審美內蘊又強大到將「人」的文化趣味納入到了自己的體系之中。所以，「『城』在作爲鄉土或鄉土的代用品的情況下，才能以這種方式切入、楔入人的精神生活，

〔註105〕趙園：《北京：城與人》，上海人民出版社，1991年版，第9頁。

使人與之文化認同，乃至在某些方面同化，分有了它的某種文化性格；人與城才能有如此的融合無間：氣質、風格、調子、『味兒』，等等，像是長在了一起，天生被連成一體的。」〔註 106〕「城」與「人」是如此的不可分割，那麼什麼樣的「人」才足以稱得上「城」的形象賦予者呢？當然，這裡的「人」並不指代個體，而是一個有著共同特徵的群像人。如果說出於精英階層的知識分子是城市形象的締結者，那麼我們應該繼續追溯精英知識分子的精神來源，精英知識分子的知識架構是在強大傳統文化的培育下形成的。精英知識分子畢竟是社會的上層，代表的少數人，而最能在生活之中延續傳統的應該說是廣大的平民階層。在一個城市裏，廣大的平民階層用我們一般的俗稱來定義就是小市民。由於在鄉土中國，來自西方的「市民」概念是不足以描述城市平民的，而我們中國自產的「市民」稱謂——「小市民」最符合中國特殊社會歷史狀況了。

對於「小市民」這一概念的研究，學者林佩瑞到魏斐德、葉文心，他們似乎都不能準確地描述出這一群體的特徵，但他們都認同的是「小市民」中的小手工業者、小店主、小商人以及低等官員，都代表了中國小市民們的精神狀態。「小市民」，顧名思義，就是「小」和「市民」組成，其中「小」指代的是人物在社會地位上的低，是與精英階層相對應的一個階層，「市民」，理所當然是從居住地出發的一個包含了空間意識的詞語，是指與農村人相對應的城市人。所以學者盧漢超從這一起點出發，指出「小市民」就是普通的街坊，也是類似於形容普通城鎮居民的詞語——市井之輩，表明了他們以居住社區爲基礎的一個社會等級的共同特徵。〔註 107〕根據鄉土中國國情，由於近代以來在中國並沒有形成佔優勢地位的資本主義經濟關係，同時也由於城市現代化進程的漫長與艱難，在三十年代並沒有形成眞正具有現代意義上的城市，可以說，大部分城市還是充滿了根深蒂固的市井意識，這市井意識主要是指隱藏在中國市井民眾日常生活的原生態中的最爲隱秘而敏感的秘密，也就是所表現出來的傳統倫理道德和審美趣味等。「中國的市民都是由鄉民轉化而來，他們是帶著傳統的文化觀念來到快速擴張的城市中的城市人。」〔註 108〕這句話所指的「市民」實際上就是市井之民，小市民，因爲他們就是

〔註 106〕趙園：《北京：城與人》，上海人民出版社，1991 年版，第 9 頁。

〔註 107〕【美】盧漢超：《霓虹燈外——20 世紀初日常生活中的上海》，段煉、吳敏譯，上海古籍出版社，2004 年版，第 49 頁。

〔註 108〕湯哲聲：《流行百年》，文化藝術出版社，2004 年版，第 14 頁。

生活在市井社會之中，儘管他們居住在城市裏，但是他們的精神還是傳統的、鄉土的道德觀念。因此，在自由、審美視域下的都市書寫中，「小市民」代表著的就是城市的平民階層，他們才是城市的根基所在，抓住了市井之民的特徵，也就捕捉到了城市的「魂」。

在審美視域下的都市寫作中，書寫小市民階層的生活態度和思想觀念，和在其文本中刻意描繪他們生存的原生本眞狀態，以及展現出來的審美趣味與市井風情，成爲了這些作品的底色和基調。這些作品在遠離時代宏大主題的思想支配，以一種冷靜的、審美的、世俗的態度去觀察與顯現人生。自由作家之所以能跳出文化主流的圈子去構建一個自己的都市世界，源於他們對於傳統文化的深深體驗與把握。因此，作品往往能以貼近生活的形式以及生活的原生態將城市集鎮、市井小巷之中的文化風貌來呼應現實社會的環境，在刻畫人物尤其是剖析人物心理方面，將小市民魂靈裏的「市井之民」這一歷史蘊涵在幾千年來的歷史文化與現實社會中表現得淋漓盡致。在現代到當代的都市文學創作中，典型代表從張恨水、老舍、張愛玲、蘇青到汪曾祺、陸文夫、鄧友梅到王朔、池莉，顯然已構成了書寫市民濃鬱的「市井意識」的文學長廊畫卷，可以說，這種傳統在中國現當代文學的文學脈絡中佔有著不可忽略的地位。

30 年代的文學創作，左翼作家從社會、政治、文化的變革中去宣揚其革命美學，因此在小說中，無處不以政治爲目的去彰顯自己美學追求。然而，在由左翼、京派、海派共同構成的都市敘事中，除去政治色彩濃鬱的左翼都市敘事，京派與海派從自由立場出發的都市敘事，開啓了都市小市民書寫的盛宴。這種專注以日常生活爲內核的小市民意識是有其淵源的產生背景的。最早書寫小市民的文學應該追溯到宋明話本。在宋代，由於商業經濟的繁榮，城市得以擴張，城市人口也大量增加，因此市民階層也逐漸壯大。而是市民娛樂的項目也越來越多，到明代的話本中出現了書寫市民日常生活的場景，如「三言二拍」中就有大量的關於市民市井生活的故事。隨著封建城市的發展，大量出現的供市民所娛樂的小說話本，一方面，通過展示市民的生活，表現出了富有現實人情味的俗世生活，將市井之中家庭的悲歡離合、愛恨情仇描寫的跌宕起伏富有趣味；另一方面，市井之民逐步成爲了小說的主要人物。茅盾就曾這樣描述過：「眞正的市民文學——爲市民階級的無名作者所創作，代表了市民階級的思想意識，並且爲市民階級所享用欣賞……

這樣的東西是到了宋代方得產生而發展起來的……這是市民階級站在自己的立場上，用文藝的方式，表示了對古往今來、人生萬象的看法和評判；同時亦作爲『教育他們本階級，以及和封建貴族地主階級進行思想鬥爭的武器』。」〔註 109〕馮雪峰在茅盾的理解上又有這樣一層意思：「宋以後的這個時期，在文學上，特別是南宋和元及其以後，有一個比過去非常顯著的不同，即文學已不是只爲皇帝官僚和士大夫階級服務，並且也爲平民服務（其實發軔於唐代），即爲商人、差吏和兵士、城市手工業者和平民服務，市民文學或平民文學開始發展起來。……這時期以市民文學爲中心的現實主義，就不僅在中國是空前的發展，而且賦有近代的性質和色彩。」〔註 110〕從茅盾與馮雪峰的言論中，基本可以認爲，具有中國市民特質的「小市民文學」從宋代開啓。

在經歷了宋明話本到清代的小說，行至晚清民初的狹邪小說、鴛鴦蝴蝶派小說，書寫城市普通市民日常生活的傳統一路得以傳承下來。自宋代開始至三十年代的書寫小市民的作品中，在其精神氣質與思想觀念上，幾乎有著許多的共同之處，也就是說在作品的思想中存在有濃厚的市井氣息，在故事的處理上多以日常生活爲主題，其表現主體——普通市民，不僅有著中華民族的傳統思想還有著充滿人情味的人倫道德，體現出的是民間的風俗人情美以及傳統文化底蘊，既遠離意識形態中心，同時又不缺乏對於民族傳統文化的傳承。當然，在晚清之後隨著社會政治、經濟的變遷，以及五四文學革命的衝擊，書寫市民的文學也進入了一個自身發展的轉折點而產生出了新的特質。首先，在創作小市民文本的藝術表現形式上，能融合五四以來的變革的新的創作形式；同時在精神氣質與審美趣味上，既有著傳統的市井趣味，同時也不乏現代城市市民的精神氣質；還有，在題材的選取上，不僅能從日常生活裏去發掘小市民的種種意識與心態，還能從都市新生活裏折射出現代都市的世間萬象與精神根基。儘管隨著社會歷史的變遷以及日常生活範疇和內涵的變化而逐步形成了有著時代特色市井意識，但是，作爲一脈相承下來的小市民文學的靈魂，不論它是怎樣變幻，普通市民的生存方式與生活內容即衣食住行、喜怒哀樂、審美情趣等等永遠都是市井意識所要表現的內容。因

〔註 109〕茅盾：《茅盾文藝雜論集》，上海文藝出版社，1981 年版，第 843～859 頁。

〔註 110〕馮雪峰：《中國文學中從古典現實主義到無產階級現實主義的發展的一個輪廓》，《文藝報》，1952 年第 14 號。

此，本節著重從小市民日常生活層面來探討、研究三十年代的都市小市民與傳統小市民的關係，選取張恨水、老舍、張愛玲、蘇青等作家爲典型代表進行分析。

費孝通在《鄉土中國》一書中談到鄉土本色，他認爲中國基層社會的人都處於一個鄉土關係模式之中，不論是從家族、禮治秩序、還是長老統治、血緣地緣上去分析國人，都離不開傳統農業社會文化的關係網。〔註 111〕作爲古老皇城的北平，更是一個受傳統文化浸染透徹的城市。儘管在三十年代，它已經在傳統與現代的轉型中日益都市化，但是它作爲一座具有深層歷史文化底蘊的都城，在知識分子的想像中，更多的還是以一座傳統世俗風味與人情的城市，因爲這裡有著更爲親切與深沉的鄉土感。就算是非北京籍貫的作家如郁達夫、師陀等，都自覺地將北平看成是一座鄉土本色之城，如郁達夫就曾這樣說：「具有城市之外形，而又富有鄉村的景象之田園都市」〔註 112〕然而，最能觸及北平千年歷史神韻的作家在 30 年代非老舍莫屬。趙園在分析「城與人」之關係時就這樣感慨：「並非任何一個歷史悠久富含文化的城，都能找到那個人的。他們彼此尋覓，卻失之交臂。北京屬於幸運者，它爲自己找到了老舍。同樣幸運的是，老舍也聽到了這大城的召喚，那是北京以其文化魅力對於一個敏於感應的心裏的召喚。」〔註 113〕誠如她所言，老舍確實是一個被北京文化浸透了的作家，儘管他也出過洋留過學，但是北平深深的文化底蘊一直紮根在了他思想骨髓之中。他所推崇的價值觀念來源於中國傳統文化中倫理體系，如忍辱負重的人格品質、積極入世的人生態度、嚴格自律的道德修養、講求實際的人倫關係、懲惡揚善的價值取向，當然也不缺乏對因循守舊的小農心理的反思與批判。他在關注北平普通市民的人生百像時，主要是以文化審視的視角，將京城的精神品格悄然地固定在了每一個市民的生活圖景。不管老舍筆下的是新派市民還是老派市民，老舍賦予他們身上的傳統倫理價值觀念都在不經意的瑣碎的日常生活中凸顯出來。對於老舍筆下市民的書寫，有這樣的評價：「在中國現代小說史上，就所提供的市民人物的豐富性與生動性來看，老舍是第一位的。他的藝術世界幾乎包羅了市民階層生活的一切方面。顯示出他對於這一階層百科全書式的知識

〔註 111〕參見費孝通：《鄉土中國》，人民文學出版社，2008 年版。

〔註 112〕郁達夫：《住所的話》，轉引自趙園：《北京：城與人》，上海人民出版社，1991 年版，第 7 頁。

〔註 113〕趙園：《北京：城與人》，上海人民出版社，1991 年版，第 10 頁。

積累。更重要的是，他以自己的藝術形式，對他熟悉的獨特對象——市民社會，並且是北京的市民社會進行了異常深刻的發掘，從而對民族性格、民族命運作了一定程度的藝術概括，揭示出時代的本質。毫不誇飾地說，老舍是中國現代文學史上最傑出的市民社會的表現者和批判者。」〔註 114〕因此，一想起老舍筆下的張大哥、祁家老小、虎妞、祥子、老張、牛天賜、大赤包等等人物，立即就會浮現出一副北平生活場景：城牆、胡同、大雜院、車廠、茶館、戲樓、澡堂、老字號……，以及節慶廟會、品茶下棋、喝酒娛樂……，所有這些都構成了充滿地域文化色彩的畫卷，也一一對應著北平的精神品格。

在老舍筆下的人物中，是不能按照階級或者經濟地位去劃分，因爲老舍並不注重主流文學所依據的階級特徵與階級關係，他們純屬是構成北平生活畫卷裏的人物，可以是街坊、鄰里，或者是家族、朋友，而正是由於這樣構成了充滿人情味的人際關係，才使得老舍的小說更能體現出文化「京味」。如作爲典型的北平人《離婚》中的張大哥，老舍是這樣描述他的：

> 除了北平人都是鄉下佬。天津，漢口，上海，連巴黎，倫敦都算在內，通通是鄉下。張大哥知道的山是西山，對於由北山來的賣果子的都覺得有些神秘莫測。最遠的旅行，他出過永定門。……他沒看見過海，也不希望看，世界的中心是北平。〔註 115〕

從這段話可以看出，張大哥所謂的「北平中心論」實際上諷刺的就是狂妄自大而又閉塞狹隘的小農心理。沒出過北京城，卻敢於宣稱天底下的中心就在京城，一開始就抓住了北平人的狹隘閉塞的性格特徵來源：北平作爲封建王朝的古都，逐漸積澱了帶有中華民族傳統的生活方式、文化習俗以及社會心理，以及作爲京城人特有的尊貴身份與自大傲慢。當這種傳統文化心理一代又一代地影響著市民的思想與行動時，守規矩、講禮節、講等級以及因循守舊等等成爲他們無意識下的群體特徵。關於張大哥這個形象，老舍曾在《我怎樣寫〈離婚〉》一文中這樣回憶道：「我不認識他，可是在我二十歲至二十五歲之間，我幾乎天天看見他。他永遠使我羨慕他的氣度與服裝，而且時時發現他的小小變化：這一天他提著條很講究的手杖，那一天他騎上自行車—

〔註 114〕趙園：《老舍——北京市民社會的表現者與批判者》，《論小說十家》，浙江文藝出版社，1978 年版，第 16～22 頁。

〔註 115〕老舍：《離婚》，《老舍文集》（第一卷），四川人民出版社，1982 年版，第 267 頁。

—穩穩的溜著馬路邊兒，永遠碰不了行人，也好似永遠走不到目的地，太穩，穩得幾乎像凡事在他身上都是一種生活趣味的展示。」〔註 116〕可以說，老舍對張大哥這個人物的熟悉程度就如同對北平城一樣了。所以張大哥既是作爲北平城市的靈魂，又是作爲北平傳統文化的化身。

張大哥做人處事有一套自己的人生哲學——折中平和與敷衍妥協。因此，對任何事情都是一副處事不驚的樣子。對於時事政治，他的看法是：「哪一黨的職員，他都認識，可是永不關心黨裏的宗旨與主義。對於革命黨，他必定永遠留著神，躲著走，非到革命黨做了大官，他是決不送的」〔註 117〕；而在爲人處世方面，他處處顯露著老練與圓滑。在小說《離婚》裏，主要寫了三個主要的角色：圓通的老張、老實的老李以及惡棍小趙。正直忠厚的老李，是老張的好朋友，專門坑人的小趙也是老張的座上賓。對於這兩個人，老張都不想得罪，但當涉及到自己利益的時候，老張覺得「世界上沒有不可以作的事，除了得罪人」〔註 118〕，而此刻他寧願去得罪老實的老李也不願負小趙，因爲老張心裏清楚，因爲老李人品好且爲人厚道，自己如果有對不起他的地方，老李也不會給他不利的後果吃。但是小趙卻不一樣，他爲人陰險狡詐，同時還是科長太太跟前的紅人，是不可以得罪的。「何況，爲朋友而得罪另一個朋友不便，冬季的幾噸煤是由小趙假公濟私運來的——一噸可以省著三四塊——似乎不必得罪小趙。即使得罪了小趙，除了少燒幾噸便宜煤，也倒沒多大的關係；可是得罪人到底是得罪人，況且便宜煤到底是便宜煤。」〔註 119〕從老張的這幾句話中可以看到一個其軟怕惡的性格特徵，同時又暴露出他圓滑世故的一面。

張大哥還是一個安分守己、安於現狀的過日子的人。他認爲生活就該有個生活的樣子，要井然有序、按部就班，所以他覺得婚姻作爲繁衍發展的基石，是不可以隨便更改的。因而，在小說一開篇就這樣介紹：「張大哥一生所要完成的神聖使命：作媒和反對離婚。」據他看「介紹婚姻是創造，消滅離

〔註 116〕老舍：《老舍生活與創作自述》，人民文學出版社，1997 年版，第 30 頁。
〔註 117〕老舍：《離婚》，《老舍文集》（第一卷），四川人民出版社，1982 年版，第 252 頁。
〔註 118〕老舍：《離婚》，《老舍文集》（第一卷），四川人民出版社，1982 年版，第 337 頁。
〔註 119〕老舍：《離婚》，《老舍文集》（第一卷），四川人民出版社，1982 年版，第 321 頁。

婚是藝術批評。」〔註 120〕於是，張大哥不僅熱心於爲姑娘小夥們牽線搭橋，同時，他還奉行著他有獨創的「顯微鏡兼天平」原則：「在顯微鏡下發現了一位姑娘，臉上有幾個麻子，他立刻就會在人海之中找到一位男子，說話有點結巴，或是眼睛有點近視。這樣才顯得平和，才是上等婚姻。」〔註 121〕在張大哥的理解中，祖祖輩輩結婚過日子都是這麼過來的，因而嫁娶是要遵循媒妁之言、父母之命，人生道路也是要按部就班、遵循傳統的。所以，他一方面爲自己兒子設計的人生道路就是：「只盼著他成爲下得去的，有模有樣的，有一官半職的，有家有室的，一個中等人……家中有個賢內助——最好是老派家庭，認識些個字，胖胖的，會生白胖小子」〔註 122〕；另一方面，對於同事老李的婚姻，老張使盡全力去勸解，對老李動之以情曉之以理，硬是將老李從對馬少奶奶的「詩意」愛情中拉回到了自己的鄉下的老婆的家庭中。老張一生恪守著傳統的人倫關係和道德觀念，也善意真誠地踐行著自己的古老的想法，但他沒想到的是他兒子幾乎對他造成了毀滅性打擊。兒子張天眞被作爲共產黨嫌疑犯被特務機關抓了後，他身邊所有的人除了老李外，不但袖手旁觀還儘量避著他，並且把自己撇得和張大哥沒有一點關係，更爲諷刺的是「大家這幾天連說幾張紙好似都該成幾篇紙的必要。張字犯禁！他的兒子，共產黨！大家都後悔曾經認識這麼一個人。」〔註 123〕惡棍小趙更是火上澆油，不但勒索他的房產，還霸佔他的女兒。世態炎涼至此，以致張大哥最後痛心疾首、欲哭無淚「我得罪過誰，招惹過誰？」，「一輩子安分守己，一輩子沒跟人惹過氣，老來老來叫我受這個，我完了。」〔註 124〕

老舍通過張大哥這一小市民形象，對沉澱在中華民族血液中的倫理道德、風俗習慣等傳統進行了深入的探討。他們雖然身在城市，但是他們恪守的、奉行的無一具備都市市民的風範，反而彰顯的鄉土中國下的子民，他們

〔註 120〕老舍：《離婚》，《老舍文集》（第一卷），四川人民出版社，1982 年版，第 247～248 頁。

〔註 121〕老舍：《離婚》，《老舍文集》（第一卷），四川人民出版社，1982 年版，第 247 頁。

〔註 122〕老舍：《離婚》，《老舍文集》（第一卷），四川人民出版社，1982 年版，第 320 頁。

〔註 123〕老舍：《離婚》，《老舍文集》（第一卷），四川人民出版社，1982 年版，第 362 頁。

〔註 124〕老舍：《離婚》，《老舍文集》（第一卷），四川人民出版社，1982 年版，第 383 頁。

所謂的市井意識是跳不出傳統文化意識。寫於 1926 年的《老張的哲學》中的老張，他信奉的是「錢本位」哲學，爲了錢，他可以胡作非爲，甚至可以不惜一切手段讓龍樹古和李老者以親人來抵債，從而導致王德和李靜、李應和龍鳳的愛情悲劇。老張是一個徹徹底底的實用主義者，他對任何人都抱著一種「可用」心理，老舍讓他的實用主義小農心理髮揮到了極致，如面對女人，他覺得女人只不過是供自己享樂或者換取錢財的一個工具而已。他跟孫八等人在「北郊自治會」裏的明爭暗鬥，無不體現出他實用哲學的勝利。同樣，在《老張的哲學》的續篇《趙子曰》裏，趙子曰就是老張的尾巴。這個也是奉行實用主義的趙子曰，「洋人有汽車，煤氣燈，我們也有，洋人還吹什麼牛！這樣，洋人發明什麼，我們享受什麼，洋人日夜的苦幹，我們坐在麻雀上等著，洋人在精神上豈不是我們的奴隸！」〔註 125〕這精神勝利法豈不是中國自古以來就有的傳統農民思維！中國傳統文化中的自我平衡與自足精神在趙子曰的一番調侃下是何等的諷刺與批判！小說《二馬》的敘述角度跟以上小說有點區別，是以作者在英國的親身感受而激發出的寫作，主人公馬則仁因循守舊，凡事都要依據老祖宗流傳下來的宗法章制，好講面子卻又在洋人面前唯唯諾諾。老舍就曾評價過這個人物：「他不好，也不怎麼壞；他對過去的一代負責，所以自尊自傲，對將來他茫然，所以無從努力，也不想努力。他的希望是老年的舒服與有所依靠；若沒有自己的子孫，世界是非常孤寂冷酷的。他背後有幾千年的文化，前面只有個兒子。他不大愛思想，因爲事事已有了標準。這使他很可愛，也很可恨；很安詳，也很無聊。」〔註 126〕老舍的這一番評價無不深深地反映出了他對於生活在北平城裏小市民的那一聲沉重的歎息！

寫於 1936 年的《牛天賜傳》和《四世同堂》，對於牛天賜和祁家人，老舍同樣是從文化審視的角度去反思當下國民的精神內涵以及主要病原。如《四世同堂》中的祁瑞宣，按道理來說，受過五四新文化思想洗禮的年輕人一般是充滿了反抗的激情，追求愛情自由、婚姻自主，而不會再去認同傳統文化裏的安於現狀的奴性人格。然而，正是在這裡，老舍極其聰明地將祁家所在的北平城裏的「順民文化」移嫁到了祁瑞宣的身上。一方面，當祁瑞

〔註 125〕老舍：《趙子曰》，《老舍文集》（第一卷），人民文學出版社，1981 年版，第 283 頁。

〔註 126〕老舍：《我怎樣寫〈二馬〉》，《老舍文集》（第十五卷），人民文學出版社，1990 年版，第 176 頁。

宣受新思想的影響清醒地意識到封建包辦婚姻對自己的深深傷害，但是他卻在祖父與父母的眼淚與愁容中，接受了與跟自己毫無感情的韻梅的婚姻；另一方面，他明白作爲一個中國公民，在國將不國的時候明白要去爲生死存亡在即的國家盡該盡的義務，也明白在帝國主義侵略者面前保持民族尊嚴的重要性，但是作爲祁家長房長孫的他，覺得自己是未來的一家之主，背負著一個大家庭的責任與義務，因此只能選擇違心地去當差，爲侵略者培養「第二代的亡國奴」，當冠曉荷之類的流氓漢奸登門拜訪的時候，祁瑞宣是不可能挺直腰杆說話，只能卑躬屈膝地去忍耐順從。可以說，在《四世同堂》裏，如果不是因爲老舍將北平城裏這些小市民思想中根深蒂固的傳統文化觀念與國破家亡的殘酷現實構成強烈對比與碰撞，那麼，這些人物的深刻性與悲劇性將會大打折扣，也無法產生觸及人心的震撼效果。不論是老舍筆下的老派人物，抑或是受新思潮影響的新派人物，老舍都從文化批判的角度，呈現出了傳統文化在中西碰撞過程中遭遇的困境，也傳達出了老舍對於「傳統」與「新潮」雙重失落之感的深切痛惜。正是由於老舍對於北平文化的深刻理解、認識、感受和傳達，我們才能看到他對於北平人的冷靜審視。他從中華傳統文化自身發展的角度，探究出這種傳統文化在時代以及空間的不斷變更下的意義，也是對於「城市化」的文化走向的一個思考。老舍關注著中華民族傳統在世界環境中的命運，更準確地說是「鄉土中國」在資本主義、殖民主義、封建主義等文化的衝擊下的一個走向。老舍以一個知識分子的眼光，將冷峻的批判意識與北平市民的詩意生活統一到了一個文本中，應該說，也是老舍對於時代兩大宏大主題——啓蒙與救亡的一個呼應吧。

對於書寫普通民眾市民日常生活，如果說老舍是站在嚴肅文學的角度去表現、反思傳統文化的話，那麼張恨水則是站在通俗文學的角度運用舊體文學去表現與反思傳統文化。張恨水不但是善於把握作爲讀者的市民心理，還擅長於把握受傳統浸染的城市普通民眾的心理。因此，張恨水的作品獲得了極高的評價，連老舍都稱他爲「中國惟一婦孺皆知的老作家」〔註 127〕「20 年代初，……張恨水，敏銳地把握到市民的審美心理，將言情與揭露社會黑幕融爲一體，開創了社會言情小說新時代，獲得了極大的成功。」〔註 128〕誠如

〔註 127〕老舍：《一點點認識》，載於重慶《新民報副刊》，1994 年 5 月 26 日。
〔註 128〕李俊國：《中國現代都市小說研究》，中國社會科學出版社，2004 年版，第

這個評論者所言，張恨水的作品之所以能廣受歡迎，還是在於他那些淒美哀婉的言情故事。而在他幾部經典代表作中，我們可以看到，故事中男女主人公的愛情還是舊式才子配佳人的傳統型故事，是不具備現代意義上的愛情範疇的。按照理解，可以稱得上現代愛情的應該是「只有當愛情和友誼不單純是建立個人迷戀和傾慕的基礎上，而是在其中表現出對某種理想的追求，哪怕是不清晰的，抽象的，昇華了的認識，它們才能成爲心靈的普遍力量。」〔註 129〕但是在《春明外史》中，楊杏園與梨雲的愛情故事更似舊式的書生與青樓名妓的風花雪月，他們倆之間愛情的產生不是在一個平等基礎上而產生的傾慕以及心靈相知，相反，是基於男人對於女人的一種賞玩心理。楊杏園天性是一個性格靦腆而又風流多情的才子，當他被朋友拉到松竹班妓院時，他開始還是感覺到局促不安的，但是當十六七歲的清倌人梨雲一出場時，他立即被梨云「潔白無暇和玲瓏可愛」的外表所吸引。在後來的幾次來往與眉目傳情後，楊杏園便成了妓院的常客了。

在小說的第 18 回，當舒九成看見楊杏園與梨雲舉止十分親昵了，他還納悶起楊是什麼時候開始如此放蕩了。然而，當楊杏園一方面沉溺於梨雲的柔情蕩魄、暗香襲人的溫柔之鄉時，一方面又聽從好友何劍塵的不要和窯姐兒談愛情的社會主流觀念，於是趕快回頭，「果然就把梨雲拋下，就是她打電話來找，無論是報館裏或會館裏，他叫人回話，總給她一個不在家」〔註 130〕可是當癡情的梨雲把自己的湖色手絹和照片寄給他以後，楊杏園又開始覺得良心上過不去，便又與之再續前緣。其實，在楊杏園的理解中，他所謂的良心過不去，還是按照傳統的恩義思想怕有負於她，將自己的名譽擺在了第一的位置，卻並非是眞正的愛情。仔細分析，在楊杏園與梨雲享受著這你來我往的情愛中，其實楊杏園並沒有眞正去關心自己所喜愛的人的生存狀況的，儘管他也認爲梨雲的處境就如「落花無主，飄泊風塵」，但他並沒有給予梨云以現實關懷，當梨雲在他面前憂慮自身命運時，他是無動於衷的。可以說，楊杏園對於梨雲的情愛只是停留在了男性生理需求層面罷了。同時，他將自己是否對得起梨雲的標尺定在了自己對她花錢夠不夠大方上。他覺得自己完全對得住梨雲，因爲「在老七那裏，雖不能多花錢，但是小應酬，絕不躲避」

234 頁。

〔註 129〕【蘇】波斯彼洛夫：《文學原理》，三聯書店，1985 年版，第 246 頁。

〔註 130〕張恨水：《春明外史》，北嶽文藝出版社，2003 年版，第 19 頁。

〔註 131〕。按照楊杏園的理解，他實際上是把他們倆的關係清清楚楚地放置在了嫖客與妓女的關係模式上。

當才子加妓女模式轉換爲才子加才女模式後，如楊杏園在遇到李冬青（《春明外史》）、金燕西遇到冷清秋（《金粉世家》），在張恨水的理解中，卻也是不配得到愛情與婚姻的，這源於張恨水對於追求婚戀自由的深深懷疑態度，以及對於包辦婚姻的寬容心理。張恨水的包辦的原配妻子徐文淑是一個沒讀過書的鄉下姑娘，連個名字都沒有，文淑這個名字還是張恨水的妹妹給起。由於她本身長得也不夠漂亮，張恨水並不喜歡她，然而就是這個沒有進過學堂之門的舊式女子，卻一直在全心全意地照顧婆婆、小姑，可能正是由於徐文淑的賢德與善良，所以贏得全家人包括張恨水在內的敬重，因此也構成了張恨水理解與寬容包辦婚姻的一大內驅力，也促使了他站在傳統的角度去審視新女性。五四新文化思潮影響並成長起來的新女性追求戀愛自由，追求時代摩登，同樣，新文學也是冠以啓蒙之目的來大力呼喚時代新女性的。然而，我們在張恨水的作品中看到的新女性確實負面的，帶有批判的眼光去審視的，比較典型的有《金粉世家》中的白秀珠、《似水流年》中的米錦華、《春明外史》中的胡曉梅、《啼笑因緣》中的何麗娜等等。

作爲已婚女性的胡曉梅是有名的社交之花，雖然有了自己的家，但是她爲了方便整天住在了娘家。她非常的享受著這樣的自由生活，「如今看見許多翩翩少年圍著她，心花怒放，什麼憂愁也忘了」〔註 132〕然而張恨水借胡曉梅娘家的車夫和聽差之口，對她男朋友的拜訪給予了女性自由解放以道德評判：「這個年頭兒，就是這麼一檔子事，養了大姑娘，正經兒婆婆家不去，亂七八糟的胡攪，這倒是文明自由，我的侄女兒，我哥哥要送到義務小學去，我就爲這個反對」〔註 133〕還有，作者對跟在胡曉梅身邊亂轉的有婦之夫時文彥這樣描述：「他頭髮梳得跟女人的打扮一樣，一齊梳著向後披下去，又光又滑」〔註 134〕，從作者這種先入爲主的評價看，時文彥就不是一個什麼正經人，所以後面又借余瑞香之口再次給予他評判：「照理說，這個年頭自由戀愛，不算一回事。可是人家有夫之婦，你老跟著人家不像樣子，無論你滿口英國

〔註 131〕張恨水：《春明外史》，北嶽文藝出版社，2003 年版，第 70 頁。
〔註 132〕張恨水：《春明外史》，北嶽文藝出版社，2003 年版，第 348 頁。
〔註 133〕張恨水：《春明外史》，北嶽文藝出版社，2003 年版，第 347 頁。
〔註 134〕張恨水：《春明外史》，北嶽文藝出版社，2003 年版，第 347 頁。

法國，沒有這個道理」〔註135〕張恨水在小說人物的設置中已經暗含了自身對於婚姻、女性的道德價值判斷，尤其是對於女性，他傳達出的還是傳統中國對女性舉止溫雅、貞靜淑德的要求。就像《啼笑因緣》中的樊家樹，當他看到何麗娜穿著兩隻胳膊和前胸後背都露了許多在外面的蔥綠綢西洋舞衣時，樊家樹立即就在揣想：「以爲這人美麗是美麗，放蕩也就太放蕩了」〔註136〕，緊接著，當何麗娜喝啤酒時「左腿放在右腿上，那肉色的絲襪子，緊裹珠圓玉潤的肌膚，在電燈下面看得很清楚」〔註137〕樊家樹禁不住的大發感慨了：「尤其是古人的兩條腿，非常的敬重，以爲穿叉腳褲子不很好看，必定罩上一幅長裙，把腳尖都給它罩住。現在染了西方的文明，婦女們也要西方之美，大家都設法露出這兩條腳來。其實這兩條腿，除富於挑撥性而外，不見得怎樣美」〔註138〕樊家樹通過古代女子的淑儀來與現在新女性的時髦妝扮來對比，可以看到他是很不認同現在新女性的時髦。不僅對於女性外在改變不滿意，對於傳統女人勤儉持家的本性他是堅持的，所以當他看到何麗娜付給茶房兩元錢小費時，樊家樹就在想「若是一個人做了她的丈夫，這種費用，容易供給嗎？」〔註139〕尤其是後來他知道何麗娜一年就要花上千把塊錢去買花，他更是無法接受，「從前我看到一個婦人一年要穿幾百元的跳舞鞋子，我已經很驚異了。今天我更看到一個女子，一年的插頭花，要用一千多元。於是我笑以前的事少見多怪了」〔註140〕毫無疑問，在大部分新文學作家對儒家以倫理道德爲核心的思想進行抨擊和全盤否定的同時，張恨水採取的是一種對傳統文化較爲溫和的改良態度，他繼續保持著傳統文化中的優良品德，在對待倫理道德的問題上，他認爲傳統倫理基本上是正確的，「仁義禮智信」還是社會的主流價值觀，「此五常，不容紊」。所以，他始終是一個站在傳統文化立場上去思考、寫作的，正如他自己所言：「我們無疑的，肩著兩份重擔，一份承接著先人遺產，固有文化，一份是接受西洋文明。而這兩份重擔，必須使它交流，以產生合乎我們祖國翻身中的文藝新作品。」〔註141〕一個正處於東西

〔註135〕張恨水：《春明外史》，北嶽文藝出版社，2003年版，第360頁。
〔註136〕張恨水：《啼笑因緣》，江蘇文藝出版社，2003年版，第20頁。
〔註137〕張恨水：《啼笑因緣》，江蘇文藝出版社，2003年版，第20頁。
〔註138〕張恨水：《啼笑因緣》，江蘇文藝出版社，2003年版，第21頁。
〔註139〕張恨水：《啼笑因緣》，江蘇文藝出版社，2003年版，第22頁。
〔註140〕張恨水：《啼笑因緣》，江蘇文藝出版社，2003年版，第20頁。
〔註141〕張恨水：《郭沫若・洪深都五十了》，轉引自王曉文：《二十世紀中國市民小說

文明交流碰撞的時代，作家不可能不受西方文明的影響，但是固有的先人留下來的文化是根深蒂固的，正因爲他對於傳統文化的深刻理解與領悟，所以才造就了張恨水通俗小說經久不衰的藝術魅力。

建國以前的文學版圖上存在著兩大城市風貌，老舍領航的北平市民生活展示了北平博大精深的傳統文化，而上海，作爲一座華界與租界並存的全國經濟中心，展現出了一種多元文化並存的格局與開放姿態，也形成了有個性特徵的上海文化。「上海文化中有較多的自我性，較多的個性自由，比較尊重個體存在、個體選擇與個體發展。」〔註 142〕30 年代的上海，正處於家園淪陷、危機四起的時候，因而此時的上海都市文學創作要麼是以主流左翼作家倡導的以喚起民族救亡的革命主題，要麼是海派小說以表現都市繁華下的沉迷與虛無爲風格，眞正將目光關注都市市井平民心理的是張愛玲與蘇青等爲代表的作家，她們將強大的世俗生活邏輯與對女性心理與命運的深刻領悟完美地契合了上海這座光怪陸離的城市品格。

「戰時上海，張愛玲、蘇青等人對市民心理的描繪，不僅成爲一種特色，而且彌補了 30 年代上海市民小說的欠缺。」〔註 143〕張愛玲之於上海，用她自己的話來說就是：「我爲上海人寫了一部香港傳奇。……寫它的時候，無時無刻不想到上海人，因爲我是試著用上海人的觀點來看香港的。只有上海人能夠懂得我的文不達意的地方。我喜歡上海人，我希望上海人喜歡我的書。」〔註 144〕作爲一個生於斯、長於斯的上海人，她極其熟悉這裡的一切，也深愛這裡的景象、聲音、氣味，這些在她的散文尤其可見。「我喜歡聽市聲。比我較有詩意的人在枕上聽松濤，聽海嘯。我是非聽得見電車聲才睡得覺」，她還樂於玩上海的蹦蹦戲，「對於這種破爛、低級趣味的東西如此感興趣的都不好意思向人開口。」〔註 145〕她感興趣的還有那些臭豆腐的氣味，街頭巷尾的小販叫賣聲，公寓裏操控電梯人的生活智慧……她的都市趣味無不揭示出了她對於普通市民的關注與對於日常生活的態度。很典型的代表文章就是，在其

研究》，黃山書社，2009 年版，第 141 頁。

〔註 142〕張廣崑：《市民性：上海文化的主色調》，《上海大學學報》，1997 年第 6 期，第 6 頁。

〔註 143〕自王曉文：《二十世紀中國市民小說研究》，黃山書社，2009 年版，第 94 頁。

〔註 144〕張愛玲：《到底是上海人》，《張愛玲散文全編》，浙江文藝出版社，1992 年版，第 6～7 頁。

〔註 145〕張愛玲：《童言無忌》，《張愛玲文集》（第 4 卷），安徽文藝出版社，1992 年版，第 86 頁。

《中國的日夜》這篇散文裏，通過去菜市場路上的所見而展示了一幅最平常的上海街區圖景：搖搖晃晃的孩子、販賣橘子的小販、沿街化緣的道士、菜場歸來的女傭、買肉的衰年娼妓、愛嚼舌根的肉店老闆娘、媚媚唱著崑曲的無線電……充斥著普通中國人的日常生活，讓張愛玲感覺到了踏實，於是在描繪完這幅圖的末尾，她感歎著：

> 我眞快樂我是走在中國的太陽底下。我也喜歡覺得手與腳都是年青有氣力的。而這一切都是連在一起的，不知爲什麼。快樂的時候，無線電的聲音，街上的顏色，彷彿我也都有份；即使憂愁沉澱下去也是中國的泥沙。總之，到底是中國。〔註 146〕

同樣，蘇青也是一個徹徹底底的世俗生活者。很多研究都將她的成就歸功於她的散文而不是小說，就連她自己也似乎更偏愛散文，就算是她對自己最受歡迎的小說《結婚十年》，她都要說：「我只覺得這本書缺乏『新』或『深』的理想，更未能渲染出自己如火般熱情來，不夠恨，也不夠愛。」〔註 147〕《浣錦集》涉及到了諸多方面的都市生活，凝聚了她對於市民生存境遇的理解與包容，也寄託了她的生存理想，被讚譽爲「五四以來寫婦女生活最好也最完整的散文」〔註 148〕。蘇青作品同張愛玲一樣，不僅價值觀來自於小市民，連表現的主體或題材都是小市民的，「以常人地位說常人的話，舉凡生活之甘苦，名利之得失，愛情之變遷，事業之成敗等等，均無可不談，且談之不厭。」〔註 149〕她將自己的寫作領域投放在了都市飲食男女以及世俗婚姻家庭生活裏，在這日常的瑣事生活裏去探尋世俗生活的傳統意義與傳統價值。所以，蘇青的寫作就如她自己所言的那樣，只是爲了生活，也正因爲她將強大的市民世俗生活邏輯化作了她的寫作，剛好也成就了她對於文學上海品格的空白塡補。

然而，張愛玲、蘇青除了緊貼市民生活體驗的俗世生活創作主題外，更有藝術價值的是她們對於女性人生的意義發掘。張愛玲的《金鎖記》，在夏志

〔註 146〕張愛玲：《中國的日夜》，見《傳奇》增訂本，上海山河圖書公司，1946 年版，第 388～393 頁。

〔註 147〕蘇青：《〈浣錦集〉與〈結婚十年〉》，于青等：《蘇青文集》（下），上海書店出版社，1994 年版，第 437 頁。

〔註 148〕胡蘭成：《談談蘇青》，于青等：《蘇青文集》（下），上海書店出版社，1994 年版，第 129 頁。

〔註 149〕蘇青：《〈天地〉發刊詞》，于青等：《蘇青文集》（下），上海書店出版社，1994 年版，第 476 頁。

清看來，「是中國從古以來最偉大的中篇小說」〔註150〕。我想，這部小說之所以備受推崇的原因，是張愛玲對於女性生存狀態的清醒認識與深刻領悟。小說的主人公曹七巧原本是一個麻油鋪老闆的女兒，青春健康的平民姑娘，也不缺喜歡她的男孩子，如「肉店裏的朝祿、她哥哥發小結拜兄弟丁玉根、張少泉，還有沈裁縫的兒子」〔註151〕。然而，曹七巧的大哥爲了攀附權貴而把她嫁入沒落大族姜家後，一步一步將曹七巧變態的心理、扭曲的靈魂凸顯了出來。她的丈夫是個自小就患骨癆病而臥病在床的廢人，作爲殘疾人的妻子，她想愛欲而不能。不但如此，這個大家族還是一個勾心鬥角、暮氣沉沉的封建家族，在姜家她處處要遭到排斥和冷眼。姜公館裏誰都可以輕視她，瞧不起她，連個丫頭也敢對她冷嘲熱諷，曹七巧用青春換來的二奶奶的尊嚴已然蕩無可存。在結婚十年後，好不容易熬到了丈夫和老爺相繼死後分得了家產，曹七巧終於搬出老宅自立門戶。儘管此時的曹七巧已沒有了壓抑的生活，而且還有了相當的經濟基礎，可是由於這十年牢籠般的生活已經將她變成了一個語言刻薄、性格乖戾、貪愛金錢的魔鬼女人，所以性格一步一步走向變態的她開始了報復之旅：對於自己的兒子，要求整夜陪她抽大煙土，探聽兒子媳婦閨房秘密，逼得兒媳婦獨守空房，最終自殺；對於自己的女兒，精心設計折殺了女兒與男友童世舫的愛情；對於曾經幻想的情人季澤的示好，她認爲純屬是盯著她那些家財而憤怒驅趕了他。曹七巧最後淪爲了沒有親情、只有金錢的惡魔，終於孤獨地死去，結束了不幸的一生。對於這樣的一個女人，有人深深地感歎「(《金鎖記》) 所著力刻畫的，是不幸的婚姻導致了一個女人怎樣的心理變化，或者說，現實的缺憾怎樣激發出了一個女人內心的陰暗面。幾乎從未見過一個中國作家，能夠將一種女性的心理渲染到如此令人戰慄的程度。」〔註152〕

確實，是出於什麼樣的緣由讓張愛玲如此「令人戰慄」的揭露女人的陰暗面？我想，這正是源於張愛玲對於女性自身性格中的悲劇性因素的清醒認識。自女性解放的啓蒙話語以來，越來越多的女性已經敏感地察覺到了「女性解放」只不過男權話語下的一種「於我所用」的形式，而並非女性自我的

〔註150〕夏志清：《中國現代小說史》，復旦大學出版社，2005年版，第261頁。

〔註151〕張愛玲：《金鎖記》，孔範今主編：《中國現代文學補遺書系》(小說卷四)，明天出版社，1990年版，第152頁。

〔註152〕費勇：《張愛玲傳奇》，廣東人民出版社，2000年版，第185頁。

解放與主宰自我的自由。〔註 153〕從廬隱到蕭紅，她們就已經在其作品對於女性解放提出質疑了，如廬隱的作品中傳達出的既嚮往愛情又對愛情予以靈魂深處的無奈和痛苦，蕭紅作品中明顯傳達出的女人注定的悲劇性命運。因此，張愛玲熟知女性解放的不可能性，所以她說：「女人一輩子講的是男人，念的是男人，怨的是男人，永遠永遠」〔註 154〕女人永遠也擺脫不了與男人之間的感情糾葛，不僅如此，女人還擺脫不了女人自身身上的性格弱點。可以說，張愛玲的理解在質疑了女性解放和昇華了廬隱、蕭紅女人注定的悲劇性，她排除掉了社會歷史的外部原因，正眼審視著幾千年來女性性格中的陰暗之面以及軟弱個性，傳達出了她對於女性生存狀態的深切關注與極度憂慮。

其實，對於女性小市民性格中的虛榮、妒忌、自私、狹隘、陰狠、甚至惡毒等等陰暗面，自宋人作品中就有刻畫。如《菩薩蠻》中，郡王府中丫頭新荷，在與錢原都管的交往與爭鬥中，就充分刻畫了她自私而不擇手段的個性：自己跟郡王府情人錢都管有了孕，爲了擺脫困境反誣告落第秀才的僧人陳可常；爲了爭回一千貫身價錢，又可以毫不猶豫地供出情人錢都管；爲了能在郡王府立足，她能費盡心思去揣摩王爺的心思。故事淋漓盡致地刻畫了她自私自利與反覆無常的性格特徵，新荷這種一切以個人利益爲出發點的思維方式，跟張愛玲筆下的曹七巧（《金鎖記》）、許小寒（《心經》）、傳慶（《茉莉香片》）幾乎沒什麼兩樣。

《金鎖記》的敘事邏輯結構是非常清晰的，其「最大成功之處，則在於作者以其特有的生命體驗，眞實地再現了一個『可憐』女人到『可恨』女人的心理轉變過程。」〔註 155〕按常理來說，作爲一個母親，對於自己的兒女，當然是希望他們越幸福就越開心。而這位作爲母親的曹七巧，對自己的兒子的所作所爲既刻畫出了她極度自私佔用的一面，還有她偷窺的陰暗心理。她把自己跟兒子的關係放置在一個非常複雜的狀態上：「眯著眼望著他，這些年來她的生命裏只有這一個男人，只有他，她不怕他想她的錢，橫豎錢都是他的。可是因爲他是她的兒子，他這個還抵不了半個……現在，就連這半個人

〔註 153〕參見宋劍華：《生命閱讀與神話解構——20 世紀中國文學經典文本的重新釋義》，廣東人民出版社，2010 年版，第 60～61 頁。

〔註 154〕張愛玲：：《有女同車》，轉自宋劍華：《生命閱讀與神話解構——20 世紀中國文學經典文本的重新釋義》，廣東人民出版社，2010 年版，第 60 頁。

〔註 155〕宋劍華：《生命閱讀與神話解構——20 世紀中國文學經典文本的重新釋義》，廣東人民出版社，2010 年版，第 64 頁。

她也保留不住，他娶了親。」〔註 156〕在曹七巧的眼裏，長白應該是屬於她的，儘管只是半個男人，同時又害怕媳婦佔有了去，所以她要儘量把兒子留在自己身邊。她對兒媳的嫉妒幾乎達到了瘋狂的地步，就在兒子新婚才三天，她就把長白叫來陪自己抽大煙，還逼他說自己的閨房秘事，張愛玲將這偷窺欲望暴露得如此淋漓盡致：「旁邊的遞茶遞水的老媽子們都背過臉去笑得格格的，丫頭們都掩著嘴忍著笑迴避出去了。七巧又是咬牙，又是笑，又是喃喃咒罵，卸下煙斗來狠命磕裏面的灰，敲得托托一片響。長白說溜了嘴，止不住要說下去，足足說了一夜。」〔註 157〕這樣心理扭曲變態的心理自然導致一系列悲劇故事，媳婦芝壽獨守空房最後被殘酷的精神折磨致死，從偏房被扶正後的絹兒不久也吞服鴉片自殺。

曹七巧對女兒長安的摧殘與折磨，作者更是細緻地展示了女性心理的嫉妒與陰狠的一面。長安不論是與表兄的兩情相好，還是與童世舫的眞心愛情，她都不可能獲得倖福，因爲她的愛情幸福在她媽媽曹七巧那是致命的打擊。曹七巧自己得不到眞正的快樂，所以她拼了命的妒忌身邊任何人的快樂，同時她也拼了命的虐殺身邊任何人的幸福。當長安與童世舫的愛情在經歷了曹七巧幾番打壓後，最後還是決定在一起的時候，曹七巧便親自出馬約見童世舫，製造了血淋淋地顯露出了她的刻薄尖酸與妒忌心機的場景：

> 世舫挪開椅子站了起來，鞠了一躬。七巧將手搭在一個傭婦的胳膊上，款款走了進來，客套了幾句，坐下來便敬酒讓菜，長白道：「妹妹呢？來了客，也不幫著張羅張羅。」七巧道：「她再抽兩筒就下來了。」世舫吃了一驚，眼睜地望著她。七巧忙解釋道：「這孩子就苦在先天不足，下地就的給她噴煙。後來也是爲了病，抽上了這東西。小姐家，夠多不方便哪！也不是沒戒過，身子又嬌，又是任性兒慣了的，說丟，哪兒就丟得掉呀？戒戒抽抽，這也有十年了。」世舫不由的變了色，七巧有一個瘋子的審愼與機智。她知道，一不留心，人們就會用嘲笑的，不信任的眼光截斷了她的話鋒，她已經習慣了那種痛苦。她怕話說多了要被人看穿了。因此及早止住了自己，忙著添酒布菜。隔了些時，再提起長安的時候，她還是輕描淡

〔註 156〕張愛玲：《金鎖記》，孔範今主編：《中國現代文學補遺書系》（小說卷 4），明天出版社，1990 年版，第 138 頁。

〔註 157〕張愛玲：《金鎖記》，孔範今主編：《中國現代文學補遺書系》（小說卷 4），明天出版社，1990 年版，第 139 頁。

寫的把那幾句話重複了一遍。她那扁平而尖利的喉嚨四面割著人像剃刀片。〔註 158〕

曹七巧這刻意製造出長安在抽大煙的謊言只是爲了徹底破壞女兒在未來女婿心目中的形象，以此徹底葬送女兒的愛情婚姻。她確實成功了，震驚了童世舫，也嚇跑了童世舫。她既毫無愧疚之心，也並沒有絲毫得意之喜，表現出了一個「瘋子的審慎與機智」，正是這個「瘋」使得曹七巧喪失了一切理智與人性。不得不承認，她的「瘋」源自於這麼多年家庭、婚姻、世俗、道德、愛情、金錢的枷鎖將她人性中美好的一面深深地封鎖住了，而只剩下了最陰暗的一面，成了一個徹徹底底的嗜血魔鬼。她就像一把雙刃劍，在刺傷了別人的同時也讓自己鮮血淋漓，以至於最後眾叛親離、獨守空房，孤獨地老去，死去。

張愛玲在《談女人》一文中提到，以美好的身體取悅於人，是世界上最古老的職業，也是極普通的婦女職業，以思想取悅於人與之並沒有任何的區別。她的這一番調侃自然輕鬆消解了五四以來構建女性解放的神話。所以在張愛玲筆下的女性中，除了曹七巧這個將人性放大到「最徹底的人物」，其他如《傾城之戀》中的白流蘇、《沉香屑・第一爐香》中的葛薇龍等，儘管是生活在現代都市裏的女性，但是她們終究是傳統世俗的女人，她們一樣是在俗世的生活中最大限度地求得欲望的滿足，而不是如「女性解放」倡導下不顧一切的奮身去愛。單從《傾城之戀》這個題目來看，喻意著必將給人一種情感上的極致追求、道德上的奮不顧身以及蕩人心弦的詩意，然而，小說卻將這種極致體驗消解得無影無蹤。小說將故事背景放置在了第二次世界大戰這個特殊的時期，女主人公是一位 28 歲、已經離了婚的舞場高手白流蘇，在經歷了失敗婚姻後寄居娘家而備受親戚白眼，就在她陷入窘境時於一場舞會上邂逅了有錢又單身的范柳原。然而這兩個人用張愛玲自己的話來說就是「他不過是一個自私的男子，她不過是一個自私的女人」〔註 159〕他們之間的糾纏都懷著各自的目的，「兩方面都是精刮的人，算盤打得太仔細了」〔註 160〕流蘇

〔註 158〕張愛玲：《金鎖記》，孔範今主編：《中國現代文學補遺書系》（小說卷 4），明天出版社，1990 年版，第 1350～151 頁。

〔註 159〕張愛玲：《傾城之戀》，《張愛玲文集》（第 2 卷），安徽文藝出版社，1992 年版，第 86 頁。

〔註 160〕張愛玲：《傾城之戀》，《張愛玲文集》（第 2 卷），安徽文藝出版社，1992 年版，第 79 頁。

想的是跟了范柳原經濟上就不發愁了，爭取能讓他娶了她，那樣不至於「白犧牲了自己」，也獲得了合法的婚姻保障。而范柳原對於流蘇不過是貪戀她的美色，採用「上等的調情」來尋歡作樂，並不打算眞正娶她。於是，兩位情場高手在淺水灣飯店范先生即將離開香港奔赴歐洲，眼見流蘇就要計劃落空之際，張愛玲極其寬容地以香港——一座城市的淪陷作爲了兩人事先沒有料到的又合情合理的機緣，成就了他們機關算盡的計謀。整個故事的內在邏輯於是就成了：流蘇不是因爲貌美而贏得男人的「傾城之戀」，而是以一座實實在在的大城市傾覆來換取了他們的「終成眷屬」。張愛玲不動聲色地道出了一個殘酷的眞實，那就是女人你即使再有傾城傾國的容貌，那也不會有願意爲你「傾城」的男人。所以故事的最後作者要用「傳奇裏的傾國傾城的人大抵如此」來強化她的邏輯，都是世俗生活裏的飲食男女，都有各自性格上的缺陷，無需用美好得如肥皀泡沫般不堪一擊的神話去誤導世間的普通男女。至於爲什麼最後張愛玲要設置這樣一個「圓滿的結局」，我想，大概是戰爭年代的人比任何時候都需要愛，需要慰藉。正如她自己曾對白流蘇的結局做這樣的評價：「結局的積極性彷彿很可疑」〔註 161〕，所有這些都源自於張愛玲對於傳統女性生存狀態的瞭解、女性性格特徵的清醒認識以及對女性自身生命體驗。夏志清在評張愛玲時尤爲全面：「……給她影響最大的，還是中國舊小說。她對於中國的人情風俗，觀察如此深刻……他們（筆下的人物）大多是她同時代的人，那些人和中國舊文化算是脫了節，而且從閉關自守的環境裏解脫了出來，可是他們心靈上的反應仍舊是舊式的——這一點張愛玲表現得最爲深刻。人的感性進化本來很慢；國家雖然是民國了，經濟上、工業上的進步更是曠古未有，但是舊風俗習慣卻仍舊深入人心。」〔註 162〕確實，張愛玲筆下這些時時刻刻都在爲利益算計的人，如《白玫瑰與紅玫瑰》中的振保和嬌蕊、《封鎖》中的呂宗楨和吳翠遠、《留情》中的敦鳳、《心經》中的許小寒、《茉莉香片》中的傳慶還包括曹七巧等等，展示出了張愛玲徹底世俗化的立場，她將生活在都市裏的男男女女剝掉了一切理想主義的面紗，也撕掉了他們人性上遮羞掩醜的面紗，展示出的是終究跳不過舊式的風俗習慣與人性特徵。用張愛玲自己的話來結束這清醒的又帶包容的認識：「去掉了一切的浮

〔註 161〕張愛玲：《寫〈傾城之戀〉的老實話》，轉引自陳雁：《性別與戰爭：上海 1932～1945》，社會科學文獻出版社，2014 年版，第 213 頁。

〔註 162〕夏志清：《中國現代小說史》，復旦大學出版社，2005 年版，第 260 頁。

文，剩下的彷彿只有飲食男女這兩項。人類的文明努力要想跳出單純的獸性生活的圈子，幾千年來的努力竟然是枉費精神麼？」〔註 163〕

如果說張愛玲在表現世俗市井題材上更偏重於人性的發掘的話，那麼，蘇青更偏重的是日常生活瑣事的世俗立場的表達，這當然離不開她坎坷的命運與殘酷的現實給予她豐富的生活經驗。蘇青原本的理想在其朋友胡蘭成看來應該是：「有一個體貼的，負得起經濟責任的丈夫，有幾個乾淨的聰明的兒女，再加有公婆妯娌小姑也好，只要能合得來。此外還有朋友，可以自己動手做點心請他們吃，於料理家務之外可以寫寫文章。」〔註 164〕然而，現實與理想始終是很難合拍的，對於蘇青來說，她是想做一個傳統女人都不能。她的丈夫與其反目後一走了之，剩下她和四個孩子外加一個姨娘，大的孩子不過才七歲，小的還尚在襁褓之中。蘇青作爲一個家庭婦女，沒有任何經濟來源，生活從此陷入了困境。從此，爲了生存，她用寫作換回了自己的生活必需品。蘇青是將自己生活中的柴米油鹽與兒女情長的細微觀察融進了自己的文學創作之中，由於本身也是躋身於普通的小市民行列的她，撿自己生活裏最熟悉的人和事來寫，這樣不但寫起來容易，而且還貼近小市民讀者的喜好與趣味。所以蘇青說她並不反對寫革命、戰爭等社會重大題材，但是從戀愛婚姻，生老病死這些普遍現象都足可以寫上一輩子。從《生男與育女》、《科學育兒經驗談》、《婦人之道》、《論夫妻吵架》、《夫妻打官司》、《做媳婦的經驗》等等，每一篇文章都從自己眞實的生命體驗出發，將市民社會的生活信念與價值準則構成了蘇青自己的傳統市民風格。

《結婚十年》幾乎就是她作爲一個離婚女人的自傳，小說裏不僅有戀愛、結婚、生男育女、離婚、生老病死、柴米油鹽，還大量充斥著生活的細瑣之事。小說開篇就從蘇懷青熱鬧出嫁開始，從上花轎、鬧洞房、拜禮開始，到下廚、生育、省親、逃難，一步一步將一個充滿幻想的女孩拉回到了做妻子、做女人的現實生活之中，不僅夾雜著夫妻之間的負氣猜疑、姑嫂之間的較量賭氣、生孩子的痛苦體驗、婚外戀情的矛盾糾葛，還有對女性生理與心理的大膽暴露以滿足人們的獵奇心理。如第十四章，蘇懷青、徐崇賢終於在上海新租了房子安了自己的小家後，從收拾、布置、買米買菜、生爐

〔註 163〕于青編：《張愛玲文集》（第 4 卷），安徽文藝出版社，1994 年版，第 62 頁。
〔註 164〕胡蘭成：《談談蘇青》，于青等：《蘇青文集》（下），上海書店出版社，1994 年版，第 475～476 頁。

子、擦地板、安排晚飯、招待客人等等一系列場景就如電影畫面一樣，不管是語言、動作、表情還是心理都極具生動形象。還有如在小說第十六章，將蘇懷青作爲女性的天生猜疑與嫉妒到麻木的心理刻畫，到現在都還能讓多少女性找到自己的影子。她用平實的語言惟妙惟肖地表達了生活的眞實，既讓讀者感覺身臨其境，又親切有趣，因此小說極受市民社會的歡迎。其實，還有如潘柳黛的《退職夫人自傳》，寫柳思瓊從出生到離婚的人生經歷裏，將童年、求學、謀生、戀愛、結婚、生子到離婚，同樣也穿插著對於婚姻、男人、女人、社會感受與剖析，充分展示出了女性市民的傳統家庭需求與性格特徵。

三十年代自由立場下的作家們構建出的文學市民世界，與城市的發展是沒有構成同步的。從經濟上來看，迅速發展的工商業文明促進了北京、上海作爲大城市的外部特徵形成。「據統計，自 1852 年至 1949 年止的上海人口增長了 9 倍左右，淨增長人口達 500 萬人。同期的國內城市南京和北京近百年來的人口增長數不過 1～2 倍。同期就是紐約、倫敦、巴黎等世界大城市的人口增長數，亦遠不及上海人口增長。」〔註 165〕不可否認的是，人口的發展與城市的發展是相互影響的。隨著城市經濟發展的需要，吸引了大批移民進城務工或定居。同樣，人口的快速聚集也促進了城市經濟的進一步繁榮與發展，也使得城市的性質從政治、軍事向經濟型轉變。尤其在資本主義經濟最爲繁榮的城市——上海，「到了本世紀二三十年的『依靠引進現代要素』的積累，上海的商業化、工業化、現代化的水平都達到了它的鼎盛時期，由此也推動著上海現代意義上的都市化浪潮達到歷史的巔峰。」〔註 166〕上海的經濟騰飛爲向現代化城市的發展提供了一個良好的物質環境。1930 年的上海，已經具有萬國博覽會特徵：縱橫交錯的便利馬路，歐式風格的建築，大型的商業購物中心，時髦的電影院，富麗堂皇的舞廳，以及奢華的飯店等等。「到三四十年代，上海已以其 400 萬的人口成爲全世界最前列的五大或六大都市之一」〔註 167〕。「現代都市生活，……在二十世紀三十年代，上海已和世界最先進的都市同步了。」〔註 168〕

〔註 165〕張仲禮：《近代上海城市研究（1840～1949 年）》，上海文藝出版社，2008 年版，第 49 頁。
〔註 166〕李今：《海派小說與現代都市文化》，安徽教育出版社，2000 年版，第 14 頁。
〔註 167〕李今：《海派小說與現代都市文化》，安徽教育出版社，2000 年版，第 15 頁。
〔註 168〕李歐梵：《上海摩登——一種新的都市文化在中國（1930～1945）》，北京大學

然而，儘管三十年代的中國城市在飛速的發展，但是不論是傳統文化根基最爲濃厚的北平，還是經濟體制轉變而帶來了城市現代性質的上海，人與城的關係還是處於一個古老的文明範疇之中。城市裏的市民並不具備西方意義上的市民價值與市民意識，儘管他們生活在了都市裏，但是他們「眞正的生活與眞正的生命總是存在於城牆之外的。」〔註 169〕不容置疑的是，中國強大的傳統文化在其本質上的屬於農業文明的。所以，即使是近代以來的進入城市並成爲城市文明的領導者——「城紳」（見第二章內容），他們的知識結構與生活經歷，都是帶著濃厚的中國鄉土文明經驗，而作爲傳統文化最好的繼承者普通大眾，就更不用說了。當城市現代文明遭遇市民大眾思想中的傳統鄉民價值觀時，必然被強大的傳統文明所同化、所吸收，「爲我所用」。白吉爾在分析上海市民的特徵時，就是這樣分析的：「爲了生存和發展，上海人富有適應環境的能力，也正是這種能力，使他們能夠接受西方人帶來的思維和形式，把它們吸收消化，並轉化成具有中國特色的現代化。……她向全中國做出的示範：何爲洋爲中用。在這裡，古老的中華文明和西方的現代文化的相撞是以實用主義的方式來達到平衡的。」〔註 170〕

白吉爾看到了市民思想中的中西文化、農商文明兩種因子的對立與衝突，然而在這裡他並沒有進一步分析實用主義的根源性問題。在中國傳統儒家文化裏，義與利永遠是兩個主導關鍵詞。義指的是思想行爲合乎道德規範，利指的是滿足人生活需要的功利與利益。儒家倡導的重義輕利在統治階級看來，是爲了維護君主專制的統治利益。但這種實用主義在老百姓那裏，生活教會了他們重義並不能給他們帶來多少實利，相反，他們不得不爲滿足自己基本需求的物質利益而勞碌奔波。所以孔子說：「君子喻於義，小人喻於利」（這裡的小人指的是普通百姓），司馬遷也總結說：「天下熙熙，皆爲利來；天下攘攘，皆爲利往」。因此，不論是上到君主還是下到普通百姓，遵循的是利益第一的原則，也就是實用主義原則。這種根深蒂固的幾千年來的農業文明最爲穩固的經驗，在現代城市市民思想中也是生生不息的。如果不從思想的傳承上去分析，就算是從最簡單的生命體驗出發，趙園在分析市民與

出版社，2001 年版，第 7 頁。

〔註 169〕李歐梵：《上海摩登——一種新的都市文化在中國（1930～1945）》，北京大學出版社，2001 年版，第 9 頁。

〔註 170〕【法】白吉爾：《上海史：走向現代之路》，上海社會科學院出版社，2005 年版，第 3 頁。

農民時也得出這樣的結論：「都是天生的現實主義者——自然是在這個概念含義的較低層次上。他們生活的世俗、物質性質，他們面對的生存問題的具體瑣細，他們所處社會經久而厚積著的經驗、常識，以及教養、知識水平的限制，都有助於造成關心基本生存注重實際的『現實主義』……小民的人生叫他們感受到生命的樸素與堅實。」〔註 171〕因此，可以說，對於市民的日常生活的描繪，傳達出的是市民對於人生、社會、歷史的洞見，而這種洞見正是來源於傳統鄉土社會裏的生活經驗與生活智慧。中國的市民文化本質上是屬於農村文化的，並且始終受制於農村文化。

當然，我們並不能忽略近代以來市民群體產生的歷史背景與時代背景，在民族危機與半封建半殖民的社會裏，市民群體還不斷接受來自於西方民主社會思想的衝擊，以及科學理性的導入，這些都參與了市民文化的不斷改造與更新過程，從而形成具有時代特徵的市民文化。他們能迅速接收西方近代以來的市場經濟觀念，以及在此觀念上衍生出來的自由、平等、競爭、科學、人文等思想。從而在文學的表達上，也出現了許多新的元素，不論是從外在的語言表達還是最內在的思想價值，都能體現出現代性特徵。正如學者陶鶴山的理想分析，他說，在中國現代以來的市民群體身上，「大量的現代性成分和因素正是中國政治經濟文化各方面向前發展的內在動力源泉。」〔註 172〕確實，這些現代性的成分成了中國文化更新換代的催化劑。然而，正是因爲中國這古老又高度發展的農業文明，它以其強調的滲透與支配的力量，生生不息地在城市裏繼續構建著鄉土中國的秩序。鄉土世界的血緣關係、男女關係、權力關係、家族關係等一切生活秩序與價值判斷在城市文明中繼續行使著支配權。這種支配權往往又正是借助於市民群體得以延續的。在這樣紛繁複雜的外表下，自由作家們能撥開時代迷霧，看到古老的中華傳統文明的根性與力量，從而通過對於日常生活的描繪，去反思傳統文明的走向。也爲後面的作家提供了一種思考的視角，如當代作家池莉、方方、張欣、王海玲等等，就算是幾十年後，這種思考的視角依舊保持著頑強的生命力，同時開拓更多的傳統關照下的日常生活邏輯。

一座城市與她的居住者，一座城市與她的描繪者，這二者之間的關係構

〔註 171〕趙園：《北京：城與人》，上海人民出版社，1991 年版，第 185 頁。

〔註 172〕陶鶴山：《市民群體與制度創新——對中國現代化主體的研究》，南京大學出版社，2001 年版，第 172 頁。

成了本章隱秘的內在邏輯關係。在不斷探尋現代文學表達中人與城的關係時，由最初的詩意幻想逐步到清醒把握，我越來越強烈的感覺這關係就像一個巨大的黑洞，她暗藏著的一個驚人的秘密，這使我興奮不已。它能夠影響城對於人的塑造，也能干預對於創作其形象者藝術思維，且不斷自我生長與發展，它就是強大的傳統鄉土價值觀念。它如同一條蜿蜒流淌的大河，當外部的環境有所改變的時候，它能迅速調整自己的水流速度與方向，以各種風貌呈現在世人的面前，給我們提供文化視覺上的驚喜與感歎：啓蒙敘事下的市民成爲了啓蒙精英知識分子的靶向目標，爲了實現啓蒙大眾之目的，或是以愚昧形象作爲國民性批判的延續，或是以追求自由解放作爲啓蒙標杆而加以頌揚；革命敘事下的市民成了左翼作家筆下的革命代言人，他們要麼是正遭受著階級壓迫、要麼正以暴力鬥爭，爲革命言說樹立合理合法地位；審美敘事下的市民既可以是文化審美下的小老百姓，也可以是在日常生活裏的小市民。不論從何種角度去分析市民形象，他們本質上都是鄉土中國子民，只是這些鄉民在經過了或精英意識、或意識形態、或日常審美的加工後，給鄉民批上了時代的外衣妝扮成了市民。我們發現，這些作家所擁有的文化記憶、現實經驗、審美意識、道德理性、倫理功用等等幾乎都是在傳統鄉土價值觀念裏衍生出來的，就算漫遊於城市之中，並且接受了「城市」的價值觀念，但他們作爲知識分子根深蒂固的價值觀難以讓他們置身傳統之外，也逃不過傳統鄉土價值觀的包圍與制約。這個強大的鄉土體系早已將整個中國社會的精神生活納入了其中，因此，同樣地可以說，現代的城市也是鄉村的延伸，不論是從居住方式、生活結構還是到精神傳統，同屬於鄉土中國範疇。按理說，城市與鄉土終歸是對立的兩個世界。如果說對於鄉土世界的重構與移植是源於人的失落或找尋失落的自由，那麼三十年代這些作家們對於隱秘鄉土價值的訴求是否也暗示著他們既處於一個回不去的故鄉又置身在了一個陌生化的都市裏那種無歸屬感？同時，如果將城市文明凝固在了鄉土文明上，是否又意味著停滯了人類對精神文明的探尋與追求？還有，自五四以來知識分子一直都在不斷強調與西方同步、實現現代化追求，然而令人弔詭的文本中體現出來的深層精神追求卻是對鄉土的懷念，又是什麼原因造成了這種悖論？所有這些，終將是文學中無盡休止探討的話題。

第四章　「城俗」敘事：再現於城市的鄉俗文化

在習慣了從政治經濟、景觀物質、社會群體、思想文化的角度或層面，去研究探討城市文學的發展變化後，多數人似乎已經忽略了城市文學文本中的細枝末節，在構築民眾物質生活與精神生活中扮演了重要角色的本質部分。於是，其結果是我們看到的常常是一個在文化、權力、地理等層面上完全與農村相對立的城市。缺少了既二元對立又互爲一體的全方位思想文化架構，我們對於城市的瞭解、對城市的文學文本的研究，勢必會喪失其原有的血脈精髓以及聲音色彩。有了這樣系統的看法，必然會產生對於想像中的城市文本一種省思和再現。事實上，我們對於中國現代文學中的城市文學的研究，更多的是在五四的影響之下從經濟、現代化的角度尤其是西化思想帶來的衝擊與取代，所以看到的是城市發達的物質文明，而很少從根性的脈絡去把握城市文本的本質。然而，城市的本質卻既不是經濟的也不是政治的，而是文化的。人本主義城市社會學研究者芒福德認爲，「城市不只是建築物的群體……不單是權力的集中，更是文化的歸極」〔註1〕這就是說，作爲研究城市的標杆，不是城市人口的數量，不是經濟與財富的數量，而是具有「生產意義和價值」的城市文化。其實這觀點也已經成爲了當前城市發展的主要趨勢——「以文化爲主要功能」的城市。同樣，研究想像中的城市文本，必須以此作爲切入點，才能觸及到城市文學的內核，以構築一個整體的城市想像。

〔註1〕【美】路易斯・芒福德：《城市發展史——起源、演變和前景》，宋俊嶺、倪文彥譯，中國建築工業出版社，2005年版，第49、91頁。

城市文化是一個寬泛意義上的詞彙，廣義上的城市文化可以包括建築藝術風格、街景美化、廣場規劃和設計、雕塑裝飾、公共設施、環境衛生狀況等物質實體，狹義的城市文化僅指指導城市人類生產和生活的精神意識形態。如楊東平在《城市季風》一書中通過對北京和上海的文化精神的比較，認爲城市文化是市民在長期的生活過程中共同創造出具有城市特點的文化模式，是城市生活環境、生活方式和生活習俗的總和。〔註2〕同時，他還指出，「這種文化上的『大傳統』，就是民族的傳統文化和統一國家的制度文化，它從根本上決定和制約著城市文化的面貌。」〔註3〕可以看出，作爲一個地域文化的城市文化，傳統民族文化的巨大作用是不容置疑的。《中外城市知識辭典》一書認爲，城市文化常常也被稱爲「都市文化」，是「市民在長期的生活過程中，共同創造的、具有城市特點的文化模式，是城市生活環境、生活方式和生活習俗的總和。」〔註4〕另外，還有一位美國學者也指出，「城市是一種心理狀態，是各種禮俗和傳統構成的整體，是這些禮俗中所包含，並隨傳統而流行的那些統一思想和感情所構成的整體。」〔註5〕根據這些定義，他們都注意到了一個問題，就是基於習俗（風俗、民俗）〔註6〕的心理認同與價值觀成爲了制約和影響一個國家或地區形成城市文化的重要前提。而民俗，指的就是「人民群眾在社會生活中世代傳承、相沿成習的生活模式，它是一個社會群體在語言、行爲和心理上的集體習慣」〔註7〕。據此，民俗文化對於城市表徵與內核的整合力量就像一隻無形的手，發揮著巨大的作用與影響。它不僅可以在城市的縱向發展中起到過去、現在、未來的聯繫作用，還可以在橫向上爲群體提供城市認同的心理基礎，具體表現在群體生存繁衍、生產消費等各種活動中衍生出來的各種文化現象，以及民俗的物化與行爲化，還表現在群體長期積澱而來的心理習慣、觀念模式以及思維方式。所以，鍾敬文先生

〔註2〕楊東平：《城市季風——北京和上海的文化精神》，新星出版社，2006年版，第46～47頁。

〔註3〕楊東平：《城市季風——北京和上海的文化精神》，新星出版社，2006年版，第48頁。

〔註4〕劉國光主編：《中外城市知識辭典》，中國城市出版社，1991年版，第477頁。

〔註5〕【美】RE・帕克等：《城市社會學：芝加哥學派城市研究文集》，宋俊嶺譯，華夏出版社，1987年版，第2頁。

〔註6〕根據烏丙安：《民俗學原理》，遼寧教育出版社，2001年版，第2頁，風俗、民俗、習俗是同義詞的不同表達。

〔註7〕鍾敬文：《民俗學概論》，上海文藝出版社，1998年版，第3頁。

也曾總結說：「這種近乎神秘的民俗文化凝聚力，不但要使朝夕生活、呼吸在一起的成員，被無形的纖繩捆束在一起，把現在活著的人和已經逝去的祖宗前輩連接在一起。」〔註8〕

提起民俗，在幾千年以來的鄉土中國歷史裏，很大程度上指稱的就是鄉土民俗。自近代以來，中國才開始起步現代意義上的城市化進程，即城市工業化進程。為此，鄉土民俗作為一種積久成習的文化現象和文化傳統，如果說在這漫長到令人驚歎的鄉土社會歷史中不曾留下深入骨髓的遺傳因子，那絕對是妄言。自然，它已經無所不漏地滲透到了人們日常的物質生活與精神生活當中，影響人們的生活方式與行為習慣，也潛移默化地影響到了作家的創作理念、審美趣味和表達方式。誠如美國學者所言，「沒有人會用不受任何影響的眼光看待這個世界，人們總是借助於一套確定的風俗習慣、各種制度和思維方式來觀察這個世界的」〔註9〕。正是由於鄉俗強大的精神力量，故在此對鄉土民俗的研究基礎上衍生而引發出來本文所研究的起點——「城俗」，以「城俗」作為一個切入點去探視文學中城市書寫的意義與價值。之所以要以「城俗」來作為鄉俗的一個對立的研究點，首先是基於城鄉二者的經濟結構與地理特徵的區別來加以細分，以農村社會的鄉俗作為原點，來考察其在城市社會裏的「城俗」——風俗習慣的變與不變，這樣能更清晰地看到作為一種精神文化的風俗是如何在不同時間段以不同風貌潛入城市文學創作中的，以及如何借助風俗習慣來進行自我言說的；其次，鄉俗也好，「城俗」也罷，實際上這二者就是統一在民俗這一範圍之內的，細分的目的是為了更好地研究民俗在經濟、政治、歷史與思想之間的互動、融合、傳承與變異，以此呈現中國現代文學中的民俗發展與變化。

所謂「城俗」，指的是將民俗進行了地域界定，專指人們在城市裏的生活、風俗習慣。城裏的民俗被本文冠之以「城俗」一說，故在本文進行論述時有時以「民俗」一詞代替了「城俗」，儘管其空間意義上有大小之區別，但其指稱意義一樣的，只不過是為了方便而已。由於近代以來，大量的鄉紳與農民進入城市後，他們帶來了鄉里的生活習慣與風俗傳統，於是鄉里的民風民俗在城裏得到了傳承與延續。可以說，「城俗」是鄉俗在空間與時間上的一

〔註8〕鍾敬文：《民俗文化學：梗概與興起》，中華書局，1996年版，第5頁。

〔註9〕【美】魯思・本尼迪尼特：《文化模式》，張燕等譯，浙江人民出版社，1987年版，第2頁。

種延伸與變換。同樣，「城俗」敘事指的就是作家通過對民風民俗生活不同觀察視角，並以此作爲載體，將其參與到文本敘事建構中以實現作家的創作目的。因此，在不同的「城俗」敘事語境下現代文學城市文本中，表現出的不同的「城俗」風貌：啓蒙知識分子們在時代主題的影響下，大肆批判揭露舊風舊俗是阻礙現代文明進程的陋習、惡俗，以此來符合革舊迎新、文學啓蒙之目的，因此潛藏在「城俗」敘事中的是一種批判的視角；左翼革命作家們在政治意識形態的指引下，放棄高高在上的啓蒙知識分子心態，而以貼近民眾的姿態使得「城俗」呈現出了一種複雜的文化現象，透視出了一種沉重的文化心理；自由作家們則在審美視域的關照下，對「城俗」在文明與傳統的衝突中流露出了一種無限懷舊的心態，以及對失落的鄉土風俗展現美學意義上的文化反思以及詩意表達。

自古以來，文學要體現社會風貌，風俗又是社會文化與政治教化的重要表徵，因此風俗與文學的必然聯繫成爲擺脫不了宿命。它們之間如此密切的關係不僅爲我們提供了研究的必要前提和思考視角，同時也已成爲了一條切實可行的切入現代文學的研究路徑。本章側重於論述民風俗文化視域中的現代城市文本書寫，目的是要看到強大的鄉土中國的歷史變遷與生存面貌，以及民俗在參與現代中國建構中的影響與作用，以使得這一研究命題有所深化與拓展。

第一節　惡習與陋俗的「城俗」置換

民風民俗蘊含著巨大的能量，也一直是知識界長盛不衰的話題，因此它進入啓蒙視野是必有其淵遠歷史緣由的。從寬泛意義上來說，首先是風俗與時代的機緣。我們知道，在近代時期的中國，西方列強的侵略與傷害不斷刺激著社會精英們的愛國情結。他們敏銳地感受到了中國社會正處於東西——新舊文化的碰撞之中，通過自身在日本或者西方遊學的經歷以及見識，他們對於海外近代科技與文明的發展記憶深刻，同時更加深刻地感受到了中國的落後與貧窮。於是，激進的知識分子們在中國原有的心理習慣、文化傳統以及思維模式基礎上，通過盛行於世的西方進化論思想本土化，將問題歸結爲了「種族優劣論」，根源直接指向了中國人種、民族的問題。其實，在嚴復翻譯《天演論》之前，他就曾以中西民族對比的方式進行了探討，他說：「粗舉一二言之：則如中國最重三綱，而西人首明平等；中國親親，而西人尚賢；

中國以孝治天下，而西人以公治天下；中國尊主，而西人隆民；中國貴一道而同風，而西人喜黨局而州處；中國多忌諱，而西人眾譏評。」〔註 10〕而在他的《天演論》一文中，更是以種族優劣來解釋民族國家興亡的緣由。有學者甚至認爲「嚴復……建構了其融自由主義理性與民族主義訴求於一體的富強主義啓蒙理論。《天演論》由此而成爲了中國啓蒙主義的『聖經』。」〔註 11〕作爲傳播進化論思想的嚴復，可以說他是達爾文學理的開山祖師，但是眞正推廣而影響更大的是梁啓超。梁啓超早在 1896 年的《變法通義》裏，就將嚴復解釋的達爾文學說運用到了自己的言說之中，去分析與判斷中國的危情以及尋找問題的解決方法。梁啓超還從道德革命到「國」「群」之說不但大大豐富了嚴復的進化理論，同時他還提出了「國民」二字，顛覆了從前「臣民」的垂直統領關係，而取其「國」與「民」的平行互助關係：「民權興則國權立，民權滅則國權亡」〔註 12〕，由此也引出了他的著名的「新民」一說。顯然，梁啓超已經認識到了國民素質的問題，認爲只有通過新民才能新制度、新政府、新國家，自然國強民富才能指日可待。陳獨秀也深感西方民族的強大，他通過中西對比而敬告青年人：我們「固有之倫理、法律、學術、禮俗，無一非封建制度所遺，持較皙種之所爲，以並世之人，而思想差遲幾及千載」〔註 13〕。隨後的五四知識分子傅斯年也以「文化進化論」的觀念論述了中國的落後：「人類文明的進步，有一步一步的階級，西洋文化比起中國文化來，實在是先了幾步，我們只崇拜進於我們的文化。——因爲中國文化後一步，所以一百件事，就有九十九件比較的不如人，於是乎中西的問題常常變成是是非的問題了。」〔註 14〕

由於西方思想文化日益滲透和影響加深，中國傳統固有的東西已不再天經地義、亙古不變了，通過「新民」以反傳統爲缺口，就彷如打開了潘多拉的盒子，一發而不可收拾。知識分子們紛紛借助西方思想來批判舊習俗、重建新文化。有論者這樣評價：「當時一般人認爲，西方的社會生活是依據天賦

〔註 10〕嚴復：《論世變之亟》，見牛仰山編：《天演之聲——嚴復文選》，百花文藝出版社，2002 年版，第 3 頁。

〔註 11〕劉穎：《中國文學現代轉型的民俗學語境》，安徽人民出版社，2007 年版，第 49 頁。

〔註 12〕梁啓超：《愛國論》，《飲冰室文集》（第一冊），中華書局，1989 年版，第 73 頁。

〔註 13〕陳獨秀：《敬告青年》，《獨秀文存》，安徽人民出版社 1987 年版，第 6 頁。

〔註 14〕傅斯年：《五四時期的社團》，北京三聯書店，1979 年版，第 76 頁。

人權、自由平等的理性原則建立起來的一種完美、理想的社會生活模式，代表著社會進步的方向；相比之下，中國傳統的社會生活則充滿著陳規惡俗，不符合時代潮流，非改革不可。以致在民初很快就形成了一種誰接受西方的社會生活習尚，誰就是文明、開化，屬於新派人物，否則就是保守、頑固的風氣。因此，追求生活上洋化的階級和階層更加廣泛了。」〔註 15〕早在 1887 年，黃遵憲就在他介紹日本禮俗文化一書中就現總結了風俗與政治之緊密關係，指出：「風俗……及其既成，雖其極陋甚弊者，舉國之人習以爲然。上智所不能察，大力所不能挽，嚴刑峻法所不能變」，然後，他進一步指出「夫事，有是有非，有美有惡，旁觀者或一覽而知之，而彼國稱之爲禮，沿之爲俗，乃舉國之人展轉沈錮於其中而莫能少越，則習之囿人也大矣。」受日本啓蒙思想家福澤諭吉和中村正直的深深影響，梁啓超幾乎是全盤接受了「民氣」、「風俗」的思想觀念，而深入探討了中國國民的民俗對於國家的影響。如《論中國積弱由於防弊》、《論中國人種之將來》、《國民十大元氣論》、《中國積弱溯源論》、《新民說》等等，他指出：

> 國家之強弱，一視其國民之志趣品格以爲差。而志趣品格，有所從出者一物焉，則理想者何物也？人人胸中所想像，而認爲通常至當之理者也。凡無論何族之民，必有其社會數千年遺傳之習慣，與其先哲名人之所垂訓所傳述，漸漬深入於人人之腦中，滌之不去，磨之不磷，是謂之理想。理想者天下之最大力量者也，其力能生出種種風俗，種種事業。〔註 16〕

在梁啓超看來，這裡的「理想」就是一種全新的「習俗」，或者說全新的國民性，他是要在總結批判中國人的奴性、愚昧以及自私、懦弱等問題上去構建他所認爲的「新民」。不可否認，梁啓超的思想確如一道耀眼的閃電，它劃破了沉寂多時的黑暗，帶給了人們全新的認識，成爲了社會革命思想的一面旗幟與風向標。有研究梁啓超的學者曾這樣總結：「（梁啓超）痛苦、尖銳第批判中國的封建制度與思想……其潛移默化滲透到各個階層，形成爲國民心理，便是中國積弱的根源。因此，中國要富強，不可不去掉這些歷史因襲的重負，從改造國民性入手，首先破除奴隸性，而代之以西方新的思

〔註 15〕胡繩武、程爲坤：《民初社會風尚的演變》，《近代史研究》，1986 年第 4 期。

〔註 16〕梁啓超：《中國積弱溯源論》，夏曉虹編：《梁啓超文選》，中國廣播電視出版社，1992 年版，第 97 頁。

想觀念。這就是梁啓超的結論。」〔註 17〕從她的評論來看，確實，在梁啓超時代，對於國民性的研究以及「新民」的倡導，已經成爲了那個時代的重心。

衆所周知，民俗作爲一定區域中民衆所創造、享用並傳承的生活文化，它所承載的是源遠流長的文化精神與民族品格，民俗一旦在人們長期的生活中形成了時，它又能反過來規範人們的語言、行爲、思想和心理。而自晚清到五四以來，民俗文化之所以能迅速被置於思想啓蒙的中心，正是由於民俗文化對於大衆思想的「軟控制」實力。一般認爲，民俗文化正式介入文學是發生在五四時期〔註 18〕，一方面是因爲新文學的目的在於思想改造和重建新文化，以實現人與文化的現代轉型，於是啓蒙精英們借用充分體現著國民性特質的民俗文化作爲了批判的切入點；另一方面是因爲五四文學提出的「人的文學」與「平民文學」，其本身的關注點就是人，因而普通人的日常生活習俗自然就成爲了作家的創作對象。因此，關注人、立人不僅是民風民俗要表現的內容，同時也是文學啓蒙的核心邏輯。學者錢理群也在其著作中暗示出了這樣一條主線：「文學的現代化，是與本世紀中國所發生的『政治、經濟、科技、軍事、教育、思想、文化的全面的現代化』的歷史進程相適應，並且是其不可或缺的有機組成部分，而在促進『思想的現代化』與『人的現代化』方面，文學更是發揮了特殊的作用。因此，本世紀中國圍繞『現代化』所發生的歷史性變動，特別是人的心靈的變動，就自然構成了現代文學所要表現的主要歷史內容。」〔註 19〕確實，按照精英知識分子的啓蒙策略，只有立人才能實現立國，而文學就成爲了啓蒙精英們選擇立人的最好方式與途徑。畢竟，晚清政府的覆滅帝制的瓦解僅僅只是冰山一角，更重要的是底層社會結構的改弦更張或者重新組合。於是，他們將民俗文藝創作作爲喚醒民衆的啓蒙目的是不言而喻的。有研究者也深刻認識到了五四啓蒙文學與民俗之緊密關係：「如果說五四時期的思想啓蒙運動與文學運動同步的內在根源是建立在『文學（文藝）是國民精神的表現』這一認識上的，那麼五四時期的民俗學

〔註 17〕夏曉虹：《覺世與傳世——梁啓超的文學道路》，中華書局，2006 年版，第 128 頁。

〔註 18〕王嘉良：《眷顧與批判：民俗敘事的兩重視角與兩種姿態——民俗文化視域中的現代中國文學》，《河北學刊》，2011 年第一期，第 91 頁。

〔註 19〕錢理群、溫儒敏、吳福輝：《中國現代文學三十年》，北京大學出版社，1998 年版，第 1 頁。

研究將這一認識進一步擴展爲『民俗是研究國民精神的資料』，這就使得中國現代民俗學研究與改造『國民性』的思想啓蒙運動和啓蒙文學內在相通、相輔相成。」〔註20〕

正是由於進化論最爲先進的思想武器而觸及社會改造諸多方面，從而與文學革命的爆發和文學革命論的建設結下了深厚的淵源。也由此引發了對於民族自身的深入反思，從民俗學的角度來看，批判與揭露中國文化上的種種陋習與國民性問題自然也是從民風民俗的內容，因爲「人種」、「民族」既是社會學的概念，同時也可以是民族學的範疇，可以說它們都同屬於民俗學的內容。在西方政治制度、自由平等等理念影響下，進步的知識分子在學習、借鑒與吸收的基礎上將民俗觀念與啓蒙精神緊密結合成了一股強大的啓蒙思潮，同時也成爲了民族革命思想的重要組成部分。要塑造「新民」，不可能離開對於民風民俗的考察研究，因此，從理論上來說，民俗借啓蒙之重義就此進入了中國現代文學的歷史。

分析了民俗與啓蒙的大背景之後，其次，我們考慮的問題就是，民俗與文藝能結合起來爲當下啓蒙服務是如何操作的，又是如何成爲了啓蒙精英們思考的敘事策略與焦點。精英知識分子們將眼光從統治階級文化下移到國民階層時，看似實現了精英文化向民眾文化的轉型，實際上他們還是以啓蒙者的高姿態去賦予了自身「國民導師」的身份，經過西化思想洗禮的他們，找到了一個無可挑剔的理由——中國羸弱的根本原因在於「風俗」，由於舊風舊俗的桎梏與僵化，才導致了國民的種種陋習與劣根性。由此，嚴復、梁啓超、陳獨秀、李大釗等爲代表的一大批知識分子們提出了以移風易俗重塑新民，在批判本國國民的意識中去構建具有現代意義上的人與人性。作爲新文化運動的領袖胡適，對於五四時期社會上在政治、文學、社會、信仰以及人性等種種熱點問題進行了總結，他認爲當前的社會的主要問題出現在「一、孔教問題，二、文學改革問題，三、國語統一問題，四、女子解放問題，五、貞操問題，六、禮教問題，七、教育改良問題，八、婚姻問題，九、父子問題，十、戲劇改良問題……等等」〔註21〕顯然，按照思想啓蒙的邏輯，必須是社會問題已經到了亟待拯救的地步，於是才能合理合法地建構一種全

〔註20〕曹林紅：《民俗學研究視野與現代文學國民性主題的發生》，《求索》，2008年第11期，第185頁。

〔註21〕胡適：《新思潮的意義》，載《新青年》第七卷第四號，1919年12月。

新的執行標準。因此，針對這十大問題，胡適指出，這些所有問題的產生都是源於風俗制度。原本是「向來不發生問題的」風俗，但在這亂世飄零、搖搖欲墜的社會裏愈發的顯出它的問題。所以，他首先就以摧枯拉朽的批判、重估價值的新態度向風俗制度進行了發難：

（1）對於習俗相傳下來的制度風俗，要問：「這種制度現在還有存在的價值嗎？」

（2）對於古代遺傳下來的聖賢教訓，要問：「這句話在今日還是不錯嘛？」

（3）對於社會上糊塗公認的行爲與信仰，都要問：「大家公認的就不會錯了嗎？人家這樣做，我也該這樣做嗎？難道沒有別樣做法比這個更好，更有理，更有益嗎？」

尼采說現今時代是一個「重新估定一切價值」的時代。「重新估定一切價值。八個字便是評判的態度的最好解釋。」〔註22〕

胡適以對風俗制度的批判入手，實際上就是將他自己提出的「研究問題，輸入學理，整理國故，再造文明」著名口號的具體化。很明顯，他要將知識分子的上層文化與大眾的底層文化都納入到自己的「價值重估」思想之中，同時也是以一種陋習惡俗的批判眼光和思想文化的灌輸對社會進行一場自上而下的改革救國之路。於是，「當啓蒙主義眞正進入建構構成之後，救國因素實際上已被拋掉了；而且在啓蒙主義轉化爲可操作性的啓蒙敘事策略時，啓蒙又是從人的本能欲望、生命力以及中國的國民性作爲源頭的。」〔註23〕

從民俗學的角度看，個體是不可能去違背大眾所共同遵守的日常生活秩序，也就是說個體是逃離不了既定的習俗觀念與習俗秩序的。自古以來，我們的祖先就在日常生活秩序中形成了一套禮俗標準，如忠、孝、禮、義、信、廉、恥，無不體現出是非、善惡、美醜、貴賤、高低、賢愚等價值標準。張光芒在他的《啓蒙論》一書中對於李大釗關於個體與風俗的關係有詳細的論述，他認爲，「『離於人心則無風俗，離於風俗則無群。』他（李大釗）雖然仍深爲群眾的心理狀況而擔憂，但已經認識到眾人的統一意志，即『人心』、『風俗』才是決定群之存亡的根本力量。而改變此現狀的唯一途徑在於知識分子一方面要勇敢的擔負起對抗政治家『惡政』的任務，同時又要不遺餘力

〔註22〕胡適：《新思潮的意義》，載《新青年》第七卷第四號，1919年12月。
〔註23〕張光芒：《啓蒙論》，上海三聯書店，2002年版，第135頁。

地從事啓蒙工作，扭轉『人心』及『風俗』。〔註 24〕可見，李大釗已注意到了個人在群體與風俗之中的力量與反力量。

魯迅也在其《文化偏至論》中論述了傳統之禮俗習慣對於個人的影響力，他認爲，中國傳統社會，將「個人特殊之性，視之蔑如，既不加之別分，且欲致之滅絕」，從而導致「精神益趨於固陋，頹波日逝……傖俗橫行，浩不可禦，風潮剝蝕，全體以淪於凡庸」，爲此，魯迅主張崇尚個人、提倡個性，才會「國人之自覺至，個性張，沙聚之邦，由是轉爲人國。人國既建，乃始雄厲無前，屹然獨見於天下」〔註 25〕。陳獨秀在論述東西民族之差異時，也強調個體對於社會改造的意義，他說「個人之在社會，好像細胞之在人身」〔註 26〕。郁達夫在總結五四的成就時也這樣說：「五四運動的最大的成功，第一要算『個人』的發現。從前的人，是爲君而存在，爲道而存在，爲父母而存在，現在的人才曉得爲自我而存在了」〔註 27〕。且不論郁達夫的判斷到位與否，但是他對於五四的最大成功的認可不能不說是正確的。五四啓蒙思想家都不約而同地意識到了改造、立國之根本在於人，人的覺悟、個性解放大大刺激著啓蒙者們的神經。於是，在啓蒙精英們看來，「儘管救亡圖存、抵禦外侮是近代乃至現代中國人所必須完成的首要任務，但能夠承擔這一任務的決不是在思想傳統封建文化薰陶下思想狹隘、保守、卑微、懦弱的中國人，只能是具有開放意識、對傳統文化有清醒的自省意識、對外來文化有接受和鑒別力的現代意義上的現代中國人……造就具有眞正現代意義上的現代人，成爲那個時候的當務之急。」〔註 28〕重建個體，也就是要打破以往一切原有的習俗觀念與即成的生活秩序，從民俗學的角度來看，文學啓蒙的目的就是揭露批判國民文化上的種種陋習與劣根性和「再新習俗化」，移風易俗、國民性問題成爲了五四啓蒙文學的主要思想範疇。因此，在某種意義上來說，啓蒙思潮也實際上就是一種「民俗啓蒙思潮」。

〔註 24〕張光芒：《啓蒙論》，上海三聯書店，2002 年版，第 155 頁。

〔註 25〕魯迅：《文化偏至論》，《魯迅全集》第一卷，人民文學出版社，2005 年版，第 51～57 頁。

〔註 26〕陳獨秀：《東西民族根本思想之差異》，《德賽二先生與社會主義——陳獨秀文選》，上海遠東出版社，1994 年版，第 27 頁。

〔註 27〕郁達夫：《中國新文學大系・散文二集・導言》，上海良友圖書公司，1935 年版，第 2 頁。

〔註 28〕姜文振：《中國文學理論現代性問題研究》，人民文學出版社，2005 年版，第 70 頁。

啓蒙思潮對於民俗的態度，從嚴復「開民智、新民德、鼓民力」思想到梁啓超「新民」一說，再到魯迅等人提倡的「改造國民性」，延續的是對於傳統文化習俗的批判態度。誠如精英知識分子所設計的，除舊布新的民俗批判作爲一個思想啓蒙的切入視角，在五四時期已大範圍的滲透到了文學創作之中，更具體地說，它以更貼近民眾的生活習俗——鄉俗的敘事模式出現在了鄉土小說創作潮流中，表現對農民與農村陋俗的批判與揭露。然而，我們知道，啓蒙精英們對於傳統習俗的徹底批判與移風易俗的呼籲，他們所極力搖旗吶喊的思想來源還是他們最爲熟悉的鄉土社會的生活秩序與文化傳統，儘管他們推翻舊風俗的決心不可不說猛烈，但是他們急於破舊立新反而凸顯出了將社會習俗作爲時代武器與政治利器的意義。所以在五四時期大量湧現的鄉土風俗批判書寫，一方面體現出了知識分子對於國民意識的呼喚，批判傳統舊習俗中從外在形象到內心世界的中國國民，尤其是從家族制度、婚姻問題、男女平等、親子等或衍生出的問題幾乎涉及到社會人生方方面面，爲的是掌握進入權利話語中心的合法權；而另一方面來說，這也將啓蒙者自身置於道德的天平之上，他們急躁於強行革除舊俗，如章太炎所謂「舊俗之俱在，即以革命去之」一說，卻忽視了傳統習俗自身的傳承性與合理性，無視社會習俗作爲強大的民族文化心理積澱對於國民的影響。如果說我們承認啓蒙者對於鄉土社會的舊風俗批判在一定程度上具有合理合法性的話，那麼當啓蒙者進入城市以及隨之的城市書寫出現後，農村的風土習俗隨著人流的遷徙而來到城裏形成了「城俗」，「城俗」書寫並沒有表現出城市文明的風貌，相反，「城俗」敘事其實是被納入到了他們的鄉土批判體系之中。那些傳承著傳統道德倫常的風俗習慣，如三綱五常、忠孝節烈、三從四德、夷夏大防等已與高樓大廈、洋裝革履、西餐大菜、自由戀愛、文明結婚等等的現代生活格格不入，成爲了建設現代國家社會的阻礙。所以，「城俗」的批判敘事要比鄉俗批判敘事要複雜得多，在啓蒙作家筆下，民俗敘事不但被置換成了惡俗敘事，而且也對社會風俗自身的特性認識不足，無視社會習俗的傳承性以及民俗自身演變規律，顯出了啓蒙者的急功近利行爲以及帶有一廂情願的意味。爲此，在本書的設計中，是有意將民俗具體分化爲鄉俗與「城俗」兩大範疇，既是爲了能更清晰地看到啓蒙精英們在以風俗來進行啓蒙話語體現構建時所表現出的內在邏輯分裂現象，同時也是爲了能從風俗自身內部發展軌跡來考察，以彰顯風俗作爲強大的精神體系的自然延續與深化。

以風俗批判作爲啓蒙理論的一個切入口，從政治家的改弦易張策略到思想家的道德革新目標，將傳統習俗下的「臣民」驟升爲「國民」，都不愧是拯救落後中國的出路實驗。可以說，新文化運動所主張的移風易俗思潮比以往都要更深刻和更有針對性，他們往往善於抓住舊風俗中流毒深遠的某些觀點、影響巨大的事件、發人深思的現象去加以剖析、批判，並通過宣揚造勢以造成廣泛的輿論影響。那麼，由新風俗理論而具象到改造國民性新國民，啓蒙知識分子具體又是從哪些方面入手呢？根據這一思考研究，本節將「城俗」啓蒙敘事主要分爲三種類型，第一是與家族制度相關的批判，第二種是與婦女問題相關的揭露，第三種是與信仰習俗包括迷信等相關的抨擊。每一種風俗原型在其開創初期，目的都是在於社會的整體和諧以及人們生活的秩序穩定，況且經過長期的整合已滲透到了民族民眾的無意識心理，有其存在的合理和優長之處。但是隨著價值取向的悖論性轉變，各種相關風俗成爲了不得不醫治的沉屙痼疾。

首先，對於「城俗」中與家族制度相關的批判，其實早已是新文化運動的重兵之地，有學者就明確提出「其中家族制度曾是五四新文化運動鋒芒所向的焦點之一」〔註 29〕。根據民俗學家的研究，認爲「在中國，民俗中包含著產生本國的人種、群體、家族、道德、政治、宗教和國體的諸種因素，包括環境因素、精神因素和情感因素，要瞭解這些因素的由來，就必須認識本國的民俗」〔註 30〕。其實，與民俗相關的人種、群體、政治以及家族這些因素，歸根結底可以說就是由家族而衍生出的問題。早在五四之先，就已經有評論家將問題直指靶心「中國之家庭組織，蟠天際地，綿亙數千年，支配人心，爲中國國家組織之標本。國家即是一大家庭，家庭即是一小國家……中國之國家組織，全是專制的；故國家之家庭組織，亦全是專制的。其所演種種現象，無非專制之流毒」〔註 31〕。誠如其所言，中國的家庭就如中國國家的一個縮影，家庭裏的家族問題、婚姻問題、忠孝問題、貞節問題等等放大來看就是國家範疇裏的忠、孝、節、義，同時都是關乎一個社會的民生民俗問題。於是，五四啓蒙思想家正是將建立在家族倫理制度上的風俗視爲忽視人的主權與尊嚴、窒息民族生機、阻礙社會發展的罪魁禍首而進行了猛烈批

〔註 29〕嚴家炎：《五四新文化運動與中國的家庭制度》，《魯迅研究月刊》，1999 年第 10 期。

〔註 30〕鍾敬文主編：《中國民俗學概論》，上海文藝出版社，1998 年版，第 75 頁。

〔註 31〕季新：《〈紅樓夢〉新評》，《小說海》第一卷第一號，1915 年。

判。所以有學者這樣總結，「資產階級思想家和知識分子具體論述了某些具體習俗改革與政治進化的關係。……把改革婚姻家庭習俗視作政治革命的起點，認爲『欲革政治命，先革家族命』」〔註32〕。

由家而國的價值體系批判與構建，陳獨秀表現出了強烈的批判態度以及找到了移風易俗的根據所在，他說：

> 忠、孝、貞節，三樣，卻是中國固有的舊道德。中國的禮教（祭祀教孝，男女防閒，是禮教的大精神），綱常、風俗、政治、法律，都是從這三樣道德演繹出來的；中國人的虛僞（喪禮最甚）、利己、缺乏公共心、平等觀，就是這三樣舊道德助長成功的；中國人分裂的生活（男女最甚）、偏枯的現象（君對於臣的絕對權，政府官吏對於人民的絕對權，父母對於子女的絕對權，夫對於妻、男對於女的絕對權，主人對於奴婢的絕對權），一方無理壓制一方盲目服從的社會，也都是這三樣道德教訓出來的；中國歷史上、現社會上種種悲慘不安的狀態，也都是這三樣道德在那裏作怪。〔註33〕

陳獨秀由家法、家規演繹而成的國家宗法價值體系，不僅精密的制約著家族中的個體，使得個人成爲了族權、夫權、君權的附屬物，也制約著社會自由解放的新價值規範的形成。「反孔英雄」吳虞更是無所顧忌地批判了傳統家族制度，將其視爲專制主義的禍端，甚至將矛盾直指父子關係。他看到了「儒家以孝悌二字爲兩千年來專制政治與家族制度聯結之根幹，而不可動搖」〔註34〕，不推翻孔儒之思想，難以去其家族之惡。所以他在列舉滿清律例的十惡時，於「大不敬」之下即「不孝」，實際上就是將儒家的君父並尊看成是十惡之源。所以在談到父子關係的時候，認爲「父子母子不必有尊卑的觀念，卻當有互相扶助的責任。同爲人類，同做人事，沒有什麼恩，也沒有什麼德」〔註35〕。傅斯年曾把中國的家庭生活看成是束縛青年的最大罪惡，將矛頭直接對準了家庭中的父母長輩。他在其《萬惡之源》一文中傳達了

〔註32〕萬建中：《民國的風俗變革與變革風俗》，《西北民族研究》，2002年第二期，第126頁。

〔註33〕陳獨秀：《調和論與舊道德》，《獨秀文存》，安徽人民出版社，1987年版，第565頁。

〔註34〕吳虞：《家族制度爲專制主義之根據論》，《吳虞文錄》，黃山書社，2008年版，第7頁。

〔註35〕吳虞：《家族制度爲專制主義之根據論》，《吳虞文錄》，黃山書社，2008年版，第13頁。

傳統的家族制度已不再適合個人意識的發展之意：「可恨中國的家庭，空氣惡濁到了一百零一度」，「兒女生活於其中就像是奴隸，沒有自由更沒有未來和希望」〔註 36〕。顧頡剛也附和了此種看法，並認爲父母與子女的關係已經達到了一種非改不可的地步，他說：「爲什麼年輕一代不要求個性發展，其原因在於長輩們已使他們習慣於敬奉而不表達自己的觀點；他們能從『父子』、『兄弟』、『夫婦』的名分中，獲得安全感。」〔註 37〕還有曾經試圖恢復「固有道德」的楊永泰，也在隨之高漲的反家族制度呼聲中加入了搖旗吶喊的隊伍〔註 38〕，還有大呼「孝」爲「萬惡孝爲首」的〔註 39〕，甚至有人還將「孝」與「生殖器崇拜」〔註 40〕等同視之等等。因此，他們主張青年人若想要獲得眞正的自由，就必須從反對父權家長制度開始。五四時期大肆批判家族制度，爲的就是營造一個新道德習俗，以此適應新時代之需要。稍加以深思，我們完全可以看得出，這些倫理的革新需求並非是傳統道德合乎自身邏輯發展的結果，而是外權的侵入，知識分子們以興國爲己任不得不做出的從新洗牌的選擇。

魯迅就明確指出其第一篇白話小說《狂人日記》就是「意在暴露家族制度和禮教的弊害」〔註 41〕。對於植根於中國家族制度的種種兇殘卑劣、野蠻蒙昧的行徑，《狂人日記》以其獨特的、富於穿透力的想像賦予了中國文化深刻的批判與反思。因此，學界一直將「狂人」視爲黑暗社會裏的最爲睿智的清醒者，賦予了他反抗「吃人」家族與封建禮教的無窮力量，從而作爲精神界最爲勇猛的鬥士將魯迅納入了啓蒙先驅的行列。其實，恰恰相反，魯迅正是因爲深刻認識到了中國傳統文化的巨大力量以及對於文化變革的強烈憂患意識，才導致了魯迅設計「狂人」作爲一個充滿否定性與悖論性的人物來隱

〔註 36〕傅斯年：《萬惡之源》，《傅斯年全集》（第一卷），湖南教育出版社，2003 年版，第 104～107 頁。

〔註 37〕顧頡剛：《對舊家庭的感想》，《新潮》，1920 年第 2 卷第 5 號。

〔註 38〕楊永泰：《新生活運動與禮義廉恥》，見黃進興著：《從理學到倫理學——清末民初道德意識的轉化》，中華書局，2014 年版，第 140～141 頁。

〔註 39〕佚名：《什麼話》，《新青年》，1921 年 8 月 6 日，該文引用了 1921 年 3 月 8 日抨擊陳獨秀廢德仇孝一說。

〔註 40〕周予同：《「孝」與「生殖器崇拜」》，朱維錚編：《周予同經學史論著選集》，上海人民出版社，1983 年版，第 70～91 頁。

〔註 41〕魯迅：《〈中國新文學大系〉小說二集序》，《魯迅全集》，人民文學出版社，2005 年版，第 247 頁。

喻他的悲壯的絕望心境，彰顯出的並非是一個高呼革新傳統的鬥士。有學者將此一層面做了深刻的分析：「……魯迅本人對於中國傳統文化歷史結構的清醒認識：民眾雖然是社會與家庭的被壓迫者，同時也是社會與家族的牢固基礎；民眾與傳統所自覺形成的強大聯盟，爲一切革新者編織好了一張巨大而無形的死亡之網」〔註42〕。確實，「吃人」的傳統不僅是在家族內部傳承，在作爲整個社會的一個微縮單位——狼子村，也沒有人是不「吃人」的。小說描寫「狂人」走在村子裏，趙貴翁的眼色就是想害我，「還有七八個人，交頭接耳的議論我」，其實就是想盤算著如何「吃我」。特別是對於一夥小孩子的描寫，他們的「眼色也同趙貴翁一樣，臉色鐵青」，「似乎想害我」。〔註43〕在這裡，給「狂人」最爲不可思議又讓他傷心的是小孩子們爲什麼也表現出了同大人一樣的想「吃人」的臉色，原因就是在於「是他們娘老子教的」。趙貴翁及路上的七八個人還有我大哥一樣，他們是「吃人」的，自然孩子們在家庭裏早就已經學會了如何「吃人」，「吃人」文化正是象徵了無法終止或更改的中國傳統文化。因此，其實魯迅在小說裏已經暗藏了一個驚人的事實：「孩子」是不可救的。「聽將令」的魯迅借新文化運動的主題——反抗家庭專制與封建禮教看似與眾五四啓蒙精英們走在了同一條道路上，但其實他並非是攻擊傳統、反抗傳統而吶喊，他比誰都更清醒地意識到傳統與個人的無法割裂的關係，他影射的是那些號稱「新青年」與主張革新傳統的「狂人」們身上的浮躁情緒與偏執思想，並表現出了強烈的懷疑態度：「可惜中國太難改變了，即使搬動一張桌子，改裝一個火爐，幾乎也要血；而且即使有了血，也未必一定能搬動，能改裝」〔註44〕。

然而，自魯迅第一篇白話小說批判家族制度以來，更多的作家加入了深入批判家族制度種種行徑的行列中，尤其是對中國家庭生活內部最爲根基的父子（父女）關係的徹底顛覆。新文學作家以批判父權來反抗家庭專制傳統，顯得尤爲符合主流社會的流行話語。如正面攻擊家庭專制的典型作品有《幽蘭女士》、《駱駝祥子》、《雷雨》、《家》，而倡導追求愛情自由、婚姻自主的作

〔註42〕宋劍華：《生命閱讀與神話解構——20世紀中國文學經典文本的重新釋義》，廣東人民出版社，2010年版，第8頁。

〔註43〕魯迅：《狂人日記》，《魯迅全集》（第一卷），人民文學出版社，2005年版，第445頁。

〔註44〕魯迅：《娜拉走後怎樣》，《魯迅全集》（第一卷），人民文學出版社，2005年版，第171頁。

家作品就更多了，如郭沫若、郁達夫、盧隱、冰心等等。《幽蘭女士》作爲陳大悲在 20 年代創作的文明新戲，連同他同期的劇本《良心》、《忠孝家庭》、《父親的兒子》、《維持風化》、《英雄美人》等等，以表現家庭題材參與到了五四新文化運動關於社會問題探討與改造的潮流之中。這些劇本由於受歐美經典戲劇的影響，其主題大都聚焦於新興文化思想以及封建家庭倫理的矛盾對立鬥爭，注重對深層倫理關係的發掘，特別是家庭中的父子關係、主僕關係、夫妻關係、妻妾關係等等，通過辛辣諷刺的筆調嘲諷了那些道貌岸然、虛僞無恥的家長、族長，以及封建禮教綱常的虛僞、腐朽和落後。如《幽蘭女士》中幽蘭的父親丁葆元，是北京城裏一有名的闊人，爲了能巴結上身邊的達官貴人，以唯一的女兒婚約作爲籌碼先後兩次許給人家，先是要送給張四帥去做姨太太，見官場情勢變後爲了攀附上大帥，又執意要將女兒嫁到大帥身邊的紅人田四爺家。丁葆元完全無視女兒的意見，他跟他的繼室李氏說「管她願不願意做什麼……我看中的這女婿，再好也沒有啦。你剛才沒聽見嗎。就是說電話的那個人。田四爺，是北京數一數二的闊人，大帥身邊第一名紅人……將來大事成功之，全國統一之後，你瞧瞧我！（大拇指一伸，大有不可一世之概。）」〔註 45〕在丁葆元看來，女兒的婚約就是用來爲自己官場前途進行利益交換砝碼，而且是盡可能利益最大化的砝碼，所以他明知女兒有意鍾情於大學教授汪惠卿，卻拼命反對，最終導致了這對「有情人」以悲劇收場。《駱駝祥子》中虎妞的父親劉四爺，同樣也是一個唯錢是命的父親形象。儘管虎妞是一個已經三十七八歲的老女兒了，而且長得還那麼老醜，沒人願意娶她做太太。在虎妞的精心設計和誘惑下，好不容易讓駱駝祥子中了她的如意算盤計，然而當虎妞向自己的老父親攤牌時，劉四爺卻打死都不同意這門婚事，他盤算著：

> 想想看吧，本來就沒有兒子，不能火火熾熾的湊起個家庭來；姑娘再跟人一走！自己一輩子算是白費了心機！祥子的確不錯，但是提到兒婿兩當，還差得多呢；一個臭拉車的！自己奔波了一輩子，打過群架，跪過鐵索，臨完教個鄉下腦袋連女兒帶產業全搬了走？沒那個便宜事！就是有，也甭想由劉四這兒得到！劉四自幼便是放屁崩坑兒的人！〔註 46〕

〔註 45〕陳大悲：《幽蘭女士》，現代書局，1928 年版，第 24～25 頁。

〔註 46〕老舍：《駱駝祥子》，譯林出版社，2012 年版，第 142 頁。

精明強幹的劉四爺其實是並不愛護關心自己女兒的，他覺得「虎妞是這麼有用」：善於管賬和打理車廠，生活也很儉樸——「她總是布衣布褲」，所以對於視錢如命的劉四爺來說，「他實在不願她出嫁」。尤其是要嫁給一個「臭拉車」的祥子，在劉四爺看來，祥子無非就是想傾吞家產，這比要他這條老命還可恨！所以，當虎妞在劉四爺的壽宴上提起婚事的時候，作爲父親的劉四爺只顧自己的錢財而與女兒斷絕了關係，以致最終虎妞因難產死去，劉四爺也未去看上女兒一眼。

在三十年代，曹禺、巴金、老舍等作家繼續沿著五四時期的這種思想路徑，對封建家庭專制展開了持續而猛烈的抨擊。如在巴金的《家》中，高老太爺作爲統馭高家一切的大家長，他毫不掩飾地說：「我說是對的，哪個敢說不對？我說要怎樣，就要怎樣做」。所以，他在其專制王國中有著絕對的權威，他的意志代表的是最高權威與法律。他不僅造成了鳴鳳和梅的愛情和人生悲劇，其亡靈還造成了善良賢淑的瑞玨之死。鳴鳳是高公館裏的丫頭，既聰慧又漂亮，還深深地喜歡覺慧。然而，年已花甲的孔教會會長馮樂山要討姨太太，高老太爺就把這個年僅 17 歲的姑娘作爲禮物送給馮老頭子，高老太爺的命令誰也違背不了，誰也反抗不了，於是鳴鳳徹底的絕望了，她帶著對覺慧深深的愛和對這世上的不公平的恨跳進了湖裏，一個年輕鮮活的生命就在高老太爺的一聲令下戛然而止。高老太爺死後，瑞玨的產期到了，爲了避開高老太爺的靈柩，避免有血光之災一說法，陳姨太要瑞玨去城外生養。於是在城外一處潮濕的房子裏，瑞玨最終因難產也痛苦地死去，與覺新終未能見上最後一面，高老太爺的亡靈都能將人逼到絕境，足以見得其罪惡之大。同樣，在曹禺的《雷雨》中，也訴說著家庭專制帶來的悲劇。周樸園，本質上是「地獄般」的周公館裏另一個「高老太爺」，曹禺說周樸園的話，向來是不能改的，他的意見就是法律。他爲了維護自己在家庭中的絕對權威，不惜以摧殘他人的個性和幸福：明明他自己年輕時也放蕩不羈，卻在訓斥周萍的不軌行爲時裝出一副道貌岸然的道德嘴臉，所以周樸園要逼迫妻子蘩漪「吃藥」，其目的是要在家中樹立一個「服從」的榜樣，以此使得他在訓斥奴僕般地訓自己的兒子時顯得權威與合理。他知道魯大海是他的親生兒子，也堅決不放過他領導工人罷工的行爲。所以，造成了這個家庭裏周萍的軟弱無力、繁漪的變態瘋狂，客觀上來說就是這個專制「父親」周樸園一手造成的。

縱觀新文學中反抗家長專制的啓蒙話語，我們發現新文學作家們借助於思想啓蒙的權威去構建其自我言說的體系，無所顧忌地去反傳統與反父輩，不得不說叛逆的青春期躁動與投機心理在很大程度上參與策劃了五四啓蒙運動。正如反封建家庭秩序最爲猛烈的巴金，他的一席話讓人猛然驚醒：「我的憎恨是盲目的，強烈的，普遍的。我常常把我所憎恨的對象描畫成一個可憎的面目。我常常把我所憎恨的制度加以人格化，使它變成了一個極其可恨的人！」〔註 47〕同樣，魯迅其實也並不是如陳獨秀、吳虞等人那般訴說著家庭的罪惡，而是他因爲「聽將令」而被動拉入了新文化運動的陣營之中。魯迅的言說「父親」，在其《我們現在怎樣做父親》一文中就已經很清楚地說出了中國的父子關係特徵，大抵中國的傳統父親都是「自己背著因襲的重擔，肩住了黑暗的閘門，放他們到寬闊光明的地方去；此後幸福的度日，合理的做人」〔註 48〕。當然，也是由於有著一類「不肯解放子女」的長者，這是還沒有完全覺醒的父母，或者說還沒完全覺醒的孩子，因爲他們長大後會成爲父母，會是不准解放自己子女的父母，所以魯迅出於繼續生命的目的，要極力呼籲「救救孩子」。因此，對於家庭專制的反抗，只能說是我們中國傳統文化中一部分家庭惡俗，而並不能作爲全盤否定的對象將之劃爲到整體的移風易俗之中，作爲社會轉型期的文化現象，我們應該加以深思。

啓蒙視域下與婦女問題相關的「城俗」批判，實際上就是批判桎梏女性的「貞、節、烈」觀念，源於女性解放思想的倡導。在幾千年的傳統生活中形成的整套婚姻觀念、婚姻禮儀與婚姻行爲的婚姻民俗中，男尊女卑是天經地義的，女子生來就被三從四德如緊箍咒一般的婚姻習俗牢牢地束縛。如「父母之命，媒妁之言」、「嫁雞隨雞嫁狗隨狗」、「女子無才便是德」、「嫁出去的女，潑出去的水」、「內言不出、外言不入」等等這些傳襲下來的坊間俗語，深深地反映出了女子的愚昧與卑賤的地位。鐵漢在其《臨妝鏡》中就完整地揭露了涉及女性的陋習民俗：

> 我國的女子大抵纏頭裹足，競爭寵光，侍食調羹，藉供驅使，使受家庭之壓制，幾等無罪囚徒，捨一己之自由，竟作終身奴隸。雖德門閨範，稍識之無，碧玉小家亦閒辨，然深閨高處，豈知世道時艱，矮屋淺沿，盡是俚言鄙語。或婢顏奴膝，習慣自然；或忍氣

〔註 47〕巴金：《愛情三部曲·附錄》，《巴金選集》第六卷，人民文學出版社，1988 年版，第 45 頁。

〔註 48〕魯迅：《我們現在怎樣做父親》，《魯迅全集》第一卷，人民文學出版社，2005 年版，第 135 頁。

> 吞聲，甘心忍辱；或吟花詠月，自詡風流；或佞佛誦經，捨身布施；或堂前倨傲，悍潑時聞；或室中交謫，詬誶俱至。見聞既窒，大義何知；性情未純，醜態畢露；少小既無教育，垂老愈甚昏愚。具此惡根，比比皆是，釀成陋俗，世世相承，依子依夫，僅作酒囊飯袋，無衣無食，流爲路柳牆花。〔註49〕

已有上千年歷史遺留下來的女性陋習風俗、等差以及尊卑觀念，深深地嵌入了生活的骨髓之中。對於這種桎梏女性的習俗，自晚清起就有啓蒙知識分子開始了批判男尊女卑、三從四德思想，提出廢除納妾、戀愛自由、婚姻自主的口號。尤其在梁啓超的「新民」思想的影響下，1898 年 5 月 31 日，上海成立了全國第一所中國人自己舉辦的女學堂，自此，女子的解放與教育呼聲一路高漲。到五四新文化運動時期，婦女解放問題更是凸顯出移風易俗重要性。不僅陳獨秀之《孔子之道與現代生活》、胡適之《貞操問題》、李平的《新青年之家庭》、梁華蘭的《女子教育》、高素素的《女子問題之大解決》、魯迅之《我之節烈觀》等等一大批作家作品相繼湧現出來，許多影響力廣泛的報刊雜誌如《新青年》、《晨報副刊》也開闢專欄探討婦女解放問題。隨著對女性身體解放與思想解放的倡導，文學作品中也開始大量出現與女性相關的主題書寫與表達。

一九一九年三月的《新青年》發表了胡適的《終身大事》，中國新文學史上的第一個白話劇本。從劇情以及表層的社會意義看來，《終身大事》其實是爲了配合當時的思想文化界提出女性解放、戀愛自由、婚姻自主問題而創作的。講述的是曾留學東洋的田亞梅，她與留學期間結識的陳先生發生了自由戀愛，卻遭到父母的阻撓而離家出走的故事。劇本設置了兩個矛盾衝突，一個是發生在亞梅和她那位迷信菩薩和算命瞎子的田母之間的衝突：田母到廟裏問泥菩薩，又讓算命先生算亞梅和陳先生的生辰八字，結果都表示田亞梅和陳先生八字不合，婚姻不到頭。於是田母強烈反對兩人結婚，田亞梅傷心不已，指望一向反對封建迷信的田父給自己做主；於是引發了第二個衝突：田亞梅與篤信「祠規」的父親田先生之間的衝突，田父回來聽說田母算命，果然是一陣大怒，痛斥田母迷信。田亞梅以爲父親是讚同自己的，轉怒爲喜。不料田父雖然不讚同迷信，但是也有自己的一套反對理論，他拿出田家族譜，以田家和陳家本是一姓，同姓不能結婚來反對田女士和陳先生結婚。劇本最

〔註49〕鐵漢：《臨妝鏡》，《晚清小說期刊——小說林》第九期，上海書店，1980 年。

終以田亞梅和陳先生的私奔而結束了鬧劇。戲劇塑造了一個眞實可信的中國式的「娜拉」形象，表現了追求個性解放婚姻自主的新女性反對封建迷信與傳統禮教習俗的勇敢姿態。

在新文學作家筆下，反對封建迷信與傳統習俗對女性的戕害或追求女性自由或表達對女性的尊重與欣賞成爲了表現中心，如魯迅的《祝福》、《傷逝》，郁達夫的《春風沉醉的晚上》、《蔦蘿行》、《沉淪》、《銀灰色的死》，冰心的《斯人獨憔悴》、《兩個家庭》，廬隱的《海濱故人》、《或人的悲哀》，丁玲的《莎菲女士的日記》、《韋護》、《一九三〇年春上海》，馮沅君的《春痕》，孫俍工的《家風》等等。在小說《祝福》中，祥林嫂在農村遭受了兩次悲劇的婚姻，好不容易逃出農村來到魯鎭，最終流浪街頭凍餓而死。然而，在她的一生中，對她打擊最大的不是兩次被賣，也不是孩子阿毛被狼叼走，而是籠罩在魯鎭的陋習民俗對於祥林嫂的傷害與致命打擊。祥林嫂在第二次回到鎭上魯四老爺家的時候，已經是一個死了兩任丈夫、一個孩子的寡婦與薄命女人，按魯鎭上的風俗習慣，她是屬於不乾淨、不吉利的女人，所以當她重回魯四老爺家後在第一場祭祀時，「我」四叔就這樣告誡四嬸：

> 這種人雖然似乎很可憐，但是敗壞風俗的，用她幫忙還可以，祭祀的時候可用不著她沾手，一切飯菜，只好自己做，否則，不乾不淨，祖宗是不吃的。〔註 50〕

在這種舊風俗思想的影響下，當祥林嫂還想繼續去幫忙擺酒筷和燭臺的時候，四嬸兩次提醒「祥林嫂，你放著罷」，祥林嫂開始變得孤言寡語，顯然已經給祥林嫂嚴重的精神打擊。當好事者柳媽告訴她只有到廟裏去捐門檻才能贖了她一世的罪名後，她拼盡自己的全部爲的是洗盡自己所有的恥辱，所以當她捐完門檻後整個精神狀態都變好了，「神氣很舒暢，眼光也分外有神」。然而，舊風惡俗是已經根深蒂固地生長在了生活裏的每一個角落，祥林嫂就算捐了門檻依然逃不過被當作失貞潔、不吉利的女人這一「待遇」，於是在冬至祭祖的典禮上，四嬸一聲「你放著罷」和魯四老爺教她走開徹底的打敗了她，「第二天，不但眼睛凹陷下去，連精神也更不濟了……是一個木偶人。」〔註 51〕當然，魯迅由於是「聽將令」而參與了新文學主題創作，然

〔註 50〕魯迅：《祝福》，《魯迅全集》（第二卷），人民文學出版社，2005 年版，第 16 頁。

〔註 51〕魯迅：《祝福》，《魯迅全集》（第二卷），人民文學出版社，2005 年版，第 21 頁。

而，魯迅在《祝福》中眞正要表達的卻不是封建陋風習俗對女性的戕害，而是「恰好反映出了他們對女性解放『僞命題』的否定意識」〔註52〕。《祝福》的主題表現的是中國下層婦女的悲劇性命運，從祥林嫂身上體現出了傳統舊風習俗對她的殘害，但是作者「我」卻始終沒有去解答祥林嫂的「人死了有沒有靈魂，地獄是否存在」的追問，「我」在回到四叔家裏反覆思考後得出的結論是：

> 「說不清」是一句極有用的話。不更事的勇敢的少年，往往敢於給人解決疑問，選定醫生，萬一結果不佳，大抵反成了怨府，然而以用這說不清來做結束，便事事逍遙自在了。我在這時，更感到這句話的必要，即使和討飯的女人說話，也是萬不可省的。〔註53〕

魯迅在這段話裏其實暗示著「我」已經不再是一個不更事的勇敢少年了，一方面是隱射自己不類同於五四運動無所顧忌的主將們，另一方面，用魯迅自己的原話來概括指的就是「對於『文學革命』，其實並沒有怎樣的熱情。見過辛亥革命，見過二次革命，見過袁世凱稱帝，張勳復辟，看來看去，就看得懷疑起來，於是失望，頹唐德很了」〔註 54〕。之所以魯迅要說「說不清」來解答祥林嫂，並不是他眞正不懂或者故意耍滑推脫，其眞正的原因正是由於魯迅太懂、看得太清中國的傳統文化習俗，他明白以一個人的力量去反抗強大的魯鎮舊習俗，顯然是以卵擊石或者說是陷入「無物之陣」。

很顯然，捆綁柔弱女性的「貞、潔、烈」成爲了現代知識分子們批判的重點，文學作家們也將此作爲了批判畸形婚姻習俗的突破口，進行著「五四」理性啓蒙下揭露蠻陋婚俗的書寫。孫俍工的《家風》就是圍繞守節而展開的故事，家中的老太太從十九歲就開始守寡，到她七十歲時已經養育了兩代人，然而當孫子孫女也到了談婚論嫁的時候，老太太憑著大總統賜題的「節勵冰霜」的匾額和恩准的節孝牌坊，要孫輩繼承她的家風。最終願望而不得的時候，老太太一聲淒慘的哭泣「家風敗了」〔註 55〕深深地刺激了人們的神經，

〔註52〕宋劍華：《花開花落：論中國現代女性解放敘事的社會想像》，《學術研究》，2011 年第 11 期，第 145 頁。

〔註53〕魯迅：《祝福》，《魯迅全集》（第二卷），人民文學出版社，2005 年版，第 8 頁。

〔註54〕魯迅：《〈自選集〉自序》，《魯迅全集》（第四卷），人民文學出版社，2005 年版，第 468 頁。

〔註55〕孫俍工：《家風》，李葆琰選編：《文學研究會小說選》（上），人民文學出版社，1991 年版，第 247 頁。

桎梏婦女的節烈思想是何等殘酷。臺靜農的《燭焰》寫的也是因守節導致女人悲劇的一生。小說中的翠姑被父母包辦了婚姻，作爲女兒她沒有選擇，只好嫁給一個病危的吳家少爺去沖喜。翠姑還沒有感覺到婚姻的甜頭後丈夫沒幾天就去世了，她一輩子的青春幸福從此就斷送在了寡婦的悲劇人生之中。遵守「父母之命，媒妁之言」的婚姻習俗，使得女人必須做賢妻良母或是貞潔烈女，哪怕是毫無幸福可言也在所不惜，這種愚昧和固執的行爲不知導演出了多少人間慘劇。沙汀的《在祠堂裏》寫的也是關於女人「貞節」的悲劇。小說中的連長太太是連長擄來的，所以他對這位太太並無夫妻的感情以及尊重。然而，當連長發現其太太有外遇後，不但是這位丈夫施予殘暴的毒打，就連一旁的軍官們也在幫著想法子處罰連長太太。他們有的主張劃爛女人的臉然後發配給叫化子，有的甚至慫恿拖到城外讓士兵輪姦她。最後，他們作出了一個把她活活釘進棺材的滅絕人性的決定。「堂屋裏的洋燈依舊燃著，正中擺著一口白木棺材，棺材附近站著兩三個兵士，顯出一種張眉張眼的驚惶神情。幾個軍官忽然把連長太太從臥室中拖了出來，她的嘴是用手巾堵塞住的，他們十分迅速地把她塞進棺材裏去了。這一切都像是演啞劇一樣，沒有一點聲息。」〔註 56〕

在蕭紅筆下的呼蘭河小縣城裏，也生活著一大批渴望自由愛情卻被舊陋風習俗殘害的女人們，如《小城三月》裏的翠姨，《生死場》裏的月英、金枝，《呼蘭河傳》裏的小團圓媳婦、王大姐，她們要麼是在包辦婚姻裏葬送了自己一生的幸福，要麼是被野蠻的風俗習慣折磨得失去做人的權利，甚至麻木致死。有人這樣評價蕭紅筆下的女性特點：「一是切身的身體關懷成爲第一位的，她表現了女性身體受傷，被入侵的體驗。二是她們根本沒有婚姻的自主權，只是被買賣的對象，做了媳婦之後，她們永遠沒有主動性，不可能提出自己的任何要求，在性上不斷地受到蹂躪摧殘，她們的生存就是以弱勢的身體面對男性的強暴……在死亡線上掙扎，沒有希望也沒有光明。」〔註 57〕《小城三月》中的翠姨是呼蘭河這個小城的受害者，她原本年輕、漂亮，對生活和愛情都充滿了渴望，然而，婚姻習俗中的「貞節」——男女大防禁錮了她的身心，讓她不能與自己心儀的人自由戀愛，而只能在被包辦婚姻的悲哀中

〔註 56〕沙汀：《在祠堂裏》，收入吳福輝編：《沙汀鄉鎮小說》，上海文藝出版社，1992 年版，第 49 頁。

〔註 57〕宮東紅：《她們的言說——二十世紀女性作家創作述評》，華齡出版社，1996 年版，第 41 頁。

孤獨地死去。《呼蘭河傳》裏的童養媳小團圓媳婦，十四五歲的時候就被賣爲團圓媳婦。由於她骨子裏面有著叛逆的思想，婚後不斷遭受著婆婆的毒打。傷痕累累的身體沒有得到細心地照料，沒多久就得了大病。她的婆婆堅持用請大仙、跳大神等封建迷信給小團圓媳婦治病。請來了大仙騙走了錢，小團圓媳婦的病也沒有好轉，最終淒慘死去。這種愚昧落後的童養媳風俗導致女人成爲了最大的受害者。同樣，小說中的另一位女性王大姐，由於人們愚昧陳腐的觀念使得他們見不得她同一個磨坊的磨倌談情說愛甚至結婚生子，最後也導致活生生的一個生命、活生生的一個家走向毀滅。

中國現代文學中批判陋風習俗以呼籲同情女性解放女性，實際上體現出的是對「君權、族權、神權、夫權」所構成的文化體系的猛烈攻擊，似乎這才是壓迫婦女、製造悲劇的萬惡之源。因此，從魯迅的《祝福》開始，至蕭紅的《呼蘭河傳》的諸多作品，對於新文學作家來說，無不就是將封建社會的宗法制度，當成爲了一種自古至今普遍存在的社會現象，甚至將其全部打包成爲了壓迫婦女的精神枷鎖，不得不說，這其實就是幾千年來中國小農思想中最擅長的功利主義態度，可以爲了取「糟粕」而棄「精華」的實用選擇。正如有學者這樣總結：「從五四開始，啓蒙精英誠如『學衡派』所說的那樣，是在以『禮教』文化的思想精華，去反對『民俗』文化的思想糟粕；而這種以傳統去反傳統的『現代意識』，恰恰正是他們『詆毀』傳統的運作策略，雖然它已被人爲地打上了『西化』標簽，但卻終究遮掩不住中國傳統文化的厚重底蘊！」〔註 58〕誠如其所言，啓蒙文學作爲五四新文化運動的產物，它以女性解放問題爲創作主題去爲移風易俗主張打下堅實的話題基礎，並對中國幾千年來的傳統文化與民風習俗給予了顛覆性的徹底否定，這只是新文化運動的主將們製造的噱頭。我們只要稍加分析就可以知道，他們把民族文化描繪成殺人不見血的魔頭，並將女性的悲劇全部歸結爲傳統風俗習慣，以此來重新建立他們認可的新風俗新風尚。對於這樣的情勢，有人其實是最清醒的。他知道推翻傳統並不是五四幾個主將們所能搬得動的事情，因此魯迅對於啓蒙運動陷入了深深的懷疑之中。顯然，魯迅已經將他的這種深深的懷疑與矛盾思想完美地體現在了他的另外一篇女性解放的作品中，《傷逝》即是。

〔註 58〕宋劍華：《詆毀「傳統」：中國現代文學女性敘事的運作策略》，《江漢論壇》，2012 年第一期，第 128 頁。

從題材上來說，《傷逝》是以青年的自由戀愛和自主婚姻作爲表現中心的，是符合五四時期主流文學創作熱門題材的。對於這類作品，大多數都是致力於描寫青年男女衝破家庭束縛、追求個性解放、戀愛自由的鬥爭過程，而且往往以自主婚姻的實現作爲結局。然而，仔細分析《傷逝》，我們不難看出，魯迅隱藏了多少密碼在其中等待我們去發掘。首先，涓生作爲男性去啓蒙子君說明了什麼？從作品中我們知道，涓生與子君的交流實際上是一個「教育」與「被教育」的過程，因爲在他們兩個人的談話過程中，只有涓生一直在滔滔不絕地「談家庭專制，談打破舊習慣，談男女平等，談伊孛生，談泰戈爾，談雪萊」，而子君「總是微笑點頭，兩眼裏彌漫著稚氣的好奇的光澤」〔註 59〕。從涓生「教育」子君的內容看，也凸顯出了魯迅對於啓蒙者們的嘲諷，西方人文精神傳到中國就完全變味了，從形而上的理論變成了形而下的實際，圍繞的是如何將女性教導得更開放，而完全沒有女性開放後的路該怎麼走的思想，凸顯出的是中國的實用主義價值觀與急功近利的想法。其次，從子君方面來看，小說中的子君勇敢地喊出「我是我自己的，他們誰也沒有干涉我的權利」〔註 60〕，並且搬去與涓生同居，這就眞的說明女性解放了嗎？不可能，實際上子君是從一種「父權」傳統跳入了另一種「夫權」傳統之中，所以她同居後並非繼續堅持婦女解放、獨立自主，而是滑入了傳統的婚姻家庭與主婦生活之中，「做菜雖不是子君的特長，然而她於此卻傾注著全力；……況且她又這樣地終日汗流滿面，短髮都黏在腦額上；兩隻手又只是這樣地粗糙起來。況且還要飼阿隨，飼油雞，……都是非她不可的工作。」〔註 61〕因此，魯迅通過塑造涓生與子君自由戀愛這一符合主流的主題，卻給人以最眞實的寫照與最深刻的反省。在魯迅看來，無論是對於傳統女性悲劇的哀怨還是對於新女性解放的亢奮，都是男性啓蒙者製造出來的話語，最終也只是用來滿足男性對女性想像的現實，女人終究也是逃不過依附男性的本能，幾千年來的傳統鄉土風俗習慣就算是進了北京、上海這樣的大城市，依然改變不了它們對於城市生活的規範與制約。

〔註 59〕魯迅：《傷逝》，《魯迅全集》（第二卷），人民文學出版社，2005 年版，第 114 頁。

〔註 60〕魯迅：《傷逝》，《魯迅全集》（第二卷），人民文學出版社，2005 年版，第 115 頁。

〔註 61〕魯迅：《傷逝》，《魯迅全集》（第二卷），人民文學出版社，2005 年版，第 119 頁。

至於第三種，將信仰習俗（包括封建迷信）的批判納入「城俗」啓蒙話語中，其目的就是要揭露封建迷信風俗行爲對於人們的毒害，由此改造民眾的信仰、變革其思維方式顯得尤爲重要。梁啓超在《論小說與群治之關係》一文中談到我國的封建迷信時這樣說，「今我國民惑堪輿，惑相命，惑卜筮，惑祈禳，因風水而阻止鐵路、組織開礦，爭墳墓而闔族械鬥殺人如草，因神賽會而歲耗百萬金錢、廢時生事，消耗國力者」〔註 62〕。從他的話語中可以看出，封建迷信就是落後、愚昧、封閉的同名詞，它不但阻礙了科技、文明的發展，同時也危害著國家、民族的發展。隨著新文化運動的發展，越來越多的接受過西方現代文明的啓蒙知識分子們意識到中國要走現代化道路，就必須推行現代化主張，同時，阻礙現代文明的民間信仰和封建儒教的迷信之風破除勢在必行。在晚清時期，在文學中此類主題的書寫的已經成了當時社會的主要潮流，如李伯元主編的雜誌《繡像小說》，就大量發表了反迷信的文學作品，如吳趼人的《瞎編奇聞》、壯者的《掃迷帚》、嘿生的《玉佛緣》等等，尤其是壯者的《掃迷帚》被後人稱之爲了「蘇州迷信風俗志」〔註 63〕。在他們看來，封建迷信的危害已經嚴重滲透到了社會各個領域，也侵蝕著廣大人們的心靈，導致「億萬黃人，依然靈魂薄弱，羅網重重，造魔自迷，作繭自縛，雖學士大夫，往往與愚夫愚婦同一見識」，「阻礙中國進化之大害，莫如迷信」〔註 64〕，甚至是「此弊一日不除，則中國一日不可救」〔註 65〕。由此，擔負著啓蒙重任的現代文學自然少不了以揭露封建鬼神迷信的爲題材的作品。

例如魯迅的《祝福》中，由於祥林嫂聽信了鬼魂迷信思想而對自己產生了虛妄的否定，特別是魯四老爺家過年的祭祖儀式以及寡婦的禁忌迷信，揭示出了封建迷信對貧民百姓在物質和精神上的雙重戕害。在小說《藥》中，華老栓爲了給自己的兒子小栓治肺癆，也聽信了人血饅頭可以治病的迷信偏方，既反映出了國民的冷酷也無不顯示出看客般的冷血。潘漠華的小說《冷泉岩》，文章一開頭介紹了 M 縣同伴的鬼神迷信一說，並由此展開講述「我」所見的故事：「民間見了精神虛弱的病，或病態是反覆無常的，雅人說的『虛

〔註 62〕梁啓超：《論小說與群治之關係》，《飲冰室合集》（第二卷），中華書局，1989 年版，第 9 頁。

〔註 63〕阿英：《晚清小說史》，人民文學出版社，1980 年 8 月，第 116 頁。

〔註 64〕壯者：《掃迷帚》，《繡像小說》，1905 年第四十三期。

〔註 65〕陳大齊：《論中國風俗迷信之害》，《廣益報》，1908 年第 183 號。

病』，粗人便說的『犯妖病』，認定鬼怪是這病的原因。住到神廟裏去，在神的護翼下，鬼怪不能再來做崇了」〔註 66〕。文章一開始借用鬼神一說似乎有意在爲小說奠定了一個基調，暗示了故事中的人物愚昧與落後。

儘管現代文學大部分作家將封建迷信毒害人們身心，凸顯的是中國鄉民的落後與無知。從揭露國民劣根性、落後性的角度來看，在蕭紅的小說《呼蘭河傳》中，呼蘭河縣城裏的人們也同廣大的鄉土農民一樣，這裡迷信之風盛行，無不是展示國民愚昧、落後的地方。如小團圓媳婦得了重病，她婆婆認爲是有鬼附身了，於是鄰居們紛紛給出主意，有的主張紮一個穀草人，到南大坑燒；有的主張到紮彩鋪去紮一個紙人，叫做替身，把這個東西給燒了；有的主張把小團圓媳婦的臉畫上花臉，把大神請到家裏，讓大神看看，嫌她醜，就不會要她了；更有的還主張讓小團圓媳婦吃一個全毛的雞，還不單單只是這樣並且還要選擇一個星星全出的夜晚，吃完後用被子將人蒙起來，讓出一身的汗……各種各樣的偏方是應有盡有。她的婆婆也是各種偏方都信來，把死馬當作活馬醫，最終也還是沒有救活小團圓媳婦。蕭紅在小說中「寫出了爲死而生、生不如死，人的生命活動讓位於『鬼』的禮儀、祭俗及其陰森統治的種種病態人生相，從而發展了『國民性』思考的歷史主題。」〔註 67〕蕭紅通過「人」與「鬼」書寫展示的是對「生」與「死」的悲天憫人的智慧，她發現了中國鄉土農耕文明裏國民的奴性與惰性，可以說她通過小說《呼蘭河傳》和《生死場》的書寫，繼承了魯迅的對「國民劣根性」的精神批判與文化批判。

小說用「跳大神」這一風俗揭示呼蘭河小城人病態的心理寫得極爲詳細。當天一黑下來大神的鼓聲響起，呼蘭河的人們不管男女老少都跑來觀看。「大神穿著平常人不穿的紅裙子，坐在凳子上，對面的牌位前點著香。香燃到一半時神就下來了，大神就拿了鼓亂跳。……只是打著鼓，亂罵一陣，說這病人，不出今夜就必得死的，死了之後，還會遊魂不散，家族、親戚、鄉里要招災的。這時嚇得那請神的人家趕快燒香點酒，燒香點酒之後，若再不行，就得趕快送上紅布來，把紅布掛在牌位上；若再不行，就得殺雞，若鬧到了殺雞這個階段，就多半不能再鬧了。因爲再鬧就沒有什麼想頭了。」

〔註 66〕潘漢華：《冷泉岩》，李葆琰選編：《文學研究會小說選》（上），人民文學出版社，1991 年版，第 198 頁。

〔註 67〕皇甫曉濤：《蕭紅現象——兼談中國現代文化思想的幾個困惑點》，天津人民出版社，2000 年版，第 12 頁。

〔註 68〕大神們只管跳完拿錢財走人而不管病人的死活，他們用糊弄人的辦法折磨著病人家庭，而病人的家屬也愚昧的配合著，通過這種病態的關係蕭紅冷靜的批判和鞭策了人們思想和精神中的封建文化傳統毒害下的愚昧、冷漠與頑固。可以說，她對於這些風俗的書寫已經超越了純粹地域色彩視角，而被賦予了文化批判的思想意義。

在巴金的《家》裏，這個浸淫著封建迷信與秩序的大家庭，彷如一個牢籠般桎梏著每一個人。高老太爺生病了，高公館裏上演的是一場巫師捉鬼的醜劇：

> 他披頭散髮，穿了一件奇怪的法衣，手裏拿著松香，一路上灑著粉火，跟戲臺上出鬼時所做的沒有兩樣。巫師在院子裏跑來跑去，做出種種淒慘的驚人的怪叫和姿勢。他進了病人的房間，在那裏跳著，叫著，把每件東西都弄翻了，甚至向床下也灑了粉火。不管病人在床上因爲吵鬧和恐懼而增加痛苦，更大聲地呻吟，巫師依舊熱心地繼續做他的工作，而且愈來愈熱心了，甚至向著病人做出了威嚇的姿勢，把病人嚇得驚叫起來。滿屋子都是濃黑的煙，爆發的火光和松香的氣味。這樣地繼續了將近一個鐘頭。〔註 69〕

按道理說，高老太爺病重，生命垂危，已經奄奄一息，應該是相信醫學去治病救人。然而，在這樣一個迷信神靈的封建大家族裏，尤其是在陳姨太的提議下，偏信捉鬼才能治病。小說裏最令人揪心的還不是高老太爺捉鬼迷信一幕，而是迷信思想導致覺新妻子瑞玨慘死的悲劇。小說寫到老太爺靈柩還未出殯，碰巧瑞玨馬上要生產了。繼承了老太爺衣缽的掌管高家的迷信專家陳姨太提出：

> 長輩的靈柩停在家裏，家裏有人生產，那麼產婦的血光就會衝犯到死者身上，死者的身上會冒出很多的血。唯一的免災方法就是把產婦遷出公館去。遷出公館還不行，產婦的血光還可以回到公館來，所以應該遷到城外。出了城還不行，城門也關不住產婦的血光，必須使產婦過橋。而且這樣辦也不見得就安全，同時還應該在家裏用磚築一個假墳來保護棺木，這樣才可以避免「血光之災」。〔註 70〕

〔註 68〕蕭紅：《呼蘭河傳》，收入傅光明編：《生死場》，京華出版社，2005 年版，第 213～214 頁。

〔註 69〕巴金：《家》，人民文學出版社，2013 年版，第 284～285 頁。

〔註 70〕巴金：《家》，人民文學出版社，2013 年版，第 297 頁。

就在這荒唐的主張下，如此一位善良賢惠、逆來順受的瑞玨就這樣在一群愚昧無知的女人提議下走向了死亡，好端端的一個大活人爲了給死人讓路白白斷送了生命，而成爲了可憐的封建迷信殉葬品。作者通過血淚的控訴展示了封建迷信對於人的毒害，並以此作爲了敲響這個封建大家庭的喪鐘，預告了它走向毀滅的必然趨勢。

城市文本中的封建迷信「城俗」批判，其實這些所謂的封建迷信只不過是作爲了順承啓蒙精英們的批判意識。強調迷信信仰在人們生活中產生的來源以及它產生的影響，以及現代文學作品中不乏出現的以「召喚鬼神歸來」作爲精神安慰的書寫，以此來作爲批判傳統文化和啓蒙大眾這一策略是避免不了要遭受質疑與拷問的。我們知道，民間信仰是「在長期的歷史發展過程中，在民眾中自發產生的一套神靈崇拜觀念、行爲習慣和相應的儀式制度，是流傳在民眾中的信仰心理和行爲」〔註 71〕。而在人們生活習慣中，民間信仰主要是偏向於對鬼神的崇拜與禁忌。從遠古時代到近代中國的民間宗教與信仰，在中國人的日常生活中從來就不曾缺席過，比如祖先祭拜、歲時祭祀、占卜風水、符咒法術等等。這種民間信仰儘管是以遠古時代的民間巫術作爲基礎，但是明顯伴隨著儒家、佛家、道家思想，尤其是忠、孝、天人合一、六道輪迴、地獄、極樂世界等等在一定程度上強化了民間信仰對於人們心理的影響。中國自古以來就是一個善於求眞、務實的民族，彼岸世界的一切秩序往往就是現實世界的翻版，當然，現實世界無法實現的追求與希望都可以寄託在彼岸世界。雖然在長達幾千年的歷史文化中，民間信仰與習俗文化也經歷了不少的變化，但是在人們心目中始終沒有擺脫的根本就是對於鬼神的依附思想。而且隨著歷史的發展，人們越發將儒道釋中的高高在上的神靈世俗化、形而下化以致鬼神互混。「造成中國有鬼無神或神鬼等同的現實，是中國源遠流長的特殊文化沉寂的結果」〔註 72〕。陳平原在其書中也分析了這種鬼神混爲一談的現象，他說：「說近的，現實生活中多的是『以鬼爲神』或者『降神爲鬼』，鬼、神的界限並非不可逾越。說遠的，先秦典籍中『鬼神』往往並用，並無高低聖俗之分，如《尚書》中的『鬼神無常享』、《左傳》中的『鬼神非人實親』、《禮記》中的『鬼神之祭』，以及《論語》中的『敬鬼神而

〔註 71〕鍾敬文：《民俗學概論》，上海文藝出版社，1998 年版，第 124 頁。

〔註 72〕林禮明：《鬼蜮世界——中國傳統文化對鬼的認識》，廈門大學出版社，1992 年版，第 10 頁。

遠之』等。先秦時代的鬼、神，似乎具有同樣的威力，也享受同樣的敬畏與祭祀。」〔註 73〕當「神」走下神壇跟「鬼」變成同等分量的時候，民間信仰就變得越來越實際化。

當生產力發展水平和經濟狀況還不足以滿足人們對於現實的需求時，這種非理性的鬼神崇拜確實有其存在的合理性。「中國人對神靈的祈求僅僅是爲了滿足現實功利的需求，並沒有造出一個虛幻的彼岸世界使人們嚮往和追求。所以中國民俗文化中的信仰或者說崇拜是一種淺層的、實用的、具有強大同化力的入世因素，它既是中國人注重現實的觀念反映，又是中國人世俗生活的精神依賴。」〔註 74〕於是，在一些原始的民俗信仰中暴露出了民眾的保守、愚昧、落後與無知。而當西方達爾文的進化論、赫胥黎的天演論、孔德和斯賓塞等等以實證思想爲主的科學話語傳入中國後，以其巨大的衝擊力撞擊了中國傳統文化，尤其是以鬼神觀念爲內核的民俗信仰遭到前所未有的質疑和挑戰。一時科學、理性迅速成爲了啓蒙解放和改革社會文化的客觀依據，自然，以鬼神崇拜爲內核的民間信仰被稱之爲封建迷信而列入了重點批判的目標之中。很顯然，近代以來的科學主義必然排斥非理性的民間信仰，先進知識分子們必然要將「國民性問題」找到一個合理合法的批判緣由，因此，反對封建迷信、改造國民的精神信仰，樹立民主、科學的觀念以此徹底變革國民的生活方式和思維方式，以惡俗取代民俗便成爲了啓蒙主義的運作策略。事實上，對於流傳了上千年的傳統民間信仰，被啓蒙先驅們徹底批判否定是值得懷疑的，況且不論是啓蒙先驅們自己的思維與生活習慣上是改不了的，連啓蒙文學作品中也表現出了一邊批判的同時一邊無意識地認同民俗的合理性。如在王統照的小說《生與死的一行列》中，儘管突出的是貧苦市民老魏的苦難，但並不妨礙作者從老魏的棺材選擇到出殯以及下葬一系列風俗習慣的書寫。在描寫安頓死者的虔誠習俗的過程中，成功地凸顯出了這群底層市民貧苦相依、互助友愛的精神，在某種程度上來說，人們可以在這種民間習俗信仰中獲得精神安慰。郁達夫的小說《薄奠》裏，通過三個有代表性的場面講述了一個人力車夫由生存走向死亡的過程，展示了一個悲慘時代的側影，嘲諷了這個社會的貧窮、落後。在小說的最後，作者爲了實現人力車夫在生時想買車的願望，「尋來尋去，總尋不出一家冥衣鋪來定那紙糊的洋

〔註 73〕陳平原：《神神鬼鬼（導讀）》，復旦大學出版社，2005 年版，第 3 頁。

〔註 74〕仲富蘭：《中國民俗文化學導論》，浙江人民出版社，1998 年版，第 450 頁。

車。後來直到四牌樓附近，找定了一家」〔註 75〕。作爲新文學的主力作家，其實也是免不了被風土習俗所感染，而在小說創作中有意或無意通過民間信仰來表達自己的美好願望。在蕭紅的《呼蘭河傳》裏，儘管小團圓媳婦最終沒有被這些民間偏方所治好，但是如果從個人生命體驗出發，小團圓媳婦的婆婆在她病後還是想盡一切辦法去救治她的。所以當呼蘭河城裏的人們提出可以治病的驅趕鬼神的法子時，婆婆拿來死馬當做活馬醫。小說中寫到婆婆採用楊老太太的豬肉和黃連治病一幕，婆婆自己都四五個月沒開過葷了，也要拼了命給小團圓媳婦買上半斤肉。當婆婆用瓦來焙肉時一隻小貓聞著香味就來了，婆婆是這樣說的：

> 這也是你動的爪的嗎？你這饞嘴巴，人家這是治病呵，是半斤豬肉，你也想要吃一口？你若吃了這口，人家的病可治不好了。一個人活活地要死在你身上，你這不知好歹的。這是整整半斤肉，不多不少。〔註 76〕

從小說中婆婆給小團圓媳婦的一系列舉措來看，不得不說，她的出發點是好的，借用民間風俗習慣一心想給小團圓媳婦治病，錯的是這個封閉落後的縣城。月英的丈夫在她生病的時候，剛開始也曾「替她請神，燒香，也跑到土地廟前索藥。後來就連城裏的廟也去燒香」〔註 77〕，只求能盡快幫助月英恢復身體。曹禺在《雷雨》的序言中也談到了鬼神一說：《雷雨》可以說是我的『蠻性的遺留』。我如原始的祖先們，對那些不可理解的現象，睜大了驚奇的眼。我不能斷定《雷雨》的推動是由於神鬼，起於命運或源於哪種顯明的力量。情感上，《雷雨》所象徵的，對我是一種神秘的吸引，一種抓牢我心靈的魔。《雷雨》所顯示的，並不是因果，並不是報應，而是我所覺得的天地間的『殘忍』。實際上，曹禺在序言中想要表達的就是一種對生命的直觀把握，人生本無可捉摸更不可把握，生命中注定要承受罪責、災難與死亡，所以他通過鬼神一說道出了對人類「原罪式」的拷問，同時也傳達出了曹禺在寫作時期的一種在黑暗世界找不到出路的徬徨、複雜精神狀態。

〔註 75〕郁達夫：《薄奠》，劉佳編：《郁達夫小說》，九洲圖書出版社，1995 年版，第 259 頁。

〔註 76〕蕭紅：《呼蘭河傳》，收入傅光明編：《生死場》，京華出版社，2005 年版，第 277 頁。

〔註 77〕蕭紅：《生死場》，《蕭紅全集》（第一卷），黑龍江大學出版社，2011 年版，第 70 頁。

縱觀城市文本中的幾類「城俗」敘事，在凸顯啓蒙民眾之目的下，將城中的民風民俗有意置於批判國民性的框架之中，通過模糊惡俗與民俗的界限區別，認爲鄉土民俗不僅與中國的科學不發達有關係，還關乎腐朽的封建制度、動亂的社會、生活困苦的人們等等，已經阻礙了現代中國的發展進程，阻礙了民主科學的普及推廣，因此導致事實就是人們的貧窮落後與愚昧無知。於是，新文學作家如果不以這些社會現象作爲表現中心的話，就會受到排斥或者攻擊。然而，當他們有意地暴露或者聚焦於敗壞人性的惡俗取代傳統民風民俗時時，作爲傳統文化中的一份子，他們身上每時每刻流動的血液中都飽含著傳統文化的因子，所以他們既擺脫不了強大的傳統文化對於他們的無意識作用，同時也凸顯出了啓蒙作家們以啓蒙者的姿態去貼近「國民性」問題時的尷尬處境。

自晚清以來，在梁啓超等人的宣稱斟酌「古今中外」而發明一種新道德後，社會思想界的著眼點主要轉向了西方科學和人文主義思想，從而新道德、新風俗觀念全面進入了攻擊傳統的階段。傅斯年回憶起這場運動時這樣說道：

> 記得十七八年以前，內因袁世凱暴壓後之反動，外因法蘭西一派革命思想和英吉利一派自由主義漸在中國智識界中深入，中國人的思想開始左傾，批評傳統的文學，懷疑傳統的倫理。〔註78〕

從他的這段話中可以看出，近代以來的啓蒙話語其實是建立在預設了新道德、新習俗文本的基礎上，展開了邁向以「權利」爲目的的批判話語。同樣，在新文學中，文學創作也是在預設了文學的目的即啓迪民智、改良風俗、重塑國家的基礎上而展開的。因此也導致了這樣一個現象，即在啓蒙之初的文學評價顯然是由其效果而決定的，思想意識決定了一切。其實，從晚清民初以來，生活在城市裏的有地位的階層通常出身較好的士紳家庭，原本他們應該是按照傳統晉升之路走上仕途，但在晚清動蕩的時代中都走向了城市。根據資料統計，這些讀書人遍佈上至大學教授、中學教師、大學生、高級官吏、軍官、編輯、記者、律師、中醫、說書人、公務員等等城市身份。〔註79〕那麼，生活在城市裏的中上層基本上都是出身於傳統家庭，他們從小耳濡目染

〔註78〕傅斯年：《論學校讀經》，《傅斯年全集》（第六卷），聯經出版公司，1980年版，第51頁。

〔註79〕李孝悌：《中國的城市生活》，北京大學出版社，2013年版，第290頁。

一套嚴格的傳統生活秩序已經在他們身上深入骨髓。而城市裏底層的人們更是屬於自覺傳承的一層，有研究者稱「人的文化存在機制，其核心基礎就是民俗文化。一個人可能不識字、不掌握典籍文化，但不可能沒有民俗文化。每個人都是民俗文化的創造者，同時又是民俗文化的承載者」〔註 80〕。因此，民風習俗作爲一種在日常生活之中慢慢形成並滲透到社會生活的各個方面，已經形成了一種集體無意識。儘管民風習俗中有許多非理性的因素存在，但是這並不是它的全部，它還有著不可忽視的精神力量，「作爲一種文化而存在，讓使用這種文化的人，具有一種文化的認同，一種心靈的依託，一種精神的皈依」〔註 81〕。如在陳獨秀等人抨擊固有的「三綱」之外，將忠孝文化也一併納入了批判之中，認爲是壓迫人的奴隸道德。然而，據孫中山的觀察，傳統道德風俗在人們的生活中其實並非如啓蒙精英所描述一般：

> 此刻中國正是新舊潮流相衝突的時候，一般國民都無所適從。前幾天我到鄉下進了一所祠堂，走到最後進的一間廳堂去休息，看見右邊有一個孝字，左邊一無所有，我想從前一定有個忠字。像這些景象，我看見了的不止一次，有許多祠堂或家廟，都是一樣的。不過我前幾天所看見的孝字是特別的大，左邊所拆去的痕跡還是新鮮。推究那個拆去的行爲，不知道是鄉下人自己做的，或者是我們所駐的兵士做的，但是我從前看到許多祠堂廟宇沒有駐過兵，都把忠字拆去。由此便可見現在一般人民的思想，以爲到了民國，便可以不講忠字；以爲從前講忠字是對於君的，所謂忠君的；現在民國沒有君主，忠字便可以不用，所以便把他拆去。這種理論，實在是誤解。因爲在國家之內，君主可以不要，忠字是不能不要的。如果說忠字可以不要，試問我們有沒有國呢？我們的忠字可不可呢？忠於事又是可不可呢？我們做一件事，總要始終不渝，做到成功，如果做不成功，就是把性命去犧牲亦所不惜，這便是忠，所以古人講忠字，推到極點便是一死。古時所講的忠，是忠於皇帝，現在沒有皇帝便不講忠字，以爲什麼事都可以做出來，那便是大錯。現在人人都說，到了民國什麼道德都破壞了，根本原因就是在此。〔註 82〕

〔註 80〕鄭土有等：《五緣民俗學》，同濟大學出版社，2013 年版，第 6 頁。
〔註 81〕陳華文：《民俗文化學》，浙江工商大學出版社，2014 年版，第 4 頁。
〔註 82〕孫文：《三民主義》，轉於黃進興：《從理學到倫理學——清末民初道德意識的

從孫中山先生的言論中，最能給人以當頭一棒的話就是廟裏有孝而無忠字。啓蒙知識分子們批判傳統三綱五常時正是利用由「孝」而推及「忠」的啓蒙策略，而現在「孝」字遺存，這難道不就是恰恰證明了作爲中國人是怎麼也逃離不了傳統嗎。孝道不變，證明了中國傳統文化之根性依然不變。自古以來，所有的風俗倫理都是基於家庭文化爲建構的。《孝經》首先在其《開宗明義章第一》中就提到「夫孝，始於事親，中於事君，終於立身。」〔註 83〕在以啓蒙爲己任的批判話語中，最清醒者莫如魯迅先生了。他在其《習慣與改革》中直截了當分析：現代社會的改革者「倘不深入民眾的大層中，於他們的風俗習慣，加以研究，解剖，分別好壞，立存廢的標準，而於存於廢，都慎選施行的方法，則無論怎樣的改革，都將爲習慣的岩石所壓碎，或者只在表面上浮游一些時」〔註 84〕。他強調民間風俗習慣和文化的獨特重要性，正是啓蒙先驅們所沒有顧及或者說是忽略的。對於傳統的民風民俗，魯迅先生之所以把自己稱之爲「歷史的中間物」，正是由於理解傳統的厚重與不可棄：「背負著因襲的重擔，肩住黑暗的閘門」，所以他能清醒地質疑批判的合理性。日本學者丸尾常喜研究魯迅後也提出了這樣的看法：

> 概而言之，傳統社會、傳統文化所給予他的舊教養與感覺，現實生活使他背負的精神創傷和罪與恥的意識，如毒蛇一般糾纏不休的愛憎的執著，進而還有他自身稱爲「個人主義與人道主義起伏消長」的自己的生存方式所內含的激烈矛盾，這一切作爲「鬼魂」使魯迅深受其苦，從這種痛苦中形成了他的思想。總而言之，魯迅對內部之「鬼」的自覺使他痛苦，這種命運同現世「地獄」中呻吟的無數「鬼」的命運難以分割地膠結在一起，他孜孜不倦地探求著「鬼」變成「眞的人」的「翻身」之路與他自身生命價值的實現——即他自身走向「墳」的道路。〔註 85〕

日本學者能洞見魯迅思想的高深之處，在於他看到了魯迅當下的懷疑和絕望之感。丸尾知道魯迅所謂的「鬼氣」其實指的就是傳統文化，一種飽含中國

轉化》，中華書局，2014 年版，第 137～138 頁。

〔註 83〕賈德永譯注：《禮記・孝經譯注》，上海三聯書店，2013 年版，第 267 頁。

〔註 84〕魯迅：《習慣與改革》，《魯迅全集》（第四卷），人民文學出版社，2005 年版，第 229 頁。

〔註 85〕【日】丸尾常喜：《「人」與「鬼」的糾葛——魯迅小說論析》，秦弓譯，人民文學出版社，2006 年 6 月，第 241 頁。

特色的既有合理的又有不合理的因素在裏面。然而，這種不合理的因素之所以被啓蒙先驅者不斷放大，其主要原因還是農村社會每況日下的惡劣形勢所導致。在前面幾章已深刻分析過，由於城市的發展，鄉間的士紳大量進城，導致鄉間維持禮教和鄉俗的精神力量漸近消失，使鄉土社會秩序幾乎失控，當時就有學者看到鄉村「質樸之風俗大壞，流風漸趨淫蕩」〔註 86〕。鄉俗中屬於惡俗的部分逐漸顯現出越來越大的影響，而肩負立人興國的知識分子們意識到建立現代國家的嚴重危機感，於是鄉風民俗對於國家上層政治的反作用力變得越來越明顯，也越來越由自然精神力量的民俗邁向作爲權利基礎的民俗，新文化運動的最爲隱秘的部分正是在於此。他們以國民啓蒙者身份自任，滿懷激憤將傳統打入萬劫不復的深淵從而合法地提出移風易俗的主張。他們走的是一條有異於傳統知識分子晉升之路，而是以標榜西方思想的新知識分子身份進入權力中心的另外一條道路。然而，傳統被打倒之後，社會危機、文化危機並沒有因此而化解，更重要的是他們也並沒有指明一條如何建立新社會和新文化的有效道路，反而陷入的是更爲混亂的局面，使得鄉土社會中的惡習陋俗更加肆無忌憚。當五四啓蒙思想逐漸不再適應混亂的社會局面時，「救亡」變得越來越緊迫，「革命」意識越來越凸顯，於是，左翼思想在啓蒙思想的順勢之下，不再是以推翻傳統重建「新風俗」，而是通過建立新的意識形態和暴力革命的手段以更爲激進的方式將舊風俗打入罪惡的深淵。

當然，要全面分析「城俗」的發展變化，不僅要從啓蒙知識分子的主張中去洞見其由「自然精神力量」到「以『權利』爲基礎的精神力量」的轉變，還應該以發展的眼光看到民俗作爲一種精神文化，也有其內在自身的發展規律與變化軌跡。所以，縱觀整個民國時期的風俗變遷，可以肯定的是在衣、食、住、行方面以及娛樂、社交、節慶、婚姻、生育、喪葬等領域都有隨時代的發展而有所變化。畢竟，社會組織較之以前發達，商品經濟也在飛速發展，尤其在城市裏實行對外開放的政策，代表著先進的西洋風氣也影響日盛，這些都是我們研究風俗變化不可忽略的內容。但是，這並不能成爲全盤否定傳統的理由，事實上風俗的變革只是一種自我調整與適應，是一種在隨著經濟發展而在某些方面進行了自我調整而已，其根本是不可能動的。因爲「文

〔註 86〕紀彬：《農村破產聲中冀南一個繁榮的村莊》，千家駒編：《中國農村經濟論文集》，中華書局 1935 年版，第 512 頁。

藝創作中藝術思維雖然如潮水般流動，但思維的民俗心理結構，卻是潛藏著的看不見的河床，規範著它的流向」〔註 87〕，這句話正好說明了文學藝術等創作活動無不是受制於自身深處民俗心理結構，同樣，在日常生活中也是同一個道理。所以，胡適強調，儘管民國時期在人們日常生活中有許多的風俗習慣有所改變，但是「數量上的嚴格『全盤西化』是不容易成立的。文化只是人民生活的方式，處處都不能不受人民的經濟狀況和歷史習慣的影響，這就是我從前說過的文化惰性。你儘管相信『西菜較合衛生』，但事實上絕不能期望人人都吃西菜，都改用刀叉。況且西洋文化確有不少的歷史因襲的成分，我們不但理智上不願採取，事實上也絕不會全盤採取。」〔註 88〕所以，風俗作爲一種文化生活，既有其自身的發展變化軌跡，也伴隨著知識分子的啓蒙思想的參與建構。尤其是「城俗」的書寫，更加清晰地顯示出了啓蒙者們的運作策略。城市文本裏並沒有形成城市新風尚，不僅是因爲現代城市社會的剛剛起步而未成城市文明風氣，更是在於知識分子們頭腦中深入骨髓的傳統思想觀念。應該說，五四作家們在東西文化的強烈碰撞以及古今思想的觥籌交錯中，他們的思想原本就是在急於求成中形成的，是存在矛盾與混亂的，他們在短暫的時間內無法做到從理論主張到具體實踐都能結合中國的實際做出規劃，不論是李大釗、陳獨秀、胡適，甚至魯迅，文學革命的發動還是基於傳統救國立人因素。自然，作爲城市裏的民風民俗，在書寫城市的文本中，它既參與了啓蒙話語的建構，又成爲啓蒙者痛苦、艱難追求的心靈歷程的多重鏡像，還成爲現代作家藉以思考人生和人性等形而上的價值和意義、尋求超脫和自由的一個突破口，甚至成爲了政治意識形態的革命對象，在科學與迷信、啓蒙與愚昧、革命與退卻、壓抑與自由、政治與民間等等多重衝突中，反映出中國現代文人知識分子兩難精神和心靈歷程。

第二節　批判與眷顧的「城俗」姿態

近代以來，中國現代文學的發展與壯大過程中暗藏著一條中國現代民俗走向社會前臺的軌跡，同時，在現代文學的「向左轉」這一大重大轉向中，民俗敘事也主動參與並推動了這一事件。民俗敘事的書寫方式與意義在構築

〔註 87〕陳勤建：《文藝民俗學》，上海文化出版社，2009 年版，第 269 頁。

〔註 88〕蔡尚思：《中國現代思想史資料簡編》（第五卷），浙江人民出版社，1982 年版，第 200～201 頁。

整體左翼革命文學中有著不可替代的地位，同樣，在左翼都市文本中，「城俗」敘事也充分體現出了左翼無產階級革命作家的鮮明態度。作爲革命的無產階級文藝，必須是「爲完成他主體階級的歷史的使命，不是以觀照的——表現的態度，而以無產階級的階級意識，產生出來的一種的鬥爭的文學」〔註 89〕也就是說，無產階級文藝是必須拋棄以往關照世界的方式，而以無產階級意識視野——現代社會是由剝削與被剝削兩個對立階級組成的來看待新世界。因此，在無產階級與封建、資產階級的兩極對立的現代社會裏充滿了壓迫與被壓迫，也賦予了無產階級文藝全新的價值觀與世界秩序。然而，五四以來的文學卻被左翼文學革命者們稱之爲是帶有小資產階級性質的文化與文學，而無產階級革命文學的使命是召喚無產階級革命大眾，所以左翼革命者們首先通過自身改造賦予了自己無產階級革命文學的主體身份；同時，左翼革命者們通過文本創作將勞苦大眾巧妙地轉化爲無產階級革命的主體，實際上眞正能接受左翼文學感召的卻又是被他們稱之爲小資產階級的知識青年，因此，這種充滿悖論的弔詭也導致了左翼革命者思想的複雜，因而貼近廣大民眾的民俗生活書寫也變得複雜起來。同樣，在左翼都市文本中，對於「城俗」敘事的處理上，左翼革命文學表現出了既有激進又有保守的複雜思想形態，需要我們謹愼加以分析。

濫觴於二十世紀二三十年代的中國左翼文學，是源自於馬克思主義的階級論觀點，即馬克思在其專著中提出其著名的政治邏輯：「一切階級鬥爭都是政治鬥爭。……在當前同資產階級對立的一切階級中，只有無產階級是眞正革命的階級」〔註 90〕，於是，階級的文藝便成爲了革命的文藝，「無產階級的文藝」也就成爲了中國革命時期文藝的性質並予以肯定。在二十年代早期，新文學作家一直提倡文學反映社會與人生，而提出文藝階級性的當屬郭沫若。1923 年 5 月，他在其「似是而非的普羅列塔利亞」論文《我們的文學新運動》裏，第一次提出文學必須「反抗資本主義毒龍」、「要在文學中爆發出無產階級的精神」〔註 91〕。郭沫若將文學同無產階級的覺醒與反抗緊密關聯

〔註 89〕李初梨：《怎樣地建設革命文學》，《「革命文學」論爭資料選編》（上冊），人民文學出版社，1981 年版，第 163 頁。

〔註 90〕馬克思：《共產黨宣言》，《馬克思恩格斯選集》（第 1 卷），人民出版社，1972 年版，第 260～261 頁。

〔註 91〕郭沫若：《一個宣言——爲中華全國藝術協會作》，《創造週報》，1923 年 10 月 7 日第 22 號。

在一起，在一定程度上凸顯了文學的意識形態本質。在郭沫若等革命者看來，「革命文藝」應該突出無產階級文藝的政治作用，要為階級代言、抒階級之情、反映階級的理想。由此，郭沫若還進一步強調了無產階級革命文藝是「我們被壓迫者的呼號，是生命窮促的喊叫，是鬥士的咒文，是革命預期的歡喜」〔註 92〕。隨著文藝為革命服務的話語越來越深入，「階級文藝觀」也隨著蓬勃興起的革命運動的發展而得到逐步的補充與鞏固，以致成為了中國左翼文藝理論的指導思想和文藝政治意識形態的核心範疇。如後來毛澤東在《延安文藝座談會上的講話》一稿中，就特別強調了「在現在世界上，一切文化或文學藝術都是屬於一定的階級，屬於一定的政治路線的」、「你是無產階級藝術家，你就不能歌頌資產階級，而歌頌無產階級和勞動人民」，毛澤東的這些言論顯然都是順著「階級文藝觀」而做的更深入細緻的分析。可以說，「階級文藝觀」傳達出的是無產階級革命時代的文藝必須為社會政治功能服務這一目的，也反映出了意識形態對於文藝思想的干預與要求。

然而，在左翼革命思想正如火如荼地激發突進時，城市也正在日新月異的突飛發展，「城俗」自然也隨之城市的發展而產生了許多新的內容。但左翼作家的筆下，通過他們全新的階級視角眼光，將啓蒙文學中的「城俗」傳統進行了重新定位並加入了新的敘述視角。相比新文學時期的思想文化啓蒙，左翼革命者通過階級革命理論，形成了一套較之前更為完整的、系統的思想。新文學時期的思想啓蒙還只是限於對傳統、禮教或者制度文化領域，還並沒有真正涉及到政治、經濟等國家的根本因素之上；而階級革命的理論通過將政治、經濟、文化三位一體的論述，從根本上解釋了作為精神文化的民俗其產生的原因，以及如何徹底消除這種精神文化帶來的弊端，也就是說必須從根本上解決問題。根據馬克思經濟基礎決定上層建築理論，左翼革命者提出只有徹底消除產生這種民俗的經濟基礎，即剝削壓迫階級的經濟基礎，才能推翻這種精神文化，重新建立一種新的文化秩序，而社會革命、階級革命、暴力革命是唯一手段。因此，階級革命理論以其強大的衝擊力和徹底性顛覆了新時期啓蒙話語體系，從而獲得了革命話語權的合法性，同時也提出了無產階級對於精神民俗傳統的革命任務：對一切進行重新評價與再造，「整理過去的文化，創造將來的文化，本是無產階級革命對於人類的責任」

〔註 92〕郭沫若：《一個宣言——為中華全國藝術協會作》，《創造週報》，1923 年 10 月 7 日第 22 號。

〔註 93〕。如左翼革命領導者蔣光慈在其著作中主張，人的階級性決定了人的文化屬性，「因爲生產力沒有充分發展的緣故，社會中分成統治與被統治階級；因爲社會中有階級的差別，文化亦隨之而含有階級性」，那麼階級之間的對立與鬥爭也涉及到文化上的鬥爭，「統治的階級爲著制服被統治階級，於是利用文化迷惑被統治階級之耳目」〔註 94〕。

既然左翼革命文藝以體現無產階級的觀點和利益作爲表現中心，那麼在左翼文本中又是如何處理傳統民風民俗的呢？首先得從「大眾文藝」談起。左翼階級觀確立後，「大眾」的內涵便增加了階級成分，而專指「無產階級工農兵大眾」。「工人農民」自然屬於被壓迫被剝削的階級，同樣，「兵」，儘管是作爲帝國主義、軍閥的產物，但「兵士」的來源卻是被「帝國主義破壞了中國固有的手工業使一般的人陷爲遊民，而爲他們驅遣的魚雀」，所以，地位低下、生活無靠的兵士們自然也是歸屬被壓迫的階級。所以，郭沫若在《革命與文學》中提出，革命文藝家要深入到兵間、民間、工廠間去，深入到無產階級工農兵生活中，將工農兵列爲文藝服務的對象和表現的對象，寫出「表同情於無產階級的文藝」〔註 95〕。最初，1927 年的政治事變後，左翼革命家意識到無產階級革命最可靠的力量是「產業工人」和「農民」，尤其是產業工人，因此革命文學興盛時期，工人階級得到了重視，不僅發動產業工人進行政治革命，還進行了無產階級產業工人的「普羅列塔利亞文學」革命。隨著毛澤東《在延安文藝座談會上的講話》一發表，革命文藝的總方針成爲了「爲工農兵服務」，要求「我們的文學藝術都是爲人民大眾的，首先是爲工農兵的，爲工農兵而創作，爲工農兵所利用的」〔註 96〕。於是，「工農兵文藝」作爲無產階級的文藝特性，成爲了中國文學藝術長期遵循的指導性創作原則。因此，在二十世紀三十年代，左翼文學創作呈現出不僅是描寫無產階級思想生活，還描寫在與封建階級、資產階級的生活和思想中激起的無產階級革命熱情和鬥爭等等。有學者這樣總結：「自郭沫若提出『大眾文藝』的主

〔註 93〕蔣光慈：《無產階級革命與文化》，《蔣光慈文集》（第四卷），上海文藝出版社，1988 年版，第 138 頁。

〔註 94〕蔣光慈：《無產階級革命與文化》，《蔣光慈文集》（第四卷），上海文藝出版社，1988 年版，第 139 頁。

〔註 95〕郭沫若：《一個宣言——爲中華全國藝術協會作》，《創造週報》，1923 年 10 月 7 日第 22 號。

〔註 96〕毛澤東：《在延安文藝座談會上的講話》，《毛澤東選集》，人民出版社，1964 年版，第 820 頁。

張後，在三十年代左翼文學時期，成爲大眾化無產階級文藝運動的中心口號，引發了中國現代文藝自五四以後，眞正回歸於富有中國民族與民間特色的大眾軌道。」〔註 97〕

可以說，當左翼文本眞正貼近工農大眾時，也即開始了左翼革命對於民風民俗的特殊書寫方式。眾所周知，在鄉土農村社會，按照階級分析的方法，農村裏被劃分爲剝削階級的當屬地主階級，而處於被剝削被壓迫的是農民群體，因此，地主階級代表的是「中國最落後和最反動的生產關係，阻礙中國生產力的發展。他們和中國革命的目的完全不相容。」〔註 98〕具體說來，地主階級不但在經濟上剝削壓迫農民，他們還手握文化控制的權力，控制鄉民群體精神生活方式。這不僅表現出了封建階級的落後性，同時還帶有剝削階級的反動性，代表著阻礙生產力發展的最爲腐朽沒落的文化，基本上他們延續的是「這四種權力——政權、族權、神權、夫權，代表了全部封建宗法的思想和制度，是束縛中國人民特別是農民的四條極大的繩索」〔註 99〕。同樣，在城裏的資產階級，其性質與地主階級是一樣的（這已經在前面城紳一章中具體分析過），因此，左翼文本中的資產階級其實就如同農村裏的地主階級，他們不但剝削壓迫著工人階級，同時他們還利用傳統民俗中的某些禮儀秩序或者婚俗、禁忌等繼續在城市裏控制著工人的精神生活。所以，伴隨著資產階級的舊風舊俗也是充滿了反動意義的。如毛澤東在分析某些鄉俗惡習時，他認爲「對於社會惡習之反抗，如禁賭鴉片等。這些東西是跟著地主階級的惡劣政治環境來的」〔註 100〕。同樣，「城俗」作爲落後封建階級、資產階級的伴隨物，都已構成階級革命的條件，是必須通過階級革命予以消滅的。

按階級分析的觀點，城市裏典型的階級結構就是充滿了對立與矛盾的資產階級與無產階級。因此，進了城的資產階級不僅身上保留了作爲地主階級的舊風陋俗，還沾染了城市資產階級的享樂奢靡等新風俗。從根本上來說，

〔註 97〕賈劍秋：《郭沫若左翼文藝觀及其影響》，《四川戲劇》，2014 年第 12 期，第 71 頁。

〔註 98〕毛澤東：《中國社會各階級的分析》，《毛澤東選集》（第一卷），人民出版社，1991 年版，第 4 頁。

〔註 99〕毛澤東：《湖南農民運動考察報告》，《毛澤東選集》（第一卷），人民出版社，1991 年版，第 31 頁。

〔註 100〕毛澤東：《湖南農民運動考察報告》，《毛澤東選集》（第一卷），人民出版社，1991 年版，第 38 頁。

城市商業化的發展，導致資產階級唯利是圖、以賺錢利益最大化爲目的和手段，而不顧工人階級的貧困與落後，而只構築著自己的尋歡作樂夢想。伴隨著城市的發展而興行起來的新風俗，如錦衣玉食、吃館子、看電影、談戀愛等購物、享樂，折射出的是貧富階級的強烈對比視角，象徵著資產階級奢華墮落、空洞沉淪的精神生活，是資本主義私有制經濟制度和市場法則下的出現的罪惡，嚴重有違左翼革命者提出的理想社會生活形態。因此，這些城市新風俗是資產階級勝利的表徵，是罪不可赦的萬惡淵藪，在這貧與富、生與死、善與惡的強烈對比中，也構成了左翼知識分子激進訴求的全部動力。如在充滿左翼激進色彩的雜誌《我們》創刊號上，洪靈菲發表了一首《躺在黃浦灘頭》長詩，他通過第一人稱的手法，講述了「我」躺在黃浦江灘頭，在飢寒交迫幾乎瀕死之際時的感想：

> 在那兒，在那些高貴的洋樓裏面，
> 時常從窗隙間現出來一星熊熊的爐火！
> 在那爐火和白雪映成的如血的紅光中，
> 分明閃出來一幅悲壯的，戰爭的畫面！
> ……
> 全世界被壓迫的兄弟們，聯合起來！聯合起來！
> ……
> 我們手挽著手，向白茫的統治階級下死勁地進攻吧！
> 奴隸們！奴隸們！這時代是我們流血的時代！
> ……
> 是時候了，這是我們衝鋒陷陣的時候了！
> 全世界被壓迫的兄弟們喲，這時候我們應該叱吒！
> 我周身發熱，即刻就要從雪窖下面跳躍起來了！
> 我們手挽著手前進吧！努力去做這時代的先驅！〔註 101〕

從這首長詩來看，首先描繪了一幅上海都市裏的外灘建築，「我」即將凍餓死去與「高貴的洋樓」構成了一個鮮明的貧富差距對比，然而就算死在這不公平的社會裏，「我」也不甘心被充滿恐怖與罪惡的白雪所埋葬，必須吹起號角，滿血復活去推翻這個不公平的社會秩序，去推翻這個罪惡的資本主義制度。這首長詩發表於 1928 年 5 月，還是屬於革命文學剛剛興盛時期，由此我們可

〔註 101〕洪靈菲：《躺在黃埔灘頭》，載於《我們》月刊，1928 年第一期。

以看出，在左翼文學濫觴的三十年代，對於罪惡的資本主義文明是充滿了質疑與顛覆，新興於都市裏的市民日常生活習俗一旦被革命信念所把握，便理所當然地成爲了資本主義的替代品，從而列入階級革命的範疇。其實，遠不止城市裏新興的風俗，就算是某些公共空間，也要被貼上階級的標簽。如李歐梵在其書裏提到張若谷的《咖啡座談》，他說：「這些公共空間，常常是西方產物，不知中國作家是用什麼方式在他們的實際操作或想像中把它們據爲己有，而且在營建中國現代性的文化想像中把它們作爲背景？」〔註 102〕由這段話延伸出來的意思就是，伴隨著城市發展以及資產階級的某些與生俱來的習俗，在左翼革命者看來，都對無產階級新生活秩序構成了威脅，因爲這些都將關係到工農階級對於新的政權和新的意識形態的認同和支持。所以，必須推翻這些產生有悖於無產階級新生活秩序的習俗，「不把這種東西打倒，什麼新文化都是建立不起來的」〔註 103〕。

然而，儘管民俗文化源於日常生活，但對其解剖表現出來的精神狀態卻並不是一種整齊劃一的，左翼作家們在一邊批判風俗的同時一邊又陷入了無限眷念於新風尚的營造中，以及借左翼革命思想和延安文藝座談會上講話精神的激勵，呼喚新時代的民俗風尚，呈現出了一種複雜的「城俗」敘事狀態。由於批判視角是源自新文學時代開啓的啓蒙主題，在中國現代文學思潮的背景中有著非常特殊的意義，因此，可以說在左翼革命文學中「批判」型的文本創作大大超過了「眷念」型的文本創作，同時也足以看出「批判」型創作的不斷深化的軌跡。如楊義就曾在其《中國現代小說史》中論述了左翼文學，特別關注到了左翼創作的「鄉野風」。他所謂的「鄉野風」實際上就是有著地方民風民俗特色的生活形態，比方寫湖南、浙江兩省的「浙東曹娥江的憂鬱」、「湖南洞庭湖的悲憤」主題。這些都是源於地方群體生長的地域背景以及左翼作家對當地民俗特色的獨特視角觀照，在左翼思想的框架中開闢出了另一條或顯或隱的民俗眷念情懷。不僅江浙一帶，東北作家群的民俗書寫顯得更爲突出。以蕭軍、蕭紅、端木蕻良、羅烽等爲首的東北作家提出了文學創作以暴露鄉土現實的文學主張，其中不乏對於小城中的鄉風民俗的關照與書寫。由於東北作爲日寇的淪陷區，是不允許也不可能發表鮮明抗

〔註 102〕李歐梵：《上海摩登：一種新都市文化在中國 1930～1945》，毛尖譯，人民文學出版社，2010 年版，第 37 頁。

〔註 103〕毛澤東：《新民主主義論》，《毛澤東選集》（第二卷），人民出版社，1991 年版，第 695 頁。

日主題的文學作品，然而受左翼革命思潮以及抗日救亡運動的影響，他們以其特殊的地域特色文化書寫隱蔽地傳達出了一種反抗日本暴行的思想，他們的抗爭並不流於血與火的戰場，同樣以筆墨爲刀槍，在寫字臺上不折不扣地參與了抗日潮流，留下了一大批充滿民俗風情的文藝作品。作家往往通過呈現淪陷後的東北悲慘景象，再附之以記憶中充滿了民俗歡樂場景的書寫，以此反觀日本侵略者的暴行。其實，東北民俗作爲民族傳承積澱的記憶，它不是一朝一夕而形成的，它的醞釀、萌生以及發展都飽含了民眾長期以來的認同與理解。所以，他們對民俗風情百相的描寫，自覺或不自覺地表達了對民族感情和鄉土情懷的眷念與認可。正如有研究者稱「民俗文藝自身的形成是一種集體審美意識的結晶。因爲民俗的形成本身是一定地域群體意識行爲的歷史積澱，其中凝聚著群體共向的情感激發，而不是單個人物一時情緒的抒發，由此而成的情感的凝結物——歌謠、傳說、故事、笑話等等，與其說是一種客觀現實的寫照，倒不如說它是一種情感的習俗化的抒發。」〔註 104〕

從根本上來看，民俗之所以與中國現代文學結緣如此之深，還在於它們有著互通的審美特性，以及共存的交流、對話與溝通的機制。這一緊密聯繫就促成了現代文學作家一方面通過民俗資源的利用喚醒和激發了創作的熱情，另一方面，他們也拓展了文學的廣度和深度。對於民風民俗的書寫，大致從現代文學的第一個十年開始，文學逐步表現大眾化趨勢，如通過圍繞文學話語與表達方式而展開的文學論爭，實際上就是開始貼近平民大眾的生活方式。「『五四』文學革命和白話文運動實際上是文藝大眾化的一個起點，已經包含著後來文藝大眾化運動的最初的傾向和意義。」〔註 105〕而到了第二個十年，左翼文學創作更加強調文學的大眾化，並以階級的性質加以區分。成仿吾就曾說：「我們要努力獲得階級意識，我們要使我們的媒質接近農工大眾的用語，我們要以農工大眾爲我們的對象。」〔註 106〕因此，在革命情緒高漲的年代，作爲精神的民俗生活也同文學一樣，獲取了階級的意識。尤其在三十年代救亡思潮的影響下，民族意識更是得到了充分的彰顯。民俗學家鍾敬

〔註 104〕閻麗傑：《民俗文藝——東北作家群的抗戰策略》，《作家雜誌》，2009 年第三期，第 19 頁。

〔註 105〕唐弢、嚴家炎：《中國現代文學史》（第一冊），人民文學出版社，1979 年版，第 51 頁。

〔註 106〕成仿吾：《從文學革命到革命文學》，載《創造月刊》，1928 年第 1 卷第 9 期。

文也指出這時的「民俗文化，既是階級的，又是民族的。」〔註 107〕民風民俗這一概念，已經同民族國家緊緊扣在了一起，同時「民眾」這一概念也具有了「以新民族國家爲藍圖的、哲學上的和理想主義的含義」〔註 108〕。於是，在革命知識分子的眼中，推廣必須從民間文化資源中去發掘和民族意識和抗爭精神，使得某些具有階級性質的民俗徹底暴露在人們的面前，從而加以打倒和推翻。因爲階級革命任務之一就是要推翻統治階級對民眾的精神束縛，不僅使得他們在經濟、政治上取得解放，還要在文化上獲得新生。因此，無產階級政權的建立者必須要改造社會精神文化，要用新的意識形態去指導曾經的生活習慣，而這又與無產階級的覺悟有著密切的關係，只有提高了民眾的階級意識，他們才能在思想和行動上眞正認同新政權。爲此，改造舊的風俗，建構新的精神文化認同，是左翼民俗敘事的主要內容與根本目的。通過考察左翼都市文本，「城俗」批判大致可以分爲以下三大類型：第一類是批判作爲維護階級統治的封建精神餘毒的舊風俗，和體現城市新興起來的資產階級享樂習氣；第二類是通過描寫民俗來作爲一種隱蔽的抗日策略，曲折含蓄地表達了民族感情；第三類是在左翼思潮影響下起來反抗舊風習俗的書寫。第一類新舊「城俗」都是構成罪惡都市的精神餘毒，反映出的是封建統治階級以及資產階級的壓迫剝削本質，無產階級要樹立自己的主權民族國家，就必須通過革命的手段推翻階級制度，並對其意識形態進行徹底改造。第二類實際上是通過對「城俗」的眷念而抒發愛國之情。第三類「城俗」書寫目的在於彰顯左翼革命者所要弘揚的反抗舊俗的革命精神。

首先，從第一類作爲封建餘毒的精神「城俗」以及代表資產階級享樂習俗談起。眾所周知，三十年代文學的主導力量左翼作家聚集於當時最爲繁華的城市上海，由於租界的人身安全、言論自由以及經濟條件的允許，上海成爲了左翼文化運動的中心。左翼作家們在都市感受著劇烈跳動的心臟，同時，也將都市嵌入了固有的階級理論框架之中。都市與鄉村明顯被置於了天平對立的兩端，如茅盾、蔣光慈、丁玲等人著眼於的是造成這都市和鄉村終極對立的社會制度，並從政治、經濟的角度加以詮釋，張天翼也是從罪惡的社會制度大處著眼，將筆尖留在了因制度的差別而造成的人性的醜陋細處之上，

〔註 107〕鍾敬文：《民俗文化的民族凝聚力》，《中國民俗學研究》，中央民族大學出版社，1994 年版，第 3 頁。

〔註 108〕董曉萍：《民族覺醒與現代化》，載《民俗研究》，1998 年第 2 期。

罪惡的都市催化了人的欲望與貪婪，罪惡的資本主義制度控制下的舊風俗也好、新風俗也罷，以及流落或隱匿於都市的舊封建勢力的精神餘毒，都是阻礙民族救亡、國家新興的源頭。從空間上分析，都市裏的高牆深院所代表的貧富差距，其實在傳統的農村時代就已經非常明顯了，佔統治地位的地主階級幾乎都有著佔地寬廣的大宅院，高高的院牆早就已經將貧窮的鄉民置之於外了。因此，中國社會裏的貧富差距自古就有，然而城市裏開放的公共空間，如街道、公園、舞廳、咖啡館、酒吧、商場、飯店、電影院、百貨公司等等，幾乎是赤裸裸地出現在貧窮者的眼前，自然會激化貧富之間的對立衝突，也就使得他們將城市裏這些新興的日常生活習慣貼上了階級的標簽而加以批判。不僅如此，資本私有制度的種種表現，如對於各種精美物品大到住房小到商場玲瑯滿目商品的佔有，對於沒有任何消費能力甚至生活溫飽都不能解決的窮人來說，是一種赤裸裸的誘惑，也是一種強大的折磨，於是，打開革命大門的鑰匙由此開啓，體現中國半封建半殖民性質社會本質的都市題材作品觸及到了中國社會的這種時代特徵，反過來說，也正是這種特定的社會特徵賦予了城市風俗以鮮明的時代精神。

茅盾作爲左翼都市作家的典型代表，不論是在其文學理論體系，還是在其小說創作中都懷有典型的民俗意識。1928 年，茅盾在其《小說研究 ABC・環境》中作了這樣的闡釋：「在鄉土小說的風俗畫中，這類具有傳承性和現實性的鄉風民俗，最常見的作用，雖然依舊是用來增強作品的地方特色和民族特色、爲事件提供社會背景、爲塑造人物性格服務等等，但在不少的文本中，已逐漸成爲小說敘述結構的主體內容，承擔起了新的敘事功能」，這裡所謂「新的主體內容以及敘事功能」，實際上就是要求作家創作時必須把「內心的和時代的空氣動搖」相結合起來。如果鄉風風俗等方面描寫處理不當，「小說的眞實性往往會因此等瑣細的錯誤而受了損害」，從而會出現創作的「時代錯誤」。〔註 109〕可以說，在茅盾的批評理論中，他是十分重視民俗在文學創作中的現實功能的。從他對於當時的幾部小說評論中也可以看得出，如在評價彭家煌的小說《活鬼》時，他評論說這部小說是「對於宗法社會的不良習俗的諷刺」；評價許傑的《慘霧》時，他認爲小說揭露了「農民們自己的原始性的強悍和傳統的惡劣風俗」。茅盾尤其推崇馬子華的小說《他的子民們》，認爲

〔註 109〕茅盾：《小說研究 ABC・環境》，《茅盾全集》（第十九卷），人民文學出版社，1991 年版，第 77 頁。

作者通過對民俗的描寫，恰到好處地把握了中國鄉土社會的本質：「南中國，封建制度是更深的表現於那特有的土地生產關係上」，並提出了一段精闢的「鄉土文學的」看法，「我以爲單有了特殊的風土人情的描寫，只不過像看一幅異域的圖畫，雖能引起我們的驚異，然而給我們的，只是好奇心的饜足。因此在特殊的風土人情而外，應當還有普遍性的與我們共同的對於命運的掙扎。」〔註 110〕茅盾關於創作以及評論中的重視民俗的現實價值與文化價值，深刻影響了三十年代左翼文學的民俗敘事，具有十分重要的意義。如「東北作家群」中蕭軍、蕭紅、端木蕻良等等能自覺地將民間風俗描寫與小說的敘事結構很好結合起來；「四川作家群」中艾蕪、沙汀、李劼人等等在表現民俗時體現出了不同的價值取向；「浙東作家群」中的柔石、殷夫、樓適夷等等也書寫了浙東地區不同的民俗；「江南作家群」的張天翼、吳組緗、王任叔（巴人）等藝術再現了典型的農村封建宗法制家族風俗。

茅盾的民俗意識不但體現在其理論建構的中，還潛移默化地滲透在小說的創作實踐中。在他的小說中，往往注重從宏觀的政治結構、經濟結構以及其發展動態中去分析社會現象，因此民俗敘事體現出了鮮明的時代精神。如在其典型的左翼都市文本《子夜》中，茅盾運用先進的無產階級世界觀以及現實主義的創作觀，採用精闢的社會分析方法，尤其善於通過細緻的民俗場景描寫，發掘出民族文化中最爲隱秘的心理結構，特別是最爲穩定的民俗觀念以及集體無意識心理的嬗變書寫，深刻反映出了中國社會經濟的急劇變化。最典型的莫過於小說一開始對吳老太爺這個封建老朽的進城、驚嚇、死亡、喪葬等一系列事件書寫，尤其是老太爺的喪葬禮儀與習俗的細節描寫：

> 拿著「引」字白紙貼的吳府執事人們，身上是黑大布的長褂，腰間扣著老大厚重又長又闊整段白布做成的一根腰帶，在烈日底下穿梭似的剛從大門口走到作爲靈堂的大客廳前，便又趕回到大門口再「引」進新來的弔客——一個個都累得滿頭大汗了。十點半鐘以前，這一班的八個人有時還能在大門口那班「鼓樂手」旁邊的木長凳上尖著屁股坐這麼一二分鐘，撩起腰間的白布帶來擦臉上的汗，又用那「引」字的白紙帖代替扇子，透一口氣，抱怨吳三老爺不肯多用幾個人；可是一到了毒太陽直射頭頂的時候，弔客像潮水一般

〔註 110〕茅盾：《關於鄉土文學》，《茅盾全集》（第二十一卷），人民文學出版社，1991 年版，第 213 頁。

> 湧到，大門口以及靈堂前的兩班鼓樂手不換氣似的吹著打著，這班「引」路的執事人們便簡直成爲來來往往跑著的機器，連抱怨吳三老爺的念頭也沒有工夫去想了，至多是偶然望一望靈堂前伺候的六個執事人，暗暗羨慕他們的運氣好。〔註 111〕

小說一開場就寫到吳老太爺進城時一系列的封建習俗，如封建僵化與保守的僞詩書禮儀與喧囂的城市格格不入，導致這具古屍在迅猛而來的各種資產階級都市文明衝擊中倒垮，顯得那麼不堪一擊。在隨後爲老太爺布置喪禮的一系列安排中，也是嚴格按照祖制的習俗來報喪、布置靈堂、選擇棺材以及擇日下葬。茅盾不愧是擅長於細節描寫的高手，將喪禮渲染得令人窒息與陰森恐怖。如「天空是陰霾得像在黃昏時刻，那些白紙燈籠在濃綠深處閃著慘淡的黃光。大號筒不歇地『烏——都，都，都』地怪叫，聽著了使人心上會髮毛。」〔註 112〕茅盾之所以要細緻描寫這些民間習俗禮儀，並不是爲了突出民俗的審美價值，而是在於其背後的思想價值：作爲中國傳統的象徵符號隱喻的吳老太爺，他的死亡實際上就是象徵中國傳統的農村生活方式以及倫理道德體系徹底崩潰。從全篇小說看來，吳老太爺的喪葬已經掀起了第一個階級革命的高潮。作者沒有正面直述吳老太爺，而是通過詩人范文博的口做了全面的總結「老太爺在鄉下已經是『古老的僵屍』，……現在既到了現代大都市的上海，自然立刻就要『風化』」〔註 113〕。這個堅守封建傳統的「古老僵屍」是捧著禁欲主義的《太上感應篇》而進城的，然而他進城後發現：

> 一種說不出的厭惡，突然塞滿了吳老太爺的心胸，他趕快轉過臉去，不提防撲進他視野的，又是一位半裸體似的只穿著亮紗坎肩，連肌膚都看得分明的時裝少婦，高坐在一輛黃包車上，翹起了赤裸裸的一隻白腿，簡直好像沒有穿褲子。「萬惡淫爲首」！
>
> ……
>
> 吳老太爺只是瞪出了眼睛看。憎恨，忿怒，以及過度刺激，燒得他的臉色變爲青中帶紫。……粉紅色的吳少奶奶，蘋果綠色的一位女郎，淡黃色的又一女郎，都在那裏瘋狂地跳，跳！她們身上的輕綃掩不住全身肌肉的輪廓，高聳的乳峰，嫩紅的乳頭，腋下的細

〔註 111〕茅盾：《子夜》（第三版），人民文學出版社，1960 年版，第 22 頁。
〔註 112〕茅盾：《子夜》（第三版），人民文學出版社，1960 年版，第 53 頁。
〔註 113〕茅盾：《子夜》（第三版），人民文學出版社，1960 年版，第 21 頁。

> 毛！無數的高聳的乳峰，顫動著，顫動著的乳峰，在滿屋子裏飛舞了！……突然吳老太爺又看見這一切顫動著飛舞著的乳房像亂箭一般射到他胸前，堆積起來，堆積起來，重壓著，重壓著，壓在他胸脯上，壓在那部擺在他膝頭的《太上感應篇》上，於是他又聽得狂蕩的豔笑，房屋搖搖欲倒。〔註 114〕

顯然，過慣了幽閉的禁欲生活，對於上海聲光化電以及肉感的女體，都市裏放浪形骸的一切令他不忍目睹，但是卻又控制不住腦中翻滾洶湧的欲望與幻想，以致最終受不了衝擊口吐白沫而亡。很顯然，茅盾在這裡埋下了雙重批判的伏筆：代表封建傳統的吳老太爺必將走向滅亡，代表腐朽的資產階級的欲望都市必將是一個畸形的怪獸，所以在現代怪獸面前吳老太爺是不可能心若止水的，哪怕他有作爲護身符《太上感應篇》也終究無濟於事。因此，他的死亡沒有人悲哀，他的靈堂還成爲了人們聚會取樂的場所。從吳老太爺的出現到喪葬儀式，都只是茅盾用來折射兩種經濟制度的根本罪惡。他在對這個典型即民俗個體形象的塑造上，將民俗事象、民俗生活融入到了人物的細微變化與發展中，正是由於民俗成分的介入，使得人物的性格發展以及心理的矛盾衝突更爲眞實和充分。

受左翼抗戰思潮影響的曹禺，在其作品中也有通過民俗敘事來表達反封建反階級的抗爭意義，但大多表現在於反映鄉土農村階級社會裏，如《原野》第三幕裏焦母與仇虎的對唱。焦母唱：「菩薩菩薩求求您，我家藏著鬼和怪，求您保祐我的小黑子，保祐我的大星兒」，「菩薩菩薩求求您，爲我除妖免禍災，我夫在天國伺奉您，我在世上把您拜」，「霧騰騰，天陰沉，我看見你人頭落了地，鮮血四處噴，閻王要來收你的屍，招你的魂」〔註 115〕。在戲劇《雷雨》中，曹禺將封建大家庭比喻成一座墳墓，裏面有鬧鬼的事情發生。其實曹禺就是借用民間陰森恐怖的鬼怪來暗喻這個千瘡百孔的行將沒落的封建家庭。其實，曹禺除了將民俗敘事應用於情節衝突、形象塑造等方面外，他還把人物設置在有地域特色的民俗風情環境中，在富有民俗色彩的婚喪場景中，去突出人物性格和映照人物心態，以此通過細緻的環境描寫來烘託主題意義，將民俗與小說創作進行了深度的建構。如《雷雨》裏周公館和《日出》

〔註 114〕茅盾：《子夜》（第三版），人民文學出版社，1960 年版，第 8～12 頁。
〔註 115〕曹禺：《原野》，收入田本相編：《中國現當代著名作家文庫・曹禺代表作》，河南人民出版社，1986 年版，第 425 頁。

中豪華旅館的布置擺設，顯出了濃重的時代氣氛和地方特色。《北京人》中，一開始就極盡詳細地把坐落在北平市中心西式洋氣的曾家別墅外表與大少奶奶曾思懿、曾文清、曾老太爺的他們的臥房、書齋以及大客廳的傳統陳設相結合起來，所有這些封建傳統大戶人家的擺設如玉如意、紅寶石古瓶、董其昌的行書條幅、垂著黃絲穗的七絃琴、古老的蘇鐘、盆景蘭、玻璃魚缸等等，充分顯示出了曾家當年的氣派與階級地位。然而，相對比屋裏的沉悶清冷，胡同裏小販吆喝叫賣的市聲、算命瞎子的銅鉦、獨輪小車的輪軸聲以及爛舊的喇叭發出的「唔瓦哈哈」的吼聲，在這北京民俗風情濃鬱的生活環境裏，形成了極其強烈的反差，象徵著人物的靈魂在接受這強烈的精神衝擊。曹禺將戲劇通過深入封建家庭軀殼的內外解剖，著力揭示出了封建主義精神統治對人的吞噬，人們在這種精神統治下對人生的追求，以及預示著封建大家庭沒落衰敗的必然結果。

儘管不是左聯成員的巴金，在三十年代受社會激進思想的影響，他也感受到了黑暗社會的壓迫與反抗情緒，於是通過小說創作向封建舊家庭發難攻擊封建統治的核心——專制主義。因此，在其小說《家》中，通過大量的北京風俗的描寫，展示了一個封建文化與封建宗法制度籠罩下的高家。如在小說的第十三部分描寫高家上上下下吃年夜飯的場景：

> ……各樣顏色的燈光，不僅把壁上的畫屏和神龕上穿戴清代朝服的高家歷代祖先的畫像照得非常明亮，連方塊磚鋪砌的土地的接痕也看得很清楚。
>
> 正是吃年飯的時候。兩張大圓桌擺在堂屋中間，桌上整齊地放著象牙筷子，和銀製的杯匙、碟子。每個碟子下面壓著一張紅紙條，寫上各人的稱呼，如「老太爺」「陳姨太」之類。每張桌子旁邊各站三個僕人：兩個斟酒，一個上菜。各房的女傭、丫頭等等也都在旁邊伺候。……
>
> 八碟冷菜和兩碟瓜子、杏仁擺上桌子以後，主人們大大小小集在堂屋裏面，由高老太爺領頭，說聲入座，各人找到了自己的座位，很快地就坐齊了。
>
> 上面一桌坐的全是長輩，按次序數下去，是老太爺，陳姨太，大太太周氏，三老爺克明和三太太張氏，四老爺克安和四太太王氏，五老爺克定和五太太沈氏，另外還有一個客人就是覺新們的姑

母張太太，恰恰是十個人。……〔註 116〕

從除夕夜裏高公館的各種陳設、供奉祖像、座位順序、菜品安排以及長幼尊卑看，都有一套嚴格的習俗秩序，所有這些風俗習慣都是因爲掌管這個大家庭的最高領導者是高老太爺，而高老太爺又是一個將封建文化與封建宗法制度觀念深入骨髓的純粹者形象。他不惜傷害他人來獲取自尊，也以奴役他人作爲價值取向，還以虛妄的言行來僞飾自己醜惡的內心。可以說，高公館裏風俗習慣的書寫凸顯的是封建制度下的桎梏人精神與身體的陋習，以及壓迫與扼殺人性的精神陰毒，同時也象徵著舊的家族制度以及封建專制制度必然走向滅亡的歷史命運。

「沖喜」這一舊俗陋習在啓蒙鄉土文學中大量書寫，在左翼都市文學裏也有出現。夏衍的短篇小說《泡》就講述了一個城裏女工彩雲因爲發燒咳嗽而即將面臨失業，爲此而引發「沖喜」以及一系列的故事。夏衍通過階級的視角，看到了工廠主資本家的貪婪剝削本性，也關注到了貧苦工人的悲劇人生。夏衍爲什麼要選擇「沖喜」來參與故事的建構，其目的就是要突出統治階級的精神壓迫與經濟壓迫下工人的愚昧與落後。彩雲得病「求了仙方，服了草藥，都沒有功效」，「那麼給她沖沖喜，說不定倒會好的。」〔註 117〕如果彩雲不想辦法治病，那麼她要麼面臨死亡要麼面臨失業，但是她貧苦的家庭不能忍受一個「只吃飯不幹活的人」，彩雲的「沖喜」是沒有選擇的，在這樣一個剝削社會裏，她只有遵循統治階級的意志。因此，作爲民間偏方的「沖喜」原本是只是救人，而在小說中就被貼上了剝削階級意識的標簽列入了批判的對象。另外一位左翼作家柔石在其小說《爲奴隸的母親》裏也寫了「典妻」這一陋習。小說寫從農村被典進了城的母親在三年典期到後不得不面對眾多問題的故事，女人被典前家裏一貧如洗，被典後家裏不但沒有得到改善反而更加增重了女人的痛苦。然而，柔石正是通過這一陋習的書寫，將矛頭對準了剝削的社會階級制度，從小說中可以看得出，這個丈夫並不是一個好吃懶做的無賴，「他能將每行（秧）插得非常直，假如有五人同在一個水田內，他們一定叫他站在第一個做標準」，他也曾勤勤懇懇的勞動爲了能過上好日子，但是殘酷的社會逼迫得他開始變樣，「煙也吸了，酒也喝了，錢也賭起來

〔註 116〕巴金：《家》，人民文學出版社，2013 年版，第 86 頁。

〔註 117〕夏衍：《泡》，《春風沉醉的晚上——工業題材短篇小說選（1919～1949）》，工人出版社，1984 年版，第 272 頁。

了。這樣，竟使他變做一個非常兇狠而暴躁的男子」〔註 118〕，於是，當王狼緊緊逼債時他最後只有通過「典妻」來解燃眉之急。柔石創作這個短篇的眞實意圖就是要通過書寫民眾想好好生活而不得已的故事，去看清楚陋俗背後的剝削階級意志實質，正是因爲有階級社會裏剝削制度的存在，才產生了這種罪惡的風俗，因而想要消除這種帶給民眾無盡苦難的陋俗，就只有通過階級革命來推翻地主階級統治的黑暗社會。

左翼「城俗」敘事中的第二種類型與第一種所不同的地方是關照「城俗」的態度不同。第一種類型的「城俗」主要是以批判的眼光將這類風俗習慣視爲封建制度下的罪惡陋俗，而第二種類型的民俗是在民族救亡運動中以一種眷念、認同的情懷來書寫創作的。作爲左翼運動領軍人物蔣光慈，階級革命的思想自始至終貫穿在他的創作精神之中。儘管他並不是一個民風民俗的提倡者，但他潛意識裏的民俗傳統進入他的左翼都市文本書寫中。最爲典型的作品《野祭》，小說的標題「祭」既祭祀之意，而祭祀自古以來就是民族傳統中最爲常見的風俗之一。解讀蔣光慈用祭祀作爲小說的中心標題的關鍵在於他爲誰而祭，爲什麼要祭，這樣我們就能看得出他對待民風習俗所持的態度。小說寫在反革命危機四伏的時代，放棄舒服生活而走上了革命道路的女子章淑君，勇敢地走上街頭散發革命傳單而被槍擊慘烈致死。原本男主人公陳季俠鍾情的是另外一位有著「處子之美」的女子，但當發現章淑君對於革命忠貞不二時他將愛慕之情轉移到了她身上。因此，當淑君英勇犧牲時，陳季俠感到了深刻的哀慟，並買下玫瑰酒與鮮花在海邊野祭她，還爲她寫下了哀詩悼詞。儘管民間祭祀有著一套完整的行爲動作，但都是通過祭這一行動來傳達對於逝者的哀悼與寄託哀思之情。陳季俠對於章淑君的野祭，在小說中起到了一個革命感情昇華的作用，其意義已經遠遠大於形式本身，通過考察左翼先鋒作家對於傳統民俗的觀念與態度，可以說，祭祀行爲本身對於革命者是必要的，也是有用的，既安息了革命者的靈魂，也寄託了生者的哀思。

延續新文學時期魯迅文化啓蒙的《狂人日記》中「鬼」話風格，三十年代初期張天翼通過現實諷刺的手法將「鬼」再一次呈現在了創作文壇。在《鬼土日記》前，張天翼以日記主人韓士謙之口吻寫了《關於《鬼土日記》

〔註 118〕柔石：《爲奴隸的母親》，《柔石作品集》（二），河南大學出版社 2004 年版，第 460 頁。

的一封信》，他說：「鬼土社會和陽世社會雖然看去似乎是不同，但不同的只是表面，只是形式，而其實這兩個社會的一切一切，無論人，無論事，都是建立在同一原則之上的。這兩個社會是一樣的，沒有什麼差別。」〔註 119〕這段寫作日記前面的話其用意就是要告訴讀者他講的「鬼」世界其實就是現實社會，只不過是通過他誇張和變形的手法幻化成了鬼世界。故事當然是虛構的，由第一人稱韓士謙「我」通過「走陰」的特異功能，因此靈魂出竅來到了鬼土世界遊歷。初進鬼土世界的韓士謙感到最爲滑稽的是這裡的鬼個個鼻子上都蒙有鼻套，原因是「據有些書上說鼻子是象徵性器官的，性器官的遮掩是人類羞恥本能之一種表現，故『上處』也常上套子」〔註 120〕。鬼世界的虛榮僞善比人間有過之而無不及，如對「戀愛小說專家，兼詩人，兼幸福之男人」萬爺靠擲骰子來決定怎樣安排小說的人物，張天翼的細節描寫簡直如神來之筆：

> 「諸位爺，對不起」，主人萬爺說。「我突然 Inspiration 來了，打斷了很可惜，讓我先把這篇小說結構一下罷。」
>
> 他走到桌邊坐下，開了抽屜拿紙。但他並不去寫什麼。很快地從口袋裏拿出兩顆骰子，在桌子上擲一下，嘴裏說「唔，好的，」拿起筆來就寫。大概寫了三頁，他休息了。
>
> 我去看那兩顆骰子，上面並不是麼二三四五六，是些字——
>
> 其一：女伶，多愁多病的女子，女詩人，公主，女學生，妓女。
>
> 其二：男伶，多愁多病的男子，男詩人，王子，男教員，相公。
>
> 萬爺告訴我，要寫戀愛小說，便要擲骰子，以決定這篇小說的主人婆與主人公。這回他所得的是：女詩人，相公。……〔註 121〕

張天翼通過如此誇張手法將三十年代醜態萬出的上海極盡諷刺之能，這也難怪國民黨當局爲什麼要在一九三五年三月密令查禁他了。這個離奇怪誕的鬼土世界與人間形成了鮮明的對照與強烈的諷刺，鬼土世界裏有極其嚴格的階級劃分，統治階級對於異己力量的血腥打擊鎮壓還被冠之以「平民政治」之

〔註 119〕張天翼：《鬼土日記》，《張天翼諷世喜劇小說》，中國華僑出版社，1999 年版，第 5 頁。

〔註 120〕張天翼：《鬼土日記》，《張天翼諷世喜劇小說》，中國華僑出版社，1999 年版，第 9 頁。

〔註 121〕張天翼：《鬼土日記》，《張天翼諷世喜劇小說》，中國華僑出版社，1999 年版，第 84 頁。

名。日記最爲誇張的是關於「大平民」潘洛的兒子潘傳平的國葬。潘傳平還是一個嬰兒，死時才十一個月大，但因爲貴爲「潘平民」之子，本想「只望他成人繼承父業，竟至夭亡，實國家一大不幸也」，於是盛況空前的國葬轟動了整個都城：

> 潘洛把必由之路都出一大筆錢租下來，出殯時斷絕交通一天。沿途搭彩牌樓一百六十四座，至夜電炬齊明，極莊嚴燦爛之至。執紼者有陸樂勞、嚴俊、文煥之，皆一時名流，或國家柱石。汽車一萬五千餘輛，軍樂二萬餘隊，都會裏各機關職員、各學校、各法團，都去送殯，自夜半十二時走起，至次日夜十二時方走完。沿途店家住户，皆下半旗誌哀，各法團設祭壇六千餘所。〔註 122〕

一個小嬰兒的葬禮場面如此的豪華與盛大，聞所未聞，如同一場盛世狂歡，鬼土世界的滑稽荒誕瞬間躍然紙上。張天翼寫作這篇諷刺小說正是二十世紀三十年代，資本主義經濟危機波及到了中國沿海大城市，導致城市裏勞資矛盾對抗尖銳，人們生活在一片水深火熱之中，然而大官僚資本家卻在一片血腥風雨中坐收漁利。如小說寫象徵官僚資本家的嚴俊借海外石油壟斷集團的力量擊跨了象徵民族資本家的陸樂勞這一情節，與《子夜》裏趙伯韜與吳蓀甫鬥法的情節有相似之處。儘管張天翼並不是出於關注民族資本家命運的目的，但是在一定程度上同左翼集團的思想是一致的，即他清楚地看到了政治與經濟的社會關係，是有著進步意義的。爲此，阿英在評價這部小說時，他說：「把中國社會裏的一些醜惡，著實的諷刺了一番。」〔註 123〕馮乃超從小說的諷刺筆調上予以了肯定，認爲「《鬼土日記》是一個純粹的資本主義社會的縮圖——漫畫了的縮圖」〔註 124〕。張天翼通過書寫「鬼」這個民間風俗中的精神存在物，通過諷刺的筆調參與到了左翼主流思潮。儘管他是以虛構的敘事手法，但是，如果首先張天翼不以認同鬼神存在一說，何來利用民間鬼神言說自己的思想。因此，可以說，左翼革命思潮也並不是完全通過政治意識形態祛除鬼魅一說，反而藉此來爲自己的言說服務。

在左翼文本還有一種值得引起注意的民俗認同，集中體現在了東北作家

〔註 122〕張天翼：《鬼土日記》，《張天翼諷世喜劇小說》，中國華僑出版社，1999 年版，第 67 頁。

〔註 123〕阿英：《中國維新運動期的一步鬼話小說》，《文藝畫報》第一卷第四期，1935 年 4 月 15 日。

〔註 124〕李易水（馮乃超）：《新人張天翼的作品》，《北斗》，1931 年創刊號。

群的創作中。受左聯抗日救亡思潮的影響，他們通過大量創作充滿了民俗風情的作品，或正面或側面地反映出了正處於日寇鐵蹄下的東北人民家園淪喪的悲慘生活，傳達了對日本侵略者的仇恨、對故土的懷念，激發起人民的愛國之情使人們奮起抗日，保家衛國。李輝英提及其創作時強調了自己的強烈情感：「九一八事變，日本帝國主義佔領了我的故鄉……我悲哀，我憤怒，終至，激起我反抗暴力的情緒！」〔註 125〕端木蕻良直接將其悲憤激情化作了短篇小說集的書名：《憎恨》，同時也將難以控制的情感極致地表達了出來，以文字的「流」等同於抗戰兄弟熱血的「流」。在蕭軍《八月的鄉村》序言中，魯迅這樣評述說，作者的心血和失去的天空、土地，受難的人民，以至失去的茂草、高粱、蟈蟈、蚊子，攪成一團，鮮紅的在讀者眼前展開，而這個「鮮紅」實際上所指的就是東北作家群心中飽含的血淚與憤怒。然而，正是由於這個強烈的愛國主義情懷，在炮火紛飛的高壓年代而無法正面書寫抗日作品時，他們另闢蹊徑書寫民俗氣息濃厚的風土人情之作，將人們集體無意識中的民俗融入文本小說創作之中，這種深入骨髓的思鄉之情最能喚起人們的家園情感。民俗與抗日的關係，文載道在四十年代時回憶的小散文中說得最爲貼切：「今年的盛夏中，於病榻上看了一點記載風土節候之作，不禁深深的引起風土人情之戀，然一面亦有感於勝會之不再，與時序的代謝，誠有寧爲太平犬，莫作亂離民之感。」〔註 126〕

在蕭紅的《呼蘭河傳》中，除卻她揭露國民劣根性的主題意義之外，小說一開始就大篇幅的描寫呼蘭河城裏的生活、風俗習慣，這樣帶著悲情的眼光濃重的著墨於風土人情，其實還有她更深層的原因所在。首先，小說寫於四十年代的香港，此時她離開生養自己的故鄉已經多年，而童年有爺爺溫暖關愛的故鄉記憶始終是她魂牽夢繞的心結；其次，抗日戰爭與感情糾葛導致她的生活顛沛流離，尤其是在香港時，戰火把她困擾在了這個孤島之上；再有，她從呼蘭河小城到大城市，現代文明讓她感受到了不一樣的文化心境，能夠以新的眼光再去審視和衡量自己故鄉的文化生態。所有的這些深層思想與情感因素導致了蕭紅在理性批判故鄉的文化生態的同時，還有一種懷念的情感交織了在一起。因此，在小說的第二章，蕭紅用了整整一章去描寫呼蘭河城裏的生活盛舉，賦予了詩意般的展現：

〔註 125〕李輝英：《我創作上的一個歷程》，《申報・自由談》，1934 年 12 月 10 日。
〔註 126〕文載道：《關於風土人情》，載於《古今》，1942 年第 13 期。

> 這些盛舉，都是爲鬼而做的，並非爲人而做的。至於人去看戲、逛廟會，也不過是揩油借光的意思。
>
> 跳大神有鬼，唱大戲是唱給龍王爺的，七月十五放河燈，是把燈給鬼，讓他頂著燈去脫生。四月十八也是燒香磕頭地祭鬼。
>
> 只是跳秧歌，是爲活人而不是爲鬼預備的。跳秧歌是在正月十五，正是農閒的時候，趁著新年而化起裝來，男人裝女人，裝的滑稽可笑。
>
> 獅子，龍燈，旱船……等等，似乎也跟祭鬼似的，花樣複雜，一時說不清楚。〔註 127〕

在蕭紅看來，呼蘭河城是一個充滿了生生不息民族文化的地方。蕭紅在國破家亡的亂離、流亡之中而無法歸回時，記載出如此充滿風土人情的民俗，無不令人感覺到沉痛悱惻，用劉禹錫的詩句來總結就是「人世幾回傷往事，山形依舊枕寒流」，流露出的是一種深刻入骨的傳統故鄉的思念之情。以至於茅盾都這樣評價小說：「它是一篇敘事詩，一幅多彩的風土畫，一串淒婉的歌謠。」〔註 128〕當然，在抗日救亡的東北作家群的創作中，遠遠不止蕭紅關注東北民俗，還有大量的描寫東北地區的鄉土民俗生活來懷念故鄉，如蕭紅的《生死場》、蕭軍的《第三代》、端木蕻良的《科爾沁旗草原》、駱賓基的《混沌初開》、白朗的《老夫妻》等，儘管這些並不與「城俗」相關，而是寫的鄉土農村社會的。

第三種類型的「城俗」敘事是在左翼思想的影響下起來反抗舊俗的書寫，主要分析的是反抗家庭與傳統婚姻習俗。茅盾在其小說《虹》中，講述了梅行素從五四接受新思潮與啓蒙的影響，反抗家庭追求行動自由，雖然一度曾經苦悶茫然，但在逐步瞭解了社會的情勢之後，毅然投入到了社會革命運動中，展示出了一條成長與思想轉變的人生脈絡。梅行素是一個深受時代影響的女性，正如茅盾說的「時代給與人們以怎樣地影響」和「人們的集團的活力又怎樣地將時代推進了新方向」，她不由自主地被歷史推向了社會前臺。「家」對於她來說，已經是一個桎梏思想與行動的地方，而只有社會才是她的追求目標，因此，在憤怒的「五卅慘案」發生時，她意識到了「群眾運動」

〔註 127〕蕭紅：《呼蘭河傳》，收入傅光明編：《生死場》，京華出版社，2005 年版，第 232 頁。

〔註 128〕茅盾：《呼蘭河序》，《茅盾選集》（卷五），四川文藝出版社，1985 年版，第 334 頁。

的重要性和「集體」的「紀律」，主動放棄了對於男性革命者梁剛夫的迷戀，而投身於革命工作。在5月31日的大遊行中，當梅一再被義憤填膺的激情所感染而要憑快意去行動時，她能用革命運動的嚴肅性警醒自己：「紀律是神聖的！」，隨著遊行隊伍「去包圍總商會」。在經歷了「五卅運動」的洗禮後，梅行素走上了一條從「個體」到「社會國家」的轉變道路。這樣的小說結尾實現了左翼思想倡導的人的「革命性」，也就是茅盾一直在建構的「革命歷史」道路。茅盾很滿意梅行素的思想行動轉變，所以他在回憶自己的創作時說「這是我第一次寫人物性格有發展，而且是合於生活規律的有階段的逐漸的發展而不是跳躍式的發展」〔註129〕其實，遠不只梅女士一個衝破家庭桎梏走上革命道路的女性革命者文學形象，在茅盾的《蝕》三部曲中，還有如靜女士、方太太、章秋柳、孫舞陽，她們都經歷了許多曲折的道路，最終也都走上了革命道路，實現了從自己「小家」的反抗到向「大家」的靠攏。

在巴金的《家》中，也塑造了一個從反抗家庭到皈依社會理想的形象覺慧。覺慧作爲高公館裏第三代知識分子，受五四時代精神的影響，大膽叛逆的個性使得他對封建傳統家庭裏的舊禮教、舊習俗、舊勢力予以了極力的反抗。覺慧是一個懷有民主主義、人道主義的思想的進步青年，他對於封建家庭的黑暗與專制充滿了仇恨，尤其那些封建守舊的習俗與偏見，如他能衝破「門第」等級觀念與婢女鳴鳳相愛。他不但沒有將鳴鳳視爲下等婢女看待，還很討厭自己作了一個衣來伸手飯來張口的少爺。他認爲人人生來就是平等的，對下層人物不該有不公平的待遇，就像他對鳴鳳的感情一樣，所以他堅持「從來不坐轎子」。覺慧一直堅持與封建專制與封建習俗對抗，如他幫助敦厚穩重的二哥覺民抗婚，及時爲他傳遞信息，最後協助覺民終於取得了婚姻的勝利；如在高老太爺垂危之際，說服陳姨太、陳克明以及覺新等人反對驅神追鬼的迷信把戲。覺慧看到了高公館充滿了爾虞我詐、僞善自私，他清醒的意識到自己所處的封建專制、封建禮教、封建迷信交織的家庭必然走向沒落，於是走出家門去參加學生運動、社會革命活動，編撰討伐封建主義的思想文章、刊物，宣傳社會進步的思想。最終勇敢地衝破家庭的束縛離家出走，踏上了社會主義民主革命鬥爭的道路：

> 一種新的感情漸漸地抓住了他，他不知道究竟是快樂還是悲

〔註129〕茅盾：《回憶錄》，《茅盾全集》（卷34），人民文學出版社，1997年版，第421頁。

> 傷。但是他清清楚楚地知道他離開家了。他的眼前是連接不斷的綠水。這水只是不停地向前面流去，它會把他載到一個未知的大城市去。在那裏新的一切正在生長。那裏有一個新的運動，有廣大的群眾，還有他的幾個通過信而未見面的熱情的年輕朋友。〔註 130〕

覺慧在高公館裏就如同一把熊熊燃燒的烈火，如同一股摧枯拉朽的衝力，將已經處於強弩之末的封建家庭和封建習俗送進了黑暗的墳墓。同時，他選擇了一條「正在生長」的大路，那裏有熱血的兄弟、有革命的激流正吸引著他。他這種衝破家庭走上社會革命的行動，成爲無數舊家庭內部的新生成長力量，感染了激蕩在革命潮流中的青年，也正是左翼革命作家所倡導的「革命道路」。

左翼革命作家洪靈菲的作品大多都是以革命鬥爭爲題材，表現青年知識分子衝出家庭走上革命運動的思想轉變與昂揚鬥志。如《家信》就是以第一人稱「我」的口吻在與母親的通信中敘說了我爲什麼要離開家庭以及如何走上革命道路的。在寫給母親的信中，「我」之所以必須要離開家庭的原因是「(父母親）你們的意識是受了舊時代的倫理觀念發蒙蔽和催眠，但你們徹頭徹尾都是壓迫者，你們雖然比較一般的農民和工人的境遇好了一些，但你們始終還是在沉重的壓逼下面過活的，你們需要革命。」〔註 131〕在「我」的家鄉，作惡的地主、官僚以及重利剝削人民的資本家讓社會民不聊生，無終止的苦難讓家人如同生活在地域一般，所以「我」必須離開家庭，走向大城市參與社會鬥爭的道路。因此，在他給予母親的信件中多次表達自己的革命理想，如「母親，對於我個人，對於家庭，對於全體被壓逼的兄弟們，我所能夠貢獻的只是革命。假如我還算可以幫助家庭的說話也便是這革命。」〔註 132〕馮鏗在加入左聯後的第一部中篇小說《重新起來》幾乎就是其自身傳記，以階級的視角講述了小蘋從潮汕離家到上海參與革命活動的歷程，整篇文章洋溢著樂觀、昂揚的革命精神。小蘋自小在老家就親眼目睹了地主階級的兇殘與壓迫，在哥哥的革命熱情感染下接受了教育，思想上逐步向革命組織靠攏，也邁向了革命者辛萍君的懷抱，從此在上海與愛人過著溫情蜜意的

〔註 130〕巴金：《家》，人民文學出版社，2013 年版，第 333 頁。

〔註 131〕洪靈菲：《家信》，《中國現代小說經典文庫》（第二卷），大眾文藝出版社，2005 年版，第 380 頁。

〔註 132〕洪靈菲：《家信》，《中國現代小說經典文庫》（第二卷），大眾文藝出版社，2005 年版，第 404～405 頁。

日子。然而當她發現愛人已遠離了革命理想時，她不再懷有一絲的留戀與溫情，而是充滿憤怒的火焰大聲的喊出了自己離家的心聲：

> ——你這革命的叛徒，你無聊的時候玩弄著革命，但一等到危險當前的時候你便背叛它了！我現在看穿了你，你這毫無信念的小資產階級是絕對不能參加我們神聖的事業的！好，現在你安享著罷，享受這由資本家們乞憐得來的苟安生活著罷，這享受都是從工人們的血汗得來，資本家吸收了又排泄一些剩餘的給你們！呵！你眞的不覺得羞恥嗎？你甘心享受這種生活嗎？……至於我，當著我們的事業正急待努力的時候，我願意跟著你一同過著這樣卑污可恥的生活嗎？……〔註 133〕

從小蘋憤怒的哭訴中可以看得出來，她是對自己的愛人萍君已經徹底失望了，他不再是自己的同志與戰友了，也就沒有作爲愛人的資格了，這個家庭也沒有存在的必要了，她必須離開資產階級家庭溫情的懷抱，轉向革命的懷抱、群眾的懷抱，因爲只有在那裏她才能找到自己存在的社會價值。不管是梅女士還是《蝕》三部曲裏的革命女青年，還是覺慧、以及洪靈菲的「我」，抑或是小蘋和蔣光慈筆下「小蘋」之類的女青年，他們在左翼作家的筆下，將五四時期所對抗的父權、夫權等家族宗法轉化爲了對於階級制度和意識形態的抗爭，控訴的是壓迫、剝削階級制度帶來的傳統家族習俗的破壞，凸顯的是階級意識的罪惡，而革命正是爲了摧毀這從根本上不合理的階級貧富制度。因此，從這個意義上來說，家族宗法習俗的反抗其實只不過是左翼思想下的一種創作策略。

至於在左翼思想影響下反抗婚姻習俗的作品，在「革命加戀愛」創作潮流中大有存在。儘管反抗婚姻習俗自五四以來就以思想文化啓蒙爲目的而進入了現代文學的創作，但是到了左翼革命時代，這種反抗婚姻習俗不再是爲了追求個人自由婚姻自主，而是爲了推翻階級壓迫追求共同革命理想。眞正開啓「革命加戀愛」創作模式的小說是《野祭》，錢杏邨在這篇小說的書評中這樣評價：「現在，大家都要寫革命與戀愛的小說了，但是在《野祭》之前，似乎沒有。」〔註 134〕故事中的女主人公章淑君是一個接受了新式教育的女

〔註 133〕馮鏗：《重新起來》，《中國現代小說經典文庫》（第二十卷），大眾文藝出版社，2005 年版，第 167 頁。

〔註 134〕錢杏邨：《阿英全集》（第二卷），安徽教育出版社，2003 年版，第 659 頁。

子，既反對舊式的婚姻模式，當她的母親跟她說了一門親時，「你已經這樣大了，替你說婆家，你總是不願意，你說，你到底想怎麼樣呢？難道說在家裏過一輩子嗎？」，她立即反對「難道說一個女子一定要嫁人嗎？嫁人不嫁人，這是我自己的事情……」〔註 135〕；同時，她對五四時期的自由戀愛也有一番成見，她認爲「自由戀愛本是可以的……不過現實有些人胡鬧罷了。……男子所要求於女子的，是女子生得漂亮，女子所要求於男子的，是男子要有金錢勢力……什麼自由戀愛？！還不是如舊式婚姻一樣地胡鬧麼？」〔註 136〕在章淑君看來，戀愛婚姻是與革命緊緊相連的，當她對陳季俠的愛意落空之後，她把自己的重心完全投入到陳季俠所認同的革命事業中，用革命的激情取代了男女的愛情。在蔣光慈看來，革命思想是戀愛婚姻的基石，如果失去了革命的意義，愛情婚姻瞬間泯滅。在其隨後的小說《衝出雲圍的月亮》中，更是以階級的眼光透視著上海這個都市裏的生活百態。故事書寫了王曼英在革命浪潮的感染下，遇上了兩位同爲革命者的李尚志與柳遇秋，曼英仰慕柳遇秋的滿腹革命之說，一心想要跟他在一起。然而，在革命中三人因故分散，曼英也陷入了消沉，產生了自暴自棄的報復心理，通過與資產階級男性上床幻想以肉體去侮辱、輕蔑摧毀他們。這樣的情節設計對於知識女性來說，如果不是冠之以「革命」的理由，就會因爲過於失貞而失去存在的價值。後來，曼英分別重遇李和柳時，柳已經變節了革命，原本捕獲了曼英芳心的他迅速被革命意志堅定的李尚志所取代。最後王曼英在李的影響之下，走出了陰影並與他一同走上了革命的道路，他們美好的結局就如同小說最後所描述的「這月亮曾一度被陰雲所遮掩住了，現在它衝出了重圍，仍是這般地皎潔，仍是這般地明亮！」〔註 137〕小說的架構其實類似於《野祭》，愛情婚姻等同於了革命，革命才是戀愛婚姻的基礎與催化劑。還有如洪靈菲的《流亡》、《轉變》，以及茅盾《蝕》三部曲中也是「革命加戀愛」的創作模式，故事設計出「革命」與「戀愛」的矛盾衝突情節，爲了共同的革命理想萌生出戀愛甚至到可以爲革命而犧牲戀愛的轉變。洪靈菲在談及自己的創作時，他強調「人之必

〔註 135〕蔣光慈：《野祭》，《中國現代小說經典文庫》（第七卷），大眾文藝出版社，2005 年版，第 107 頁。
〔註 136〕蔣光慈：《野祭》，《中國現代小說經典文庫》（第七卷），大眾文藝出版社，2005 年版，第 103 頁。
〔註 137〕蔣光慈：《衝出雲圍的月亮》，《中國現代小說經典文庫》（第八卷），大眾文藝出版社，2005 年版，第 345 頁。

須戀愛，正如必須吃飯一樣，因爲戀愛和吃飯這兩件大事，都被資本制度弄壞了，使得大家不能安心戀愛和安心吃飯，所以需要革命」〔註 138〕左翼革命作家敘事策略是男性只有堅持革命才能收穫女性的愛情，讓女性衝破一切阻礙想要獲得中意愛情婚姻的前提條件也是革命。「在現在的經濟制度未推翻以前，眞正的戀愛是不會實現的」〔註 139〕，一切戀愛婚姻在革命者看來都是舊習，左翼革命者倡導的正是革命意識形態下的新式戀愛婚姻習俗。爲此，茅盾總結出了二者的三種關係模式：「革命與戀愛的衝突」、「革命決定了戀愛」、「革命產生了戀愛」〔註 140〕。

三十年代的丁玲，在思想上完成了政治意識的「左轉」，因而在文學創作中將五四時期追求個人戀愛自由、婚姻自主的主導思想轉變爲了一切以革命爲中心的主導思想。她這種在文學上的追求正是她的言說「作家是政治化了的」〔註 141〕體現，也是深受童年生活遭遇的成長背景逐步而形成的。丁玲的父親是一個留學歸來的知識分子，母親也自幼接受新文化薰陶有著進步民主思想。然而，由於父親的早逝使得她的家庭陷入了困境，母親帶著尚幼的丁玲離開了夫家，宣傳並參與革命事業。可以說，正是因爲丁玲家庭從小就沒有受過父權的壓制與束縛，同時還從自己的母親身上深受女性解放與社會解放的薰陶，使得她更容易去接受社會新的思想動態並主動去實踐。早期的丁玲是個熱忱的無政府主義者，尤其是一個反家庭的女權主義者，她極力主張要使每個婦女都能擺脫家庭關係將自己置身於革命的外部世界之中。如丁玲在寫與馮雪峰的《不算情書》中，將革命理想視爲了人生正確的道路：「每次到恨自己的時候，覺得一切都無希望的時候，只要你一來，我又覺得那些想像太好笑了，我又要做人。……只有你，只有你的對我的希望，和對於我的個人的計劃，一種向正確路上的計劃，是在我有最大的幫助的。」〔註 142〕丁玲將個人的人生道路同革命是緊密聯繫在一起，甚至可以爲了革命而犧牲戀愛、婚姻。她的這種思想反映在她的創作中如《韋護》、《一九三〇年春上海》

〔註 138〕洪靈菲：《流亡》，《洪靈菲選集》，人民文學出版社，1982 年版，第 39 頁。

〔註 139〕錢杏邨：《野祭》，方銘編：《蔣光慈研究資料》，寧夏人民出版社，1983 年 7 月版，第 356 頁。

〔註 140〕茅盾：《「革命」與「戀愛」的公式》，《茅盾全集》（第二十卷），人民出版社，1982 年版，第 3 頁。

〔註 141〕丁玲：《丁玲集》（第三卷），四川人民出版社，1984 年版，第 568 頁。

〔註 142〕丁玲：《不算情書》，《丁玲全集》（第五卷），河北人民出版社，2001 年版，第 24 頁。

之一和之二、《某夜》等。

小說《韋護》是以丁玲的朋友瞿秋白與王劍虹為原型創作的，講述了革命文人韋護在追求和捕獲美麗熱情的新女性麗嘉的愛情後，面對革命與愛情衝突後的選擇。小說在開頭部分就出現了關於韋護的敘事旁白「女性，他不需要。……他眞受夠了那所得來的不痛快……他目前的全部熱情只能將他的時日為他的信仰和目的去消費。」〔註 143〕這個旁白的聲音實際上就是作者以革命者的身份在警醒韋護：革命工作與戀愛的不可兼得。在某種意義上來說，政治意識形態在創作之初就已經成為了小說的思想基調，即革命與戀愛必然發生熾熱化的衝突，同時也必然將為了革命而去犧牲戀愛婚姻。然而，故事也非公式化那麼簡單，革命者韋護作為男性，自然免不了男人所專有的荷爾蒙分泌，當他跟同事柯俊來到麗嘉的宿舍玩時，看到麗嘉的睡姿時他「不覺在心上將這美的線條作了一次素描，他願意這女人沒有睡著」〔註 144〕。麗嘉迷人的形體深深地打動了韋護的心，以致第二天還想繼續見到麗嘉，於是他參與了本不願意的玄武湖遊。韋護在玄武湖邊再次見到麗嘉美麗的身姿，引發了心理的、心靈上的和生理的騷動，此時的韋護生理本能暫時戰勝了革命意志。當韋護與麗嘉感情升溫陷入熱戀時，韋護給自己戀愛的理由是「人是平凡的，並不是超然的東西，得有動力。假如我們就是架機器吧。我們有信仰，而且為著一個固定目的不斷的搖去，可是我們還缺少一點燃料呵！需要一點這助動的熱力」〔註 145〕。在韋護看來，戀愛成為了他革命工作中不可缺少的「燃料」、「動力」。然而，就在這革命道路上美麗的點綴中，一個象徵戀愛對立面的革命者聲音出現了，「你已經受到了東方式柔媚美女——麗嘉的誘惑，慢慢將你酥醉去，你還沒感到」。其實，這個敘述者的聲音代表的就是韋護對自己靈魂的一種拷問，一方面，麗嘉肉體的誘惑折服了他的革命意志，接受了來自自己的生理欲求；另一方面，他又不希望這些成為煩惱，因為戀愛會佔去他大量工作的時間，以致使他怠惰，如他在戀愛期間忘情地享受著二人世界而「一個星期都沒有想過他應到辦事處去」。透過這些敘述者與主角

〔註 143〕丁玲：《韋護》，《丁玲文集》（第一卷），湖南人民出版社，1982 年版，第 7 頁。

〔註 144〕丁玲：《韋護》，《丁玲文集》（第一卷），湖南人民出版社，1982 年版，第 9～10 頁。

〔註 145〕丁玲：《韋護》，《丁玲文集》（第一卷），湖南人民出版社，1982 年版，第 41 頁。

的聲音，我們完全可以看出，政治意識形態下的理想愛情婚姻模式是以革命意識作爲基準的，女性成爲了男性革命者的「生理誘惑」或者說是「欲望想像」，同樣，情愛書寫也即是男性革命者的欲望化敘事。丁玲作爲一個女性，將兩性關係以更清醒者的姿態去審視著左翼思想影響下的婚姻模式，凸顯出了「革命」與「戀愛」模式中的隱秘關係即「革命」與「欲望」的悖論與無限張力。政治意識對於小說創作模式的預設，使得韋護與麗嘉兩人終究是無法眞正成爲靈魂伴侶的。因此，就算兩人同居之後麗嘉從一個追求愛情生活的新女性向男人所認同的傳統女性轉變，也無法讓革命者韋護長久駐足，反而使得韋護更加陷入了革命與婚姻家庭的劇烈衝突之中——「牽掛愛情就不忠於革命信仰、忠於革命信仰就不能牽掛愛情」，這種來自意識形態的雙重的自責與反省讓他最終選擇革命人生：留下了一封告別信而遠赴廣州去從事革命事業。在小說的最後，麗嘉在感傷之餘，竟然也產生了熱烈的革命激情，她對好友珊珊說：「唉，什麼愛情，一切都過去了！好，我現在一切都聽憑你。我們好好做點事業出來吧，只是我要慢慢地來撐持呵！唉！我這顆迷亂的心！」〔註146〕最後麗嘉「好好做出點事業」這樣大徹大悟的一番話，其實是將愛情婚姻看成了身體的自然需要以及心靈寂寞的一種沉淪罷了，在這個充滿了革命激情的社會裏，與其惴惴不安的愛著不如選擇放棄，全身心投入到爲解放勞苦大眾的偉大革命事業中去。丁玲是非常聰明的，她選擇了革命加戀愛的主題創作模式，讓更多的社會青年在接受文學作品的影響、接受革命理想的召喚的同時，卻同時也在深刻反思著時代女性在革命中的能力與價值。可以說，小說就是在這樣政治想像的世界裏，丁玲完成了革命者的紅色戀愛婚姻模式的建構，既拓展深化了「革命加戀愛」的主題，同時又很好地聲援了革命文學。

小說《韋護》嘗試了左翼思想下男性維度的愛情婚姻模式，顯然《一九三〇年春上海（之一）》這篇更容易引起讀者站在女性形象美琳的角度來分析，小說裏男女主角對於革命的熱衷程度剛好與《韋護》相反，子彬是一個享受著舒適生活的作家，他的愛人美琳卻在幸福的生活中倍感空虛，並逐步被革命友人若泉所影響，最後美琳終於鼓起勇氣留下一封信而離家隨大部隊去了。美琳從一個享受著美好愛情婚姻生活的女人，到勇於放棄一切走上革

〔註146〕丁玲：《韋護》，《丁玲文集》（第一卷），湖南人民出版社，1982年版，第121頁。

命道路，她的理由是：

> 她理想只要有愛情，便什麼都可以捐棄。她自從愛了他，便眞的離了一切而投在他懷裏了，而且糊糊塗塗自以爲是幸福快樂的過了這麼久。但現在不然了。她還要別的！她要在社會上佔一個地位，她要同其他的人，許許多多的人發生關係。……是的，她還是愛他，她肯定自己不至於有背棄他的一天，但是她彷彿覺得他無形的處處在壓制她。他不准她一點自由，比一箇舊式的家庭還厲害。他哄她，逗她，給她以物質上各種的滿足。但是在思想上他只要她愛他的一種觀念，還要她愛他所愛的。她盡著想：爲什麼呢？他那麼溫柔，又那麼專制。〔註 147〕

美琳強烈的革命意識源自於他對於家庭關係的壓抑感受，她覺得子彬的愛成爲了一種負擔、一種束縛，這種專制的壓迫讓她產生了快要窒息的感覺。其實，從小說所描述的內容看，事實上他們的關係也並非如美琳所形容的那麼惡劣，子彬也並沒有完全限制她的活動自由，反而是小心翼翼地守護著他們的家、他們的愛情。那麼爲什麼美琳會有如此之想法呢？很簡單，這種令人窒息的愛其實就是缺乏革命理想的愛。對於一個傳統女性來說，有丈夫的百般呵護、有充裕的物質生活，這樣的家庭婚姻模式本就是完美的了。然而，在政治意識形態盛行的年代，專注於個體的幸福享受，要被冠之以小資產階級意識而加以批判，而左翼所倡導的正是捨小家顧大家的群體意識，因爲子彬缺乏的正是對於大家庭的利益維護，因此受革命思想影響的美琳必然會感覺到家庭的壓抑與束縛。其實，反過來思考，作爲一名女性作家，丁玲所設計的這種有違正常女性思維的情節，在某種程度上來說，反映出的正是丁玲女性意識的覺醒呢還是她所狂熱追隨的革命理性的張揚呢？哪一種才是丁玲的眞正面孔抑或是連丁玲自己本身也處於模糊的狀態呢？

從左翼都市文本中的三大不同類型的「城俗」分析來看，可以明顯看到一個由揭露「城俗」到「城俗」認同，再到改造「城俗」建立新模式的過程，這三種模式顯然構成了一個層層遞進的關係，也構成了一個左翼民俗敘事的整體印象。在進行揭露民俗的敘事話語中，「城俗」被冠之以了階級的本質屬性，其精神實質是對於民眾的一種荼毒和殘害，是統治階級利用傳統的風俗

〔註 147〕丁玲：《一九三〇春上海（之一）》，《丁玲全集》（第三卷），河北人民出版，2001 年版，第 281 頁。

習慣來維護自身的統治地位，也是導致民眾愚昧、落後的根本原因，因而是被放置於左翼思想對立面，是階級革命必然要消滅的舊風陋習。然而，也還有一部分左翼作家並不完全是將傳統舊風習俗至於批判的對立面，在他們看來，民風民俗也是構成日寇鐵蹄下慘遭蹂躪的現實故鄉的反面對照物，是構成記憶中美好故鄉整體的一個部分。因此，在炮火紛飛的年代去懷念記憶中平靜生活的百卷圖，「城俗」作爲生活中的一部分參與了記憶認同，也同時激起了民眾對於抗日救亡保衛家園的愛國情緒，成爲了左翼「城俗」敘事策略中不可缺少的一部分。至於第三種改造舊俗建立新「城俗」，主要是基於左翼革命思想宣傳的需要，爲了革命理想信念去反抗家庭、反抗婚姻風俗，將群體的利益遠遠高於個體的自由與價值，探討了革命時期的新的家庭婚姻模式，以此參與了革命意識的宣傳。可以說，三種城市文本中的「城俗」原本就是人們在長期的鄉土生活中逐步形成的民風民俗，然而隨著城市化進程人們大量進入城市後，「城俗」（即民風民俗）也隨之進入了都市，但是，基於政治意識形態的需要，「新」與「舊」並不是完全可以劃清界限的，自然也就成爲了爲「我」所用的一種策略運作。

文學作爲反映社會生活的藝術形式，其表現領域往往既是生活世界也是民俗活動發生的世界。然而，在左翼革命文學時期，可以說反映在文學價值論中的功利主義和文學創作論中的現實主義成爲了文學創作的導向，使得文學創作在與民俗學的互相交融過程中，左翼革命作家自覺把主流意識形態思想融合到工農大眾的生活中，創作出了一系列具有特定時期民俗特色的作品。在革命文學創作之初，瞿秋白就旗幟鮮明地強調了文學的黨性、階級性以及政治性，他認爲文藝、文藝家都不應該脫離政治，「如果他不在政治上和一般宇宙觀上努力去瞭解革命和階級意識的意義，那麼，他客觀上也會走到出賣靈魂的爛泥裏去，他的作品客觀上會被統治階級所利用。」〔註 148〕瞿秋白在對左翼文學的指導與批評中，除了指出文學的政治性之外，還提出了無產階級新型的藝術創作任務，「他們要不怕現實，要認識現實，要強大的藝術力量去反映現實，同時要知道這都是爲著改造現實的」，同時還綜合了錢杏邨與茅盾的理論進一步提出「單有革命的『目的意識』是不能夠寫出革命文學的，還必須有藝術的力量。然而運用藝術的力量，又必須要有一定的宇宙觀

〔註 148〕瞿秋白：《「Apoliticism」——非政治主義》，《瞿秋白文集》（文學編第一卷），人民文學出版社，1985 年版，第 541 頁。

和世界觀。」〔註 149〕從瞿秋白的一番批評理論倡導中，可以看得出來，他對於無產階級現實主義的創作思路完全是基於政治意識形態與藝術的統一。確實，在隨後毛澤東的思想中，從階級革命的角度繼續深化了對這種政治意識形態的倡導，他說「一定的文化是一定社會的政治和經濟在觀念形態上的反映」，「半殖民地半封建社會反對中國的新文化」，「這類反動文化是替帝國主義和封建階級服務的，是應該被打倒的東西，不破不立，不塞不流，不止不行，它們之間的鬥爭是生死鬥爭」。〔註 150〕

在如此縝密的階級革命理論的框架之中，作爲左翼革命思想宣傳方式之一的文學創作，必然會用階級的眼光去審視民風民俗這種滲透在人們的日常物質和精神生活中積久成習的文化傳統，自覺將民風民俗中「俗」的成分傾向於「民」的成分，從而決定了左翼都市文本中的「城俗」敘事邏輯。自古以來，風俗與政教從來都是相提並論的，「觀風俗而知得失」、「爲政必先糾風俗」這些古訓都是歷朝歷代的統治者所必須關注的。早在東漢時期班固論說：「凡民函五常之性，而其剛柔緩急，音聲不同，係水土之風氣，故謂之風。好惡取捨，動靜亡常，隨君上之情慾，故謂之俗。」〔註 151〕從班固的此番言論中，可以看出「風俗」自有它的自然屬性，但是還有明顯受統治階級影響的社會屬性。通過歷代學者對於政教與風俗關係的多角度分析，總而言之，「人心風俗以之造政治宗教，而政治宗教又還而以之造人心風俗，是故人心風俗常握國家莫大之權而國家萬事其本原亦因於是焉」〔註 152〕。政教與風俗關係如此之重要，而文學作爲政治的附屬，實則也是國家用來治國、宣傳的工具。如此一來，風俗與文學的天然緊密聯繫在近代以來更是得到了空前的熱烈討論，文學作品中體現移風易俗的思想乃主流之創作。然而，五四時期是徹底反對傳統的，主張一切向西方學習建立全新的風俗觀念；到了革命文學時期，通過階級話語系統過濾後，一方面爲了獲取人們的認同與支持，要將舊風習俗貼上剝削階級的反動標簽，置於無產階級的對立面，必須通過階級革命加

〔註 149〕瞿秋白：《「Apoliticism」——非政治主義》，《瞿秋白文集》（文學編第一卷），人民文學出版社，1985 年版，第 543～544 頁。

〔註 150〕毛澤東：《新民主主義論》，《毛澤東選集》（第二卷），人民出版社，1991 年版，第 694～695 頁。

〔註 151〕班固：《前漢書》，《二十五史》，上海古籍出版社，1986 年版，第 521 頁。

〔註 152〕蔣智由：《海上觀雲集初編・風俗篇》，廣智書局，光緒二十八年出版，見劉穎著：《中國文學現代轉型的民俗學語境》，安徽人民出版社，2007 年版，第 12 頁。

以推翻和揭露；另一方面，要在無產階級政權的領導下建立新的文化，新的風俗習慣，以此激發民眾的革命信念，使得更多的民眾參與到社會主義革命道路上來。因此，作爲革命時期的民俗研究，我們必須要在脫去階級革命的外衣下，通過分析新意識形態與舊有文化心理的置換途徑，重新回歸到民俗產生的眞實意義與實際價値上來。

首先，左翼革命文學將「城俗」中的一些迷信等舊風俗習慣視爲封建思想的餘毒，既桎梏了民眾的思想，還導致了民眾的愚昧，作爲階級壓迫剝削的符號，被革命文學家列入了政治言說的體系。「封建的政治影響表現在民俗中，主要體現爲各種民俗事象的迷信色彩。現代的各種宗教信仰且不說它，就是，也都充滿了封建迷信色彩。」〔註 153〕從這段話我們可以看出，作爲婚姻、喪葬、起房架屋、人生儀禮以及生產、生活中的各種信仰和禁忌被作爲了具有封建性質的迷信而加以批判，這種話語體系其實就是源於五四以來甚至是革命時期的思想成果。其實，在革命時期，作爲信仰的迷信還遠遠不止作爲封建性質的思想產物，1957 年蘇聯作家杜捷可夫甚至還將民俗中的迷信部分視爲了資產階級性質的產物，他強調「宗教、迷信的社會根源，是生產資料的私有制，人剝削人、社會壓迫、民族不平等、失業、飢餓、貧困、愚昧無知等等。如果這些社會根源存在的話，宗教、迷信的存在甚至發展，就有著它的社會基礎。在資本主義國家裏，資本主義本身的存在，就是迷信、宗教偏見存在的根本原因。」〔註 154〕通過這兩段話，不得不讓人產生懷疑，作爲民俗中的迷信到底是封建主義性質呢還是資本主義性質？就算按照他們的邏輯，既是封建主義的又是資本主義的，那麼，爲什麼舊的封建制度已經完全瓦解了，社會主義已經建設了快上百年的歷程了，這種民俗還是久經不衰呢？其實，不論是在蘇聯也好還是中國也罷，迷信都是在一定程度上爲了維護統治階級的政權而存在的。而當新的政權建立之時，改革者們必然要爲了推翻舊有的政權以及意識形態，爲此宗教與迷信在一定程度上被作爲了前朝文化遺物，故移風易俗改革勢在必行，其實質就是爲了配合新政權的誕生與穩定而服務的。同時，又因爲民俗關乎民眾的所有生活行爲習慣，擁有最爲廣泛的集體力量，因此改革者們必須花最大的力氣由衷地爭取到更多的民

〔註 153〕石雪：《民俗與迷信》，重慶出版社，2002 年版，第 74 頁。

〔註 154〕【蘇】杜捷可夫：《科學與迷信》，吳克堅編譯，中國青年出版社，1957 年版，第 50～51 頁。

眾力量，爲革命與新政權服務。迷信民俗被列入批判的對象，還有一個重要的根本原因，是其作爲唯心主義的產物。自從「五四」以來，迷信一直被啓蒙知識分子以及後來的主流意識形態話語著力打壓，在一定程度上受西方科學、民主思想的影響，迷信被定義爲關乎的是精神世界的、唯心主義的信仰，而這剛好與國家主流意識形態所倡導的科學理性針鋒相對，由此而導致成爲被批判的緣由。

其實不然，鄉土中國的民風習俗往往同鬼神信仰或者對於已逝先輩信仰混雜，表現在民眾的日常生活和人生的大事件中。儘管有的風俗習慣和儀式過程本身就是宗教影響下而形成的，比如喪葬禮儀，如善人死後進入天堂極樂世界惡人死後入地獄等等六道輪迴觀念，其思想精神就是來源於佛教、道教，其中貫穿的是佛教、道教中的哲學思想，但是，卻又與宗教有著嚴格意義上的本質區別。民間的喪葬禮儀中的宗教信仰與儀式過程同寺院中的正規宗教儀式有著完全不同的天壤之別，顯然，民間的已經與實際生活相融合轉化成爲了民間生活的一部分，其內容與表現形式明顯偏向於實用性和功利性。如民俗專家鍾敬文對於喪葬禮儀，他認爲整套禮儀習俗「除了普遍存在的靈魂不滅觀念外，儒家孝道和先人蔭庇後代之類思想也起到了推波助瀾的作用」，不僅如此，他還指出，喪葬禮儀「貫穿著死者親屬對於死者的眞誠懷念，以及與這種懷念混雜著的既恐懼又有所求的複雜情感」〔註 155〕。作爲民俗中的迷信，其實是在順應了民眾的生活需求後完全融入到了日常生活中，成爲了日常生活的一部分。如魯迅在言及賽神會時，他說「農人耕稼，歲幾無休時，遞得餘閒，則有報賽，舉酒自勞，潔牲酬神，精神體質，兩愉悅也。號志士者起，乃謂鄉人事此，足以喪財費時，奔走號呼，力竭遏止，而鈎其財帛爲公用。嗟夫，自未破迷信以來，生財之道，固未有捷於此者矣。夫使人元氣瘰濁，性如沈鞠，或靈明已虧，淪溺嗜欲，斯已耳；倘其樸素之民，厥心純白，勞作終歲，必求一揚其精神。」〔註 156〕在魯迅看來，這種酬神會蘊含的民眾簡單的感恩心理，作爲一種精神創造，其實是沒有階級性質可言。從精神層面來看，迷信其實是一種基於信仰基礎上的民俗，是人們在長期的生活經驗中總結出來的智慧結晶，它能夠長期地保留並代代相傳，已經構成

〔註 155〕鍾敬文：《民俗學概論》，上海文藝出版社，1998 年版，第 186 頁。
〔註 156〕魯迅：《破惡聲論》，《魯迅全集》（第八卷），人民文學出版社，2005 年版，第 31～32 頁。

了人們應對生存、生活的寶貴經驗。作爲一種生活智慧，儘管其孕育於封建社會爲封建統治者所利用而被罩上了封建主義的外衣，但是，不論在哪個社會，也不論是哪個當權者，民眾的生活依然在前行，生老病死中的舊風習俗或多或少地還在影響著人們的生活。就算在城市裏，這種根深蒂固的鄉土民俗還依然存在於城市市民的日常生活中。根據一份抗戰時期 100 家來自華西壩五所大學工友的調查資料顯示，這些工友儘管生活貧苦，談不上什麼宗教信仰，但是對於逢年過節給祖先燒紙錢和供奉「天帝君親」神位的傳統風俗習慣，他們是堅持的。調查者還分別就他們用於紙錢的費用做了詳細的數據列表，在這 100 家工友當中，「77 家的宗教費用平均每月每家燒香要用去 6 角，燒紙要用 1 元 8 分。年節時每家平均用於燒香的爲 1 元 1 角 1 分，用於燒紙的爲 1 元 1 角 3 分。」〔註 157〕從調查者所提供的多份數據中可以看出，在城市裏絕大多數家庭依然保持著傳統的風俗習慣，他們並不把這些視爲封建迷信，甚至他們花在燒香紙錢的費用比他們的嗜好費用還多。如果說眞如左翼革命者所倡導的迷信殘害民眾的話，那麼這份眞實的歷史數據顯然能夠讓其瞬間失色，其可信度也將大打折扣。還有一份有關 1930 年京滬鐵路工人的家庭生活的調查資料，在其對 104 戶工人家庭的雜費細目表中，從其中單獨列出的祭祀、婚喪費用來看，尤其是祭祀一項，「104 家中，平均每家全年祭祀費爲 3.8 元，爲數雖不算多，但比教育娛樂補助親長零用等還多，未免有輕重倒置之憾。」〔註 158〕從這些數據分析中看得出來，在城市裏，祭祀與喪葬禮儀等已經成爲了生活必不可缺少的一部分，它們與民眾的生活息息相關，儘管其中也不乏某些落後的、陰暗的因素存在，但也不能被簡單地塗上姓「封」姓「資」色彩，或冠之以毒害民眾的迷信加以取締，而該以發展的眼光看待作爲民俗的迷信。

其次，通過革命文學所宣揚的反抗家庭、反抗舊婚姻模式等習俗，其實也並非一種新社會裏的家庭與婚姻模式，儘管被無產階級革命者加入了以革命爲前提作爲存在基礎，但是，一旦揭去這個時髦的稱謂，我們可以清楚的看到，這還是歸根於傳統的家、國的責任以及男尊女卑的關係模式，其根本

〔註 157〕李文海主編：《民國時期的社會調查叢編》（城市勞工生活卷）（下），福建教育出版社，2005 年版，第 1091 頁。

〔註 158〕李文海主編：《民國時期的社會調查叢編》（城市勞工生活卷）（下），福建教育出版社，2005 年版，第 711 頁。

關係是沒有變化，變化的只不過是披上了一層時代潮流的外衣而已。烏丙安在其《中國民俗學》一書中提到：「關於社會的民俗研究，首先要著眼於家族的民俗，它往往是社會習俗的發源地或傳承單位。」〔註 159〕爲此，研究革命視角下的「城俗」，離不開對於革命思想對於民俗的運作策略。我們知道，在中國傳統社會裏，個體、家、國關係密不可分，儒家思想中的「修身齊家治國平天下」正是這三者的意義體現。在五四時期，隨著西方思想的傳入，中國傳統道德倫理觀念開始動搖甚至節節敗退，爲此，在個體的意義大於一切的呼喚下，大量的年輕人在五四新文化運動的影響下衝破家庭藩籬，去社會尋找個體的存在價值與幸福感。然而，到了左翼革命時代，徹底顛覆了五四的個人精神，將對個體的注意力轉移到了由家而國的層面上，將家國的責任完全凌駕於個體幸福之上。葉文心在其《上海繁華：都會經濟倫理與近代中國》深刻分析了左派是如何將個體的訴求轉移到家庭的責任感以及社會擔當上的。他指出左派的論述思路，是在傳統倫理道德體系的管理下，家庭裏的成員必須承擔責任，倘若作爲個體失去了這個能力時，那麼預示著社會變革的時代到來。於是，當勞工階層發現在資產階級的壓迫下無法獲得經濟條件也無法完成責任能力時，抵制資本主義經濟政治制度成爲了他們的首要任務，同時也將由對家的關注轉移到了新的社會責任上。「家」的概念逐步淡化，成爲了實現「國」的一個中間物。在這種思想的影響下，「人們對於公平社會中美好生活的期許不斷膨脹，最後，上海小市民把他們的希望寄託在建立一個現代化的社會主義國家」〔註 160〕。確實，在三十年代，階級革命的思想強烈牴觸資本主義私有制經濟制度，故而在左翼小說的創作中必然要預設一個有著一定經濟實力且有核心家庭觀念的「家」，對這個「家」的解體、家庭裏有革命思想的成員的所選擇的理想世界也就像徵著新的權威世界。隨著「家」的解體過程，我們看到的不是傳統「家」被捨棄，而是它作爲一個聯結新舊政權的紐帶，對比現實中家的形而下化，形而上的「國家」思想體系隨之被建構出來。左翼革命者們在論述了「國家」獲得無產階級的支持後，這種理想型的新政府將能夠提供給他們有利的物質與精神保障。因而，在這種互爲前提也互惠互利的思想指引下，民眾獲得了生存的意義，他們寧願失去個人

〔註 159〕烏丙安：《中國民俗學》，長春出版社，2014 年版，第 125 頁。

〔註 160〕葉文心：《上海繁華：都會經濟倫理與近代中國》，時報文化出版公司，2010 年版，第 214～215 頁。

的自由與幸福也要為了這種理想的社會制度付出衷心，尤其是對於貧窮者來說，他們更願意為了一個美好的未來生活世界而拼命一搏。實際上，從五四的個體幸福追求到左翼的社會國家的幸福追求，凸顯的是對於傳統小「家」的破壞到另一個大「家」的回歸，而這第二個「家」指的就是「國家」、「大家」。從這個意義上來說，左翼完成了新的「家」風俗的建構，使得這種思想在左翼都市文本中得以大量出現。

左翼「革命加戀愛」的創作思想下的婚姻模式，在某種程度上來說還是一種傳統男尊女卑的關係模式。「左派論述背離了五四運動關於個體表達的議題，而且在家庭脈絡下發展出『男性』和『女性』的性別化建構。」〔註 161〕蔣興立在分析左翼文本中的男女關係處理上僅僅開了一個小口，他注意到了階級話語下的性別建構模式，但是遺憾的是並沒有做進一步的分析。在三十年代茅盾、蔣光慈、洪靈菲、丁玲的小說文本中，幾乎都有一個固定的寫作模式，故事中一定有一位男性革命者去拯救與引導新女性，最終共同走上革命的道路。有學者將這種性別關係處理從思想的層面做了深刻的分析，他認為這是左翼作家們從五四到左翼經歷了歷史轉型的一種心靈上的痛苦，「倡導革命文學的所有激進作家都是從「五四」過來的，可是「五四」文化啓蒙運動並沒有發生知識精英的預期效果，況且共產主義者早已把這種失敗的眞正原因歸結為小資產階級知識分子的思想軟弱性，所以男性革命作家為了不使自己失去社會話語權，他們就必須要讓新女性去承擔小資產階級人格缺陷的歷史罪名。」〔註 162〕從這段話中可以得知，左翼男性革命作家通過自我關照後將失落意識轉移到了女性想像中，這樣一來不僅構建了革命的話語權，同時也順利地將女性置於了被拯救的對象中，讓女性自覺地成為了男性的追隨者，從而實現了男性作為社會主宰的傳統價值。

如果說男性革命作家思想中存在的這種傳統兩性關係定位是可以理解的話，那麼比如丁玲、馮鏗、謝冰瑩等女性革命作家也在癡迷地追隨左翼思想，紛紛應和主流男性革命作家的話語模式，除了前面分析過的作品，還有如《重新起來》、《最後的出路》、《無著落的心》、《一九三〇年春上海（之二）》、《一個女兵的自傳》等等，在這些小說中都能尋得見一個對革命思想表現出了狂

〔註 161〕蔣興立：《左翼上海》，秀威信息科技股份有限公司，2012 年版，第 218 頁。
〔註 162〕宋劍華：《花開花落：論中國現代女性解放敘事的社會想像》，《學術研究》，2011 年第 11 期，第 148 頁。

熱追隨的「去性別化」的女性形象。但是，通過仔細分析可以發現，儘管是在強大的左翼階級、男權話語下，還是掩蓋不了女性意識的覺醒，它作爲一種對抗隱秘男尊女卑性別關係的話語已經反映明顯地出現在了她們的作品中。下面以丁玲的《一九三〇年春上海》的之一、之二作爲例子來具體分析。前兩篇小說分別創作於 1930 年的六月和十月，那是她剛剛失去了愛人胡也頻後加入了左聯。很明顯，在第一篇小說創作時丁玲所持的革命立場幾乎等同於茅盾、蔣光慈等人。然而，到了第二篇開始，她能夠站在女性的立場去體察和同情女性的冷暖人生。比如，作爲革命者的望微企圖想要把瑪麗拉入自己的革命隊伍中來時，瑪麗回覆他的話是：「總之，望微！你又白費了，瑪麗若要參加革命工作，很早便動手了的，你可以相信我是不缺少機會的。只是，現在，我不是不相信，我有點厭煩這些，你不必來宣傳……」〔註 163〕。小說中，瑪麗不僅不願意參加望微所謂的「革命」，望微只不過是做了「起草一些什麼計劃大綱，工作大綱之類」，或者忙於「搜羅中國革命進展的報告，和統治階級日益崩潰的現象，來證明現在所決定的政治路線之有無錯誤」〔註 164〕。當望微忙於這些革命工作而忽略了瑪麗卻又同時還略帶責備的口氣怪她時，瑪麗發出了作爲家庭女性的心聲：「我使你痛苦嗎？笑話！是你使我痛苦呢！你有什麼痛苦？白天，你去『工作』，你有許多同志！你有希望！你有目的！夜晚，你回到家來，你休息了，且你有女人，你可以不得我的准許便同我接吻！而我呢，我什麼都沒有，成天遊混，我有的是無聊！是寂寞！是失去愛情後的悔恨！然而我忍受著，陪著你，爲你的疲倦後的消遣。我沒有說一句抱怨的話。現在，哼，你漸倒歎氣了，還來怨我……」〔註 165〕作爲女性，對於這種發自肺腑的哭訴無不讓人動容。書寫婚姻裏的女人生存狀態的這幾句話很能打動讀者的心理，產生強烈的認同感，其實不論在什麼時代背景下，這就是大多數女人的生活常態。因此，從她的這一番話中，我們完全可以原諒她、理解她、同情她的不「革命」。總之，瑪麗作爲一個個具有獨立人格的新女性代表，她並沒有完全迷戀於革命男性話語，反而堅持了自己的人生選

〔註 163〕丁玲：《一九三〇年春上海》（之二），《丁玲文集》（第二卷），湖南人民出版社，1982 年版，第 288 頁。

〔註 164〕丁玲：《一九三〇年春上海》（之二），《丁玲文集》（第二卷），湖南人民出版社，1982 年版，第 282～283 頁。

〔註 165〕丁玲：《一九三〇年春上海》（之二），《丁玲文集》（第二卷），湖南人民出版社，1982 年版，第 297～298 頁。

擇。丁玲並沒有按照「啓蒙者」與「拯救者」的角色設計，從女性的生命體驗出發，對於瑪麗敢於在革命話語時代堅定自己的人生，已經是非常的另類了，但同時也足以看出丁玲的女性意識的凸顯。總之，革命話語下的性別建構，充分凸顯出的是左翼思想的運作策略，從而人為的或刻意的為了某種政治目的去改造傳統民風習俗。

第三節　疏離與懷舊的「城俗」心理

自五四新時期文學以來，作為社會思潮的「現代性」成為了一個毋庸置疑的文學創作母題。可以說，在「現代性」的關照下，一批又一批的文學啓蒙者們認為在社會向現代化發展的進程中，民族文化作為「負累」、「包袱」必須加以改造或推倒重建，於是開啓了對於傳統文化包括民俗文化在內的落後性和劣根性的文學批判敘事。而當民族主義、階級革命以顛覆一切舊秩序與舊制度的激進姿態壓倒啓蒙思潮之後，狂熱的革命者開啓了具有隱喻的民俗革命化敘事方式，將其置於批判與顛覆的對立面，以此作為構建新的社會制度、習俗的參與方式。然而，自古以來文學從來的「雅俗」同流，當民俗敘事在經歷了啓蒙／革命的「雅」文學傳統時，即將「民俗」二字有傾向性地利用「民」的言說進入了嚴肅文學的範疇後，沉澱著審美情感和文化內涵的「俗」傾向民俗敘事也同時成為了一種理解和呈現世界的另一種方式。

學者陳思和在其專著《新文學整體觀》一書中對新文學傳統進行了反思，他指出：「文化的最高形態應是美的形態，在中國傳統文化的偉大代表者身上，體現出社會價值與審美價值的高度綜合。而五四以後，先進的知識分子把這兩種價值互相分割了，很多人在攻擊文化的社會價值的同時，也懷疑其審美價值（只有廢名、馮至、沈從文等極個別的作家例外）。」〔註166〕用審美的眼光看待傳統文化，為我們研究民俗敘事提供了一個很有意義的思路。民俗作為民間文化一個重要的成分，對於其審美研究，首先應該把握它的範圍。從「民俗」的字面來看，主要由「民」與「俗」組成。《說文解字》裏把「俗」解釋為「習也」，班固在《漢書》裏說：「上之所化為風，下之所化為俗」，這二者其實都是在強調民眾的自我教化與傳習，「俗」由民間而來，也

〔註166〕陳思和：《新文學整體觀》，上海文藝出版社，1987年版，第259頁。

爲民所積累傳習，既可以成爲上層社會的「風」，更是下層人民的「俗」。英國學者湯姆斯在 1846 年就用「folk」（民眾、民間）和「lore」（知識、學問）組合成一個民俗專有名詞。對於這兩部分，主要是指「直接創造物質財富和精神財富的廣大中、下層民眾」和「人民群眾在社會生活中世代傳承、相沿成習的生活模式，是一個社會群體在語言、行爲和心理上的集體習慣」〔註 167〕。從這個意義上來說，其實質就是強調與正統文化、與意識形態的相對立的一種民間性，強調的是廣大民眾日常生活中「俗」的傳承的文化內涵與審美價值。因此，審美視野下的以「俗」爲主導的民俗敘事，實際上就是將敘事寓於民俗的民間性中，凸顯出對於時代主流以及政治意識的疏離，通過在沉澱於日常生活中的風俗習慣的世代傳承去發現民族的文化個性，寄託對於傳統文化、美好家園眷念的情感記憶和文化心態。

審美視野下的民俗敘事作爲一種文學創作的方式，主要是基於民俗與文藝審美的相互關係上，將敘事置於社會的各種民俗活動中，發掘民風、民情、民習等生活百態中的審美因子，並在敘事中營造出特有的民俗風情畫，滲透著濃厚的鑒賞趣味和深沉的眷念情結。原本民俗就是民眾的長期的日常生活中而形成的某些約定俗成的習慣、心理或行爲，它同生活、文化、文學以及審美之間的界限是模糊的。正如清代學者劉獻廷所說的「余觀世之小人未有不好唱歌看戲者，此性天中之詩與樂也；未有不看小說聽說書者，此情天中之書與春秋也；未有不信占卜祀鬼神者，此性天中之易與禮也。聖人六經之教，原本人情。」〔註 168〕在劉獻廷看來，詩、書、禮、易、樂、春秋與唱歌、看戲、聽書、占卜、祭祀都是人們在日常生活中的行爲，原本就無所謂高雅與低俗之分。但是他後來又加上了儒家所謂「因其勢而利導之」，由此也看得出他已認識到了風俗對於政教的作用。誠然，「文藝起源於勞動之說」，也反映出了中國古代的知識分子已意識到了審美之於風俗的言論。如清代學者劉毓崧說：「欲探風雅之奧者，不妨先問謠諺之途。誠以言爲心聲，而謠諺皆天籟自鳴，直抒己志，如同行水上，自然成文，言有盡而意無窮，可以達下情而宣上德，其關係寄託，與風雅表裏相符。」〔註 169〕儘管言論是由詩歌謠諺而起，但是作者對於關乎民眾生活的謠諺用「天籟自鳴」、「風行水上」、「關

〔註 167〕鍾敬文：《民俗學概論》，上海文藝出版社，1998 年版，第 2～3 頁。

〔註 168〕劉獻廷：《廣陽雜記》，轉引自周作人：《廣陽雜記》，《周作人集》（下），花城出版社，2004 年版，第 991 頁。

〔註 169〕杜文瀾：《古謠諺》（序），中華書局，2000 年版，第 1 頁。

乎寄託」等詞語來理解，無不反映出了審美之於文藝的關係。對於民俗作品的創作者來說，其實民俗作爲審美的客體，其中蘊含的眞善美的民族文化品格與價值才是民俗活動得以世代相傳的眞正緣由。

自現代文學之初提出了「平民文學」、「人的文學」的創作口號後，關注普通平民的日常生活成爲了新文學作家的共同心聲，在文學創作重心的下移後，老百姓的生活習俗必然成爲文學創作的對象。於是，自二十世紀初，新文學的先驅者如魯迅、周作人、廢名、朱自清及後來的沈從文、老舍、錢鍾書等對於民俗文化與文學創作進行了深入探究，並成就了一大批有著民俗風情的作品。因而新文學在構建本土民風民俗的過程中，不論是出於何種目的幾乎都觸及到了鄉土中國的民生百像與歷史文化，但是，從審美角度去透視一個地域或一個民族的民俗文化作品，通過構築出的一幅幅溫情脈脈的鄉土風俗畫無疑更是承載了中華源遠流長的民族文化精神。而追溯到以審美視角去研究和創作民俗風情的作家，在新文學初期應該首推周作人。

生於浙江紹興的周作人，從小就在這裡接受並薰陶著極爲豐富的民間民俗文化，深刻影響了他對於民俗的審美趣味和價值定位，因此也構成了他終其一生研究民俗文化最爲直接的緣由。正如他自己所言：

> 我覺得很是運氣的是，在故鄉過了我的兒童時代……雖然其間有過兩年住在杭州，但是風土還是與紹興差不多少，所以其時雖有離鄉之感，其實仍與居鄉無異也。本來已是破落大家，本家的景況都不大好，不過故舊的鄉風還是存在，逢時逢節的行事仍舊不少，這給我留下了一個很深的印象。自冬至春這一段落裏，本族本房都有好些事要做，兒童們參加在內，覺得很有意思，書房好學，好吃好玩，自然也是重要的原因。這從冬至算起，祭竈、祀神、祭祖、過年拜歲、逛大街、看迎春、拜墳歲，隨後跳到春分祠祭，再下去是清明掃墓了……我在旁看學了十幾年，著實給了我不少益處，對於鬼神與人的接待，節候之變換，風物之欣賞，人事與自然各方面之瞭解，都由此得到啓示。〔註 170〕

在他看來，充滿了風土人情味道民俗文化不僅僅是飯後茶餘的一種休閒談資，同時還是他創作與理論的重要思想的來源。還早在在新文學初期，他就

〔註 170〕周作人：《清嘉錄》，《周作人文類編》，湖南文藝出版社，1998 年版，第 25 頁。

已經提倡將文學研究與民俗研究要聯繫起來。當然，周作人的民俗研究視野還離不開他的留學日本的經歷，是他廣泛涉獵了日本文化以及西方文化思想的基礎上而展開的。在 1921 年 8 月 16 日，他從希臘文學研究中得到了啓發，於《在希臘諸島》的譯後記中這樣寫道：「希臘的民俗研究，可以使我們瞭解希臘古今的文學；若在中國想建設國民文學，表現大多數民眾的性情生活，本國的民俗研究也是必要，這雖然是人類學範圍內的學問，卻於文學有極重要的關係。」〔註 171〕對於民間的風俗習慣，周作人是抱著一種審美與鑒賞心理的，如他在《文藝上的異物》一文中就將唯物論者眼中所謂的鬼怪精靈、僵屍等精神信仰提出了自己的見解：

> 民間的習俗大抵本於精靈信仰（Animism），在事實上於文化發展頗有障害，但從藝術上平心靜氣的看去，我們能夠於怪異的傳說的裏面瞥見人類共通的悲哀或恐怖，不是無意義的事情。科學思想可以加人文藝裏去，使他發生若干變化，卻決不能完全佔有他，因爲科學與藝術的領域是迥異的。明器裏人面獸身獨角有翼的守墳的異物，常識都知道是虛假的偶像，但是當作藝術，自有他的價值，不好用唯物的判斷去論定的。文藝上的異物思想也正是如此。我想各人在文藝上不妨各有他的一種主張，但是同時不可不有寬闊的心胸與理解的精神去賞鑒一切的作品，庶幾能夠貫通，瞭解文藝的眞意。〔註 172〕

從周作人這段關於精靈鬼怪的看法中可以看出，他主張出現於文學藝術中的這些異物，自然有其出現的價值，是不可以用所謂的唯物主義科學觀去評價的，而更多是的應該以理解、包容與鑒賞的心理去看待，從而可以獲得來自文藝欣賞的審美趣味。他在《自己的園地·〈舊夢〉序》裏也是這麼說的：「我相信強烈的地方趣味也正是『世界的』文學的一個重大成分。具有多方面的趣味，而不相衝突，合成和諧的全體，這是『世界的』文學的價值……我常懷著這種私見去看詩文，知道的因風土以考察著作，不知道的就著作以推想風土。」〔註 173〕周作人對於世界風土民俗的審視是基於各民族所共通的精

〔註 171〕周作人：《在希臘諸島（譯後記）》，鍾叔和編：《周作人散文全集》（第二卷），廣西師大出版社，2009 年版，第 444 頁。

〔註 172〕周作人：《文藝上的異物》，《周作人閒話》，江蘇文藝出版社，2010 年版，第 216 頁。

〔註 173〕周作人：《周作人文類編三》，湖南文藝出版社，1988 年版，第 733～734 頁。

神、性情著手的，同樣，從其民俗文學作品中也能感受到民族的血脈與精神。故而在其《地方與文藝》一文中，周作人強調「所謂的國粹可以分作兩部分，活的一部分混在我們的血脈裏」，由此我們可以窺見周作人視民俗爲民族的「血脈」，也是他之所以要將民俗文化視作極爲重要潛在的文化傳統的原由，更是他研究民俗文化理論的關鍵所在。爲此，作爲民俗學的拓荒者，周作人將其對於民俗文化的審美情趣貫穿到了他的文學創作實踐之中，開創出了現代文學中最早具有鄉土民風的文化散文，比如《烏篷船》、《故鄉的野菜》、《北京的茶食》、《北京的戲》、《菱角》、《爆竹》、《喝茶》、《談酒》、《談油炸鬼》、《臭豆腐》等等，涉及到了歲時節令、喝茶看戲等物質生活民俗、社會組織民俗、節慶民俗、人生禮儀，滲透著強烈的傳統文化認同以及濃濃的鄉土情懷。

周作人在《故鄉的野菜》中，回憶了清明前後故鄉浙東一帶民眾喜愛做成各種美食三種野菜：薺菜、黃花麥果、紫雲英。這三種野菜並不是什麼名貴珍肴，只不過是平常老百姓的吃食而已，但在周作人的筆下卻有著野菜背後的風俗情趣：

> 關於薺菜向來頗有風雅的傳說，不過這似乎以吳地爲主。《西湖遊覽志》云，「三月三日男女皆戴薺菜花。諺云，三春戴薺花，桃李羞繁華。」顧祿的《清嘉錄》上亦說，「薺菜花俗呼野菜花，因諺有三月三螞蟻上竈山之語，三日人家皆以野菜花置竈陘上，以厭蟲蟻。侵晨村童叫賣不絕。或婦女簪髻上以祈清目，俗號眼亮花。」但浙東卻不很理會這些事情，只是挑來做菜或炒年糕吃罷了。〔註 174〕

如果說周作人純屬只是談論這些野菜做出如何的美味佳肴來，那也只不過是一番飲食的記載而已，談不上是雅致的審美意蘊民俗。然而恰恰就是他能將野菜聯想到古人關於此的言語記錄以及寄託於此的美好祝願，由此將這些平常的事物賦予了更多的風土人情味。由吃野菜而聯想到了如何成爲了民間的習慣，周作人實際上是在談文化，將普世性的「吃」與趣味性的「俗」完美地融爲了一體，從而構築出了一種雅致的精神意境。同樣，對於神話研究，並不能僅僅止於神話本身，周作人認爲「我們欲考證神話的起源，必先徵引古代或蠻族及鄉民的習慣、信仰，藉以觀察他們的心理狀態，然後庶有所根

〔註 174〕周作人：《故鄉的野菜》，《周作人閒話》，江蘇文藝出版社，2010 年版，第 30 頁。

據」〔註 175〕，通過習俗瞭解文化的產生，這才是解讀民族文化的密碼。對於浙江傳統的目連戲，周作人其實研究的是民俗文化背後民眾的智慧，一種有別於儒家傳統禮教文化的道德觀念，展示來自民間的智慧與趣味，爲構築健全的道德而提供了一種文化解讀方式。總之，他不僅能將品酒、品茶、看戲等等諸多日常生活寫出濃鬱的人情味來，原因就是在於他將人、情、物、理完美地統一了，他論述說「人情」爲「健全的道德」，「物理」爲「正確的智識」，只有二者「合起來就可稱之曰智慧」〔註 176〕。

如果說周作人對於民俗的研究還存在啓蒙思想激流的時代，他對於民俗的關注除了有中國士大夫式的隱逸趣味之外，在一定程度上是借由研究民俗來啓迪民智以達到啓蒙之目的的話，那現代文學中另一位對於民俗文化倡導與實踐者沈從文，則是基於城鄉兩種不同道德文明和審美價值的對比而凸顯湘西邊地淳樸牧歌本色，而他這一思想正是通過豐富多彩的湘西民風民俗來表現的。在沈從文的創作中，他感興趣的不僅是婚喪慶弔等禮儀習俗，更在意的是風土人情背後的人情美與人性美的構建。正如學者趙園的評價：「湘西固屬『化外之境』，卻不是隱逸者的世界。那裏充滿濃釅的人間味、極其世俗的人生快樂。你更由作者的筆觸間，察覺到這世界的構築者本人對於那人生的恬然、怡然的滿足感。」〔註 177〕沈從文之所以有如此的審美取向以及文化認同，全是因爲「我熟悉那個地方的風俗習慣，人民的哀樂式樣。它們在我生命中具有無比巨大的力量，影響我控制我」〔註 178〕，他身上流淌的是無法改變的苗族血統，所以他在文化上、心理上也無法抹去湘西的所有美好記憶，以至於他一生都堅稱自己是「鄉下人」。沈從文無法從內心裏認同或者遵循被文明所規訓的禮儀文化，將自己的湘西世界與城市文明劃清了界線，近乎偏執地保留著湘西的鄉俗文化記憶。在沈從文精雕的湘西世界裏，有著從生活習俗到神靈信仰以及對歌婚戀等多種民俗的書寫，如婚慶、「趕場」、端午節慶等生活民俗，節日祭祀、生活禁忌、巫術神話等精神民俗，還有湘西所特有的弔腳樓、石板街巷、油坊、渡口等充滿了地域風情場所。所有這些民風習俗都生動地展示了湘西邊地少數民族所特有的思維方式與行爲習慣，自然

〔註 175〕周作人：《神話的趣味》，《周作人散文全集》第 3 卷，第 531 頁。
〔註 176〕周作人：《周作人文類編二》，湖南文藝出版社，1998 年版，第 312 頁。
〔註 177〕趙園：《論小說十家》，生活·讀書·新知三聯書店，2011 年版，第 119 頁。
〔註 178〕沈從文：《德譯〈從文短篇小說集〉序》，《沈從文全集》（第十六卷），北嶽文藝出版社，2002 年版，第 408 頁。

融合成了富有審美文化與內涵的民俗文學作品，同時彰顯出了自然和諧的民族個性以及強大的民族文化傳統。

在沈從文的小說《長河》裏，寫到了湘西人對於鬼神的敬仰、禁忌與祭祀民俗，如在舉行喜慶活動時一定要有一個祭祀的儀式，通過宰殺牲畜祭祀來向鬼神祈求平安或驅鬼避邪。在遇到婚禮慶典時必須有殺豬掛紅，還要有兩個穿著破破爛爛的紅彩衣、頭上還需歪戴著一頂插有雞毛的執事帽的人，坐在大門外吹著各種調子。湘西人認爲鬼神會在端午這一天降臨，因而在慶祝端午時要用雄黃酒在小孩的額角上畫一個王字，扮成了老虎鬼神就會懼怕而不敢來傷害孩子。對於吃水上飯的船民來說，賺了錢上了岸，精神還寄託在各式的神明禁忌上，「遵照曆書季節，照料橘園和瓜田菜圃，用雄雞、鯉魚、刀頭肉，對各種神明求索願心，並禳解邪崇。」〔註 179〕還有寫到村子裏的社戲開始前，村子裏有地位的人要在神明前殺白羊、燒黃表紙，並用沾有血的雞毛黏在戲臺前後，以示鬼神不敢靠近戲臺而可以盡情娛樂。沈從文還書寫到了湘西青年男女的自由婚戀習俗，無不充滿熱烈的自由浪漫氣息。如在《龍朱》裏，作者描述了白耳族青年男女由對山歌而自由戀愛的習俗：

> 白耳族男女結合，在唱歌。大年時，端午時，八月中秋時，以及跳年刺牛大祭時，男女成群唱，成群舞。女人們，各自穿了峒錦衣裙，各戴花擦粉，供男子享受。平常時，大好天氣下，或早或晚，在山中深洞，在水濱，唱著歌，把男女吸到一塊來，即在太陽下或月亮下，成了熟人，做著只有頂熟的人可作的事。〔註 180〕

看過這幾句話的人無不爲之折服，沈從文營造的這樣一片別樣天空，湘西世界裏青年男女的婚戀就是這麼沒有一絲矯情與做作，一切都似乎渾然天成地自然發展。可以說，在沈從文的作品中，這些豐富而深刻的民俗風情書寫正是他創作思想裏的發光體，它們正如形狀各異的珍珠貝殼散佈在他各個時期、各種體裁的文學沙灘上。而正是這些被人類學家視作爲「活化石」的人類民俗文化，濃濃地散發出了人性中眞、善、美的情感與價值。因此，在沈從文筆下的湘西民俗，不但折射出了他對世界的獨特體驗和觀感，同時還承載著民族文化的傳承與記憶功能，充分彰顯出了湘西傳統民間風俗蘊含的精

〔註 179〕沈從文：《長河》，《沈從文集》（長河卷），北京十月文藝出版社，2013 年版，第 235 頁。

〔註 180〕沈從文：《龍朱》，《沈從文集》（蕭蕭卷），北京十月文藝出版社，2013 年版，第 88 頁。

神價值。

在二十年末三十年代初期，隨著新文學陣營的分裂，逐步形成了左翼、京派、海派不同的文學群體。左翼文學倡導文學創作參與社會政治與革命鬥爭，形成了自己的革命話語；海派在工業化、殖民化的環境中形成了都市狂歡式的分裂魘語；京派則以自由創作的文學態度內轉審視著這個民族的文化內涵。正是由於在這種特殊的歷史環境與創作語境強化了對民風民俗的內審言說，尤其是在周作人、沈從文的風俗審美情感的感召下，京派越來越多的作家選擇了遠離社會主流社會政治的民間性立場，通過對傳統民俗的文化屬性發掘，將源於生活中的記憶與想像轉化為了文學創作中的民俗敘事書寫，從而賦予了民俗更多的文化內涵，也與現實構成了滿足與壓抑、娛情與痛苦的雙重變奏，言說著傳統與現代、鄉村與都市、群體與個體之間的文化張力。如深受周作人影響、對民俗文化表現出了強烈興趣的廢名，在其創作中凸顯出了一種有著鄉土田園詩畫般的民俗風情意境。《竹林的故事》《柚子》、《橋》、《浣衣母》、《河上柳》等等小說中，不僅描寫了秀麗的田園風光、古樸的民風民俗，如「竹林」、「桃園」、「菱蕩」等空間意象和廟會、木頭戲、賽龍舟等節慶民俗；還張揚了美好的人性、理想的世界，如柚子（《柚子》）、李媽（《浣衣母》）、陳老爹（《河上柳》）等人物的塑造。在其民俗作品敘事中，廢名還擅長於用「禪」的目光來審視民俗文化，使得文本中世俗化的生活充滿了禪理的意趣，營造出了既古樸又有神性的意象。如當時就有學者曾這樣評價廢名的《橋》：「這本書沒有現代味，沒有寫實成分，所寫的是理想的人物，理想的境界。作者對現實閉起眼睛，而在幻想裏構造一個烏托邦……這裡的田疇，山，水，樹木，村莊，陰晴，朝，夕，都有一層縹緲朦朧的色彩，似夢境又似仙境。這本書引讀者走入的世界是一個『世外桃源』。」〔註 181〕確實，在廢名所描繪的遠離都市塵囂的恬美靜謐的烏托邦鄉村裏，展現的是質樸的帶有原始意味的民風習俗以及與沖淡隱逸的人情世態，凸顯出的是作者對於田園牧歌式的鄉村生活的無限眷念以及詩意表達，其蘊含的文化審美心理已經力透紙背。

新文學以來，民俗文化的多種創作姿態不可否認地豐富了我們的研究視野，然而，也正是基於鄉土農村的文化審美視角，使得民風民俗作為生生不息的強大文化傳統得以完整地保留了下來，並作為民族文化的深層血脈加以

〔註 181〕灌嬰：《橋》，《新月》，1932 年 5 月。

傳承。儘管在審美視角下的民俗敘事作爲文學的一方詩意的棲居地存在於鄉土文學中，當然這根源於中國的「鄉土本色」，但這並不意味著它將缺席於現代中國的都市文學場域中，相反，作爲根深蒂固的文化傳統在眾多遠離政治意識形態、作爲自由身份的作家筆下得以延續在都市文本的創作之中。從現代都市的短暫發展進程來看，我們知道，中國現代都市誕生於歷史悠久的鄉土農耕社會的母體之中，同時也是在作爲外來的「他者」文明的催生之下而加速脫胎而成，其整體的文化背景自然是鄉土農耕文明。因此，在某種意義上來說，中國現代都市的文明鎔鑄的是鄉土文明，中國現代都市文本表現出來的文明與文化也離不開鄉土文明與文化。抓住了這個本質性的聯結點，我們就能順利地進入都市文本的民俗敘事之中去體驗這個繁雜而又豐富的語義空間。

在現代文學史上堪稱最爲出色的都市風俗畫大師的非老舍莫屬，在他創作長達 41 年的時間裏，儘管有很長一段時間沒有住在北平，但是他的作品一直都是圍繞著北平書寫。舒乙曾撰文論述了老舍小說與北京城的關係，他說老舍「總計留下十二部完整的和兩部未完的長篇小說，共二百五十萬字。它們之中有五部半是以北京爲地理背景的，即《老張的哲學》、《趙子曰》、《離婚》、《駱駝祥子》、《四世同堂》和《正紅旗下》。這五部半作品共有一百五十萬字，佔老舍全部長篇小說字數的百分之六十。」〔註 182〕舒乙在文章中還仔細地考究並肯定了老舍小說中存在的二百四十多個眞實的北京山、水、胡同、鋪店的名字，並進行了整理歸類。然而，老舍小說的眞正意義與價值並不是存在於這種地名的實錄上，而是在他所描述的北平人禮儀、娛樂、服飾、飲食與居住等生活世界裏。其作品中充滿北平人的風土習俗與人情志趣，如從節慶習俗（春節、端午節、中秋節）、家族習俗（婚禮、喪禮、生日、洗三）、飲食習俗（各種小吃、特色食品）、建築習俗（四合院、胡同）、商業習俗（老字號、商業街）、信仰習俗（迷信、禁忌）等等有關日常生活方方面面的風俗習慣，從而展現出了一幅幅有著京味特色的風情畫卷。學者趙園這樣評議：「老舍作品……不滿足於搜羅民俗的表層開發，集注筆墨於平凡的人生形態，最世俗的文化：人倫關係，從中發現特殊而又普遍的文化態度、行爲、價值體系；同時在由北京人而中國人，把思考指向對於中國文化與中國社會的發現。……在日常行爲、日常狀態的描寫中，即有民俗內容，有民俗的最

〔註 182〕舒乙：《論老舍著作與北京城》，《文史哲》，1982 年第四期，第 27 頁。

爲深廣的文化背景。」〔註 183〕老舍作爲北京城的書寫者，卻並非展現都市的風情新貌，而恰恰就是老舍所最爲熟悉的鄉土中國的風土人情，他自己也這樣說道：「北平是個都城，而能有好多自己產生的花，菜，水果，這就使人更接近了自然。從它裏面說，它沒有像倫敦的那些成天冒煙的工廠；從外面說，它緊連著園林、菜圃與鄉村。採菊東籬下，在這裡，確是可以悠然見南山的」〔註 184〕可以說，老舍在潛意識裏將北平生活精神與鄉土田園精神是相統一的。生活在北京城裏，老舍感受的不是來自城市裏的新興生活的娛樂方式與娛樂場所，而是來自充滿了生活氣息的鄉土社會傳統民俗，足以看得出他對於民風民俗的傾心與懷念。

老舍作爲一個從小就生活在北京城的人，十分瞭解北京皇城根下從皇親國戚到平民百姓祖祖輩輩傳承下來的禮制與風俗。毫無疑問，《離婚》中的張大哥就是一個傳統禮俗的縮影。在《我怎樣寫〈離婚〉》中，老舍說明了創作張大哥這個人物的來源，他說：「北平是我的老家，一想起這兩個字就立刻有幾百尺『古都景象』在心中開映。啊！我看見了北平，馬上有了個『人』。……這個便是『張大哥』。我不認識他，可是在我二十歲到二十五歲之間，我幾乎天天看見他。他永遠使我羨慕他的氣度與服裝，而且時時發現他的小小的變化：這一天他提著條很講究的手杖，那一天他騎上自行車——穩穩的溜著馬路邊，永遠碰不了行人，也好似永遠走不到目的地，太穩，穩得幾乎像凡事在他身上都是一種生活趣味的展示。」〔註 185〕作品中的張大哥就如老舍描述的，隱藏在他身後的正是有著許多規矩與禮俗老北京人的集體群像，張大哥只不過是這群像的一個代表罷了。所以在張大哥的世界裏，規矩是生活的原點，一旦生活失去了規矩這個支撐將會無以爲繼。他懂得生活裏的圓滑與變通，但是必須有一個固守祖制的前提，如反對離婚。對於張大哥來說，他的經典信條是「介紹婚姻是創造，消滅離婚是藝術批評」，所以張大哥有一個誰也比不上的婚姻配對嗅覺，凡是經他看過的姑娘，他都能立刻在人海之中找到一位跟她相配的男人。當他看到同事老李爲了馬少奶奶而心猿意馬時，張大哥馬上覺得這已經有違婚姻生活習慣，於是處處講求「合」

〔註 183〕趙園：《北京：城與人》，上海人民出版社，1991 年版，第 26～27 頁。

〔註 184〕老舍：《想北平》，收入王培元編：《老舍的北京》，當代中國出版社，2004 年版，第 10 頁。

〔註 185〕老舍：《我怎樣寫〈離婚〉》，《老舍作品集》（第二十一卷），譯林出版社，2012 年版，第 31～32 頁。

的日常生活心理使得他決定必須出馬幫助老李解決他的苦悶難題。爲此，張大哥遵循以和爲貴的傳統設計了一場家庭聚餐，邀請老李到家裏談一談，而作爲同事的老李也極爲瞭解，「他準知道張大哥要問他什麼。只要他聽明白了，或是看透言語中的暗示，他的思想是細膩的。」然而，一切都遵循舊制禮俗人情辦事的張大哥，在當兒子張天眞被捕了後，對於老李的造訪，他依舊要保持著一種一家之主的風範。小趙在趁張大哥急於解救兒子時騙取了他的女兒秀眞，當兒子天眞被釋放出來了以後，張大哥又回到了請客吃飯的老路上，他的處世哲學完完全全是人情世故和禮儀規矩。可以說，老舍不厭其煩地從頭至尾都在講述這個沉溺於祖制與禮俗的處事方式的人，是一個典型受鄉土中國傳統人情世故所浸染透了的北京城人。實際上，在小說裏老舍讓張大哥作爲維護穩定婚姻的人，這「婚姻」習俗是有著深刻象徵含義的。從維繫一個家庭穩定的關鍵因素來看，婚姻絕對是處於首位的；同樣，從維繫一個社會穩定的關鍵因素來看，家庭又是處於中心位置的，因此，老舍要張大哥「反對婚姻」這一神聖任務付之終身。當吳太極因爲看上了十三妹而厭棄家裏的方墩兒，當邱先生因爲子嗣問題而想納妾，當老李因爲馬少奶奶而抑鬱不止時，這幾場婚姻風波最終還是在張大哥的努力下得以平息。所以老舍要說，「我使得『張大哥』統領著這一群人，這樣才能走不了板，才不至於雜亂無章。」〔註 186〕

相對於傳統人情世故的舊習書寫，最能體現老舍水平的就是將時令節俗包括祭祀、禁忌等等精神民俗貫穿於整個民族國家的命運之中，既描繪了北平人對生活充滿了熱情的多種民俗，同時也道出了動蕩時代裏蘊含在民風民俗中深深的民族意識。正如老舍在《四世同堂》中說的「迎時吃穿」，其實就是一種老百姓在關於「吃」與時節的融合過程中逐步而形成的行爲習慣，並逐步沉澱爲一種生活趣味，也慢慢演變爲了祖祖輩輩傳承下來的時令習俗傳統。在《離婚》中，對於張大哥而言，「肚子裏有油水，生命才有意義。上帝造人把肚子放在中間，生命的中心」，其意義指向的就是「吃」與習俗的哲學關係。在傳統文化觀念中，「民以食爲天」，「食」代表的是人生最爲根本的追求，而老百姓中眾多的風俗習慣就是由「食」衍生而來，如老北京人依據時令節氣而形成的不同食物，端午節的各種水果、大「冰碗」，中秋的時令水果、

〔註 186〕老舍：《我怎樣寫〈離婚〉》，《老舍作品集》（第二十一卷），譯林出版社，2012 年版，第 32 頁。

月餅、兔兒爺、良鄉栗子、河蟹和臘月的關東糖等等。「那文化過熟的北平人，從一入八月就準備給親友們送節禮了。街上的鋪店用各色酒瓶，各種餡子的月餅，把自己打扮得象新娘子……」〔註 187〕以《四世同堂》爲例，老舍在小說中出色地刻畫了北平的風俗人情。在端陽節裏，像韻梅這樣的普通北平家庭婦女，操心的是家裏吃好、供奉好神才算正宗過了節，如「家家必須用粽子、桑葚、櫻桃供佛」，「買兩束蒲子，艾子，插在門前，並且要買幾張神符貼在門楣上，好表示出一點『到底』有點像過節的樣子」，「初五才用雄黃抹王字」〔註 188〕。因此，老舍說，往年在北京城裏：

> 到了五月初一和初五，從天亮，門外就有喊：「黑白桑葚來大櫻桃」的，一個接一個，一直到快吃午飯的時候，喊聲還是不斷。喊的聲音似乎不專是爲作生意，而有一種淘氣與湊熱鬧的意味，因爲賣櫻桃桑葚的不都是專業的果販，而是有許多十幾歲的兒童。〔註 189〕

然而回到故事講述的當下，小順兒媽要供奉竈神，卻只能跟竈王爺道歉，並說明今年時局不安全不穩定沒有從外地運來賣的櫻桃桑葚，甚至連賣個粽子的都沒有。小順兒想要他媽媽做一串葫蘆給妹妹帶上，就是用各色的絨線纏成的櫻桃、小老虎、桑葚、小葫蘆做成一串帶在脖子上，可以驅鬼避邪。可小順兒媽傷心的是既不能給孩子們過一個肚子裏有好東西的節，也不能給孩子們開心應節的傳統小玩意。

相比於北京的端陽節，中秋節應該是更關乎收穫、團圓、美滿的歡樂節日，自然在老舍的作品中有大量有關中秋節俗的描寫。在《四世同堂》裏關於中秋時節的書寫，從北平的晴美天空開始寫起，似乎連天空、氣候都也要趕來湊個熱鬧。尤其是對太平年月街上的繁榮熱鬧的描繪，如陳列在店裏或攤上的各種水果：「擺列的那麼好看，果皮上的白霜一點也沒蹭掉，而都被擺成放著香氣的立體的圖案畫，使人感到那些果販都是藝術家，他們會使美的東西更美一些」；如街上的各種美食：「良鄉的肥大的栗子，裹著細沙與糖蜜在路旁唰啦唰啦的炒著，連鍋下的柴煙也是香的。『大酒缸』門外，雪白的蔥白正拌炒著肥嫩的羊肉；一碗酒，四兩肉，有兩毛錢就可以混個醉飽。高粱

〔註 187〕老舍：《四世同堂》，北京出版社，1996 年版，第 111～112 頁。
〔註 188〕老舍：《四世同堂》，北京出版社，1996 年版，第 275～276 頁。
〔註 189〕老舍：《四世同堂》，北京出版社，1996 年版，第 275 頁。

紅的河蟹，用席簍裝著，沿街叫賣，而會享受的人們會到正陽樓去用小小的木錘，輕輕敲裂那毛茸茸的蟹腳」；特別是關於北平專有地方美食兔兒爺的介紹：「有大有小，都一樣的漂亮工細，有的騎著老虎，有的坐著蓮花，有的肩著剃頭挑兒，有的背著鮮紅的小木櫃」〔註 190〕；還有種樣之多、式樣之奇而甲天下的各色菊花；喝酒逛公園娛樂的青年男女；各種餡子的月餅、打扮像新娘子的各種酒……老舍對於太平歲月裏中秋節的追憶，無不透出滿滿的親切感、溫馨感以及甜蜜感。

老舍說，「我生在北平，那裏的人、事、風景、味道和賣酸梅湯、杏仁茶的吆喝的聲音，我全熟悉。一閉上眼睛我的北平就完整的，像一張彩色鮮明的圖畫浮立在我心中」〔註 191〕。正是因爲老舍太熟悉太愛北平，所以小說中婚喪禮俗的描寫一方面是回憶了風土人情，另一方面展示他對於此的多層意蘊，不僅爲人物的活動以及故事情節的開展提供眞實的場域，同時也深刻地展示了風俗文化的強大烙印。中國人自古以來就強調「尚禮」，從誕辰、祝壽、婚慶、喪葬、祭祀等等行爲中發展出來的一整套嚴格完整的禮儀規範和習俗，中國的傳統社會正是通過一系列的禮儀程序而進行規範管理的。可以說，禮儀習俗既是中華民族的傳統文化記憶，又是規範教育社會個體的精神民俗。小說《駱駝祥子》中關於虎妞的婚禮則是簡單的交代：「虎妞在毛家灣一個大雜院裏租到兩間小北房；馬上找上裱糊匠糊得四白落地；求馮先生給寫幾個喜字，貼在屋中。屋子糊好，她去講轎子：一乘滿天星的轎子，十六個響器，不安金燈，不要執事。一切講好，她自己趕了身紅綢子的上轎衣；在年前趕得，省得不過破五就動針。喜日定的是大年初六，既是好日子，又不用忌門。」〔註 192〕從虎妞自己一手操辦的這幾項婚禮習俗流程，呈現在我們面前的是一個能幹的、既講究又實際、嫁人心切的姑娘。在小說裏，與虎妞簡陋的婚禮形成了強烈對比的是其父劉四爺的六十歲壽慶，場面是「棚裏放八個座兒，圍裙椅墊凳套全是大紅花繡的。一份壽堂，放在堂屋，香爐蠟扦都是景泰藍的桌前放了四塊紅氈子。……大壽桃點著紅嘴，插著八仙人，非常大氣」，〔註 193〕還有「喜棚，壽堂，畫著長阪坡的掛屏，與三個海碗的席

〔註 190〕老舍：《四世同堂》，北京出版社，1996 年版，第 110～111 頁。

〔註 191〕老舍：《三年寫作自述》，《抗戰文化》第七卷一期，1941 年 1 月 1 日。

〔註 192〕老舍：《駱駝祥子》，《老舍作品集》（第六卷），譯林出版社，2012 年版，第 151 頁。

〔註 193〕老舍：《駱駝祥子》，《老舍作品集》（第六卷），譯林出版社，2012 年版，第

面」〔註 194〕。老舍毫不吝嗇地將車廠主劉四爺壽宴排場與豪華陣容進行了細緻的描繪，將劉四爺這一人物的虛榮與自私渲染得淋漓盡致，同時也象徵著了小說中主角祥子的悲劇性命運。作爲傳統的長者壽宴習俗，其意義不僅是在於熱鬧與喜慶，同時也蘊含著一種祖業興旺、家庭和美、子孫滿堂之意。然而，劉四爺之所以要這麼大場面的操辦壽宴，他享受的、在意的是自已經濟興旺、家產實力，他要突出這一方面以掩蓋子嗣的缺乏帶來的不平衡感。而當看到來給她祝壽的老朋友帶著自己的大小家眷來時，他又感到了孤獨、羨慕與嫉妒，原因是他沒有親兒子繼承他的家業。在中國傳統的鄉土社會裏，香火的延續是關乎一個家族興旺的重點。劉四爺沒有給他延續香火的後代，他不願意自己的家產落入旁人之手。所以當他看到虎妞與祥子在壽宴上幫忙奔波時，他感覺受到了威脅，於是大發雷霆，最終與虎妞徹底鬧翻。從虎妞後來堅持與祥子的婚姻來看，他們的結合從一開始就已經背負了沉重的傳統道德包袱，也暗示了他們悲劇性結局的必然命運。可以說，老舍在這裡將人物的命運與民俗僅僅地關聯了在一起，傳達出了老舍對於生命與生存的審視與思考。

在《四世同堂》中，老舍也傳達出了風俗文化之於人物命運的思考。小說是從祁老太爺壽慶開始寫起的，「什麼也不怕，只怕慶不了八十大壽」〔註 195〕。祁老者不願意去關心國家大事，他一心只想著自己的生日要如何的操辦，「爲什麼不快快活活的過一次生日呢？這麼一想，他不但希望過生日，而且切盼這一次要比過去的任何一次——不管可能與否——更加倍的熱鬧！……他準知道自己沒有得罪過日本人，難道日本人——不管怎樣不講理——還不准一個老實人慶一慶七十五的壽日嗎？」〔註 196〕然而，隨著祁老人在街上看到的情景，他開始覺得發冷了，以前認爲只要日本人不來妨礙自己的生活就不會去恨他們，但是現在他看到的想到的是自己死後棺材都不一定出得了城、兔兒爺在街市上銷聲匿跡，甚至許多可愛的北平特有的東西也將絕根，所有這些帶給了祁老人警醒，他意識到了這些都是日本人造成的，自己的生日也是日本人不讓他過，由此從這些風俗習慣的無法實現而引發了這

138 頁。

〔註 194〕老舍：《駱駝祥子》，《老舍作品集》（第六卷），譯林出版社，2012 年版，第 138 頁。

〔註 195〕老舍：《四世同堂》，北京出版社，1996 年版，第 1 頁。

〔註 196〕老舍：《四世同堂》，北京出版社，1996 年版，第 112～113 頁。

些老派民眾的覺醒，如果不能恢復他們強大固有的傳統生活方式，他們將失去生命中的最爲根性的存在意義。從某種程度上來說，老舍是通過壓垮民眾生活的最後一根稻草——民俗習慣的書寫，來側面激起廣大北平人的愛國之心。連祁老人這樣的老派人物，都能最後覺醒，抱著死去的妞子找日本人算賬，小說實現了祁老人從一個以和爲貴的人轉變爲了一個敢於向日本人討血債的愛國民眾。在小說裏，居住在小羊圈兒胡同的人們儘管有著不同的身份與職業，但是他們都受傳統風俗人情的浸染，在國破家亡之際能讓他們的心緊緊地扣在了一起，互相幫助共渡難關。如錢家長子錢孟石被日本人打死後，李四媽馬上趕去勸慰錢家，尤桐芳和冠高第拿出了自己的小金戒指和二十五塊鈔票。勤快又不缺正義和骨氣的拉車夫小崔慘死於日本人的屠刀下，小文夫婦儘管也生活拮据，但還是將僅有的幾塊錢貢獻了出來，祁天祐也拿出了兩塊錢和一塊做孝服的粗白布，李四爺也熱心的過來張羅發喪、下葬等瑣碎事務。在這個胡同裏，從婚喪喜慶等日常生活事務上看，體現出了人與人之間的互助友愛的情感，也正是因爲這些習俗，使得民眾的情感聯繫得以不斷鞏固和加強。

同「說不盡的老舍」一樣，老舍小說中的風俗也是一樣的說不盡道不完。正是因爲他筆下的關於飲食、節慶、婚喪、禮儀等都被塗上了北京城特有的風俗顏色，才使得老舍創作的藝術世界是如此的充滿了「京味」。他寫北京城裏的風土人情浸透著濃鬱的故鄉溫情，將鄉土中國社會裏的那些集體無意識進行了深入的開掘。正如有人說的：「作爲物化的風俗，表現爲一種社會風氣，行爲習慣，它只是文學表現的表層事象，而作爲觀念形態的民俗積澱在人們意識深處，成爲民俗思考原型，左右著人的舉止行爲，才是文學創作的深層內涵。」〔註 197〕確實，在老舍的作品中，民俗的描寫不僅是作者借用來凸顯人物個性、品格和命運的重要手段之一，同時也反映出了老舍深切地關注到了歷史沉澱下濃厚的民俗文化對於人們思維習慣以及行爲方式的影響和支配，在某種意義上來說，老舍實現了民俗敘事的文化批判目的。

從審美的角度對現代都市文學文本的考察，如果說老舍是站在嚴肅文學的角度來審視民俗文化的典型代表的話，那麼張恨水則是從通俗文學的角度展現豐富多彩傳統文化的典型作家。他對於城市裏日常生活的描寫，無論的市井街巷還是胡同雜院都充滿了世俗人情的關注。他的一百多部小說裏，涉

〔註 197〕趙德利：《論文藝民俗的審美特徵》，轉引自《新華文摘》，1990 年第 10 期。

及到了二十世紀初的北京、南京、重慶、西安等城市生活，刻畫了二十世紀初以來不同社會階層的生活百像，尤其是將多種民俗傳統作爲了表現城市生活的主要內容以及作爲了人物性格刻畫的重要手段，構成了張恨水小說創作所獨有的民俗風情特色。有研究者就將張恨水五十餘部小說中遍及的民俗描寫進行了分量，有歲時節日之俗、衣食住行之俗、婚喪嫁娶之俗、宗教信仰之俗、人生家庭禮儀之俗、遊藝娛樂之俗、語言之俗等方面，他還特別將民俗文化書寫與章回體小說創作進行了結合研究，認爲：「張恨水的抉擇是立足傳統、弘揚民族文化、著眼大眾、爲大眾服務的抉擇」，「身處民俗空間地域的張恨水，情感和意識深受民俗群體凝聚力的影響，孕育了張恨水小說創作的獨特風格。」〔註 198〕誠然，在張恨水的小說中，有著諸多的傳統時令節俗的描寫。如在小說《金粉世家》一開篇展現了北京城裏的「年俗」場景：

> 到了西四牌樓，只見由西而來，往西而去的，比平常多了。有些人手上提著大包小件的東西，中間帶上一個小孩玩的紅紙燈籠，這就知道是辦年貨的。再往西走，賣曆書的，賣月份牌的，賣雜拌年果子的，漸漸接觸眼簾，給人要過年的印象，那就深了。快到白塔寺，街邊的牆壁上，一簇一簇的紅紙對聯掛在那裏，紅對聯下面，大概總擺著一張小桌，桌上一個大硯池，幾隻糊滿了墨汁的碗，四五支大小筆。〔註 199〕

簡單的幾句話就將充滿了北京風情的年俗勾勒了出來，其實在小說裏，不止一處寫到置辦年貨、寫春聯等活動，還有如自從臘月二十四開始一直延續到正月元宵節的多種過年的民俗活動：掃塵、守歲、掛年畫、貼春聯、放鞭炮、拜年、舞獅子、耍龍燈、踩高蹺、逛花市、賞冰燈等習俗。從除夕、春節、元宵節、清明節、端午節、中秋節等節日的相關習俗中，作者關注到了傳統節令和風俗習慣的傳承力量，也注意到了民俗文化與當下生活的影響。這些時令節俗或作爲作者抒發主觀情懷或作爲烘託主人公心理或作爲推動故事情節發展而出現在其他作品中，如《春明外史》、《現代青年》、《巴山夜雨》等作品中常有見到。

婚喪嫁娶作爲民眾日常生活必不可少的人生經歷，同樣地成爲了張恨水

〔註 198〕謝家順：《張恨水小說民俗學闡釋》，《池州師專學報》，2005 年第二期，第 90、93 頁。

〔註 199〕張恨水：《金粉世家》，陝西師範大學出版社，2007 年版，第 1 頁。

構築的藝術世界中不可或缺的存在，不僅如此，他還更加濃墨重彩地進行了渲染。可以說，張恨水筆下的婚嫁都有著一套嚴格的禮儀程序，反映出了他的婚姻觀與當下處於提倡新道德、新觀念、新風俗保持著一定的距離。如《現代青年》裏，張恨水寫到計春與菊芬的定親，風俗習慣的場面細緻、感人，完全符合著人物所處的貧民階層與身份。在《金粉世家》裏，金燕西與冷清秋的婚禮足以彰顯了京城權勢人家的豪華與排場：

> 大家說話時，燕西便在前面引導，到了樓外走廊四周，已經用彩綢攔起花網來，那樓外的四大棵柳樹，十字相交地牽了彩綢，彩綢上垂著綢絲綢花，還夾雜了小紗燈，紮成瓜果蟲鳥的形樣，奇巧玲瓏之至。……這個時候，已經十二點多鐘了，金家預備四馬花車，已經隨著公府裏的樂隊，向冷宅去了。……招呼過後，音樂隊就奏起樂來了，在奏樂聲中，清秋就糊裏糊塗讓兩個儐相引上看花車。……在門樓前，一架五彩牌坊，彩綢飄蕩，音樂隊已由那彩排坊下吹打進門去了。……那儐相吳藹芳扯著她道：「鞠躬鞠躬！」清秋就俯著腰鞠躬……偏是這四位大的男女儐相，又都俊秀美麗，眞是個錦上添花。司儀人贊過夫婦行禮之後，證婚人念婚書完畢，接上便是新郎新婦用印。〔註 200〕

張恨水用了整整一章差不多一萬字的篇幅來描述燕西與清秋的婚禮場面，這麼奢華的、熱鬧的場面達到極致的描寫實際上暗示著燕西與清秋之間的關係已經走到了巓峰時刻，同時也暗示著他們接下來的婚姻與愛情將是一個下坡的走向。而對於金銓的喪禮同樣大幅度的鋪寫，整個過程呈現出現了京城豪門望族在辦理大事時奢華與鋪張的面子、排場，著實令人大開眼界，同時也暗示著了整個金氏家族的沒落走向。其實，不論是達官貴人也好，抑或是平民百姓（如《春明外史》、《小西天》、《秦淮世界》等）也罷，作爲一種民間習俗，其主要意義不在於死後一系列的形式上，而是「喪禮是否辦得隆重和符合舊規，既是衡量了子孫盡孝與否的標誌，又對能否獲得祖先蔭庇使家道昌隆具有重要意義。……也貫穿著死者親屬對死者的眞誠懷念」〔註 201〕。也就是說，喪葬習俗作爲人生的終結儀式，象徵的是人類對於自身歸宿的終極關懷，既蘊含了人與人之間深厚的感情，又寄託了生者對於死者的深切的

〔註 200〕張恨水：《金粉世家》，陝西師範大學出版社，2007 年版，第 251～254 頁。
〔註 201〕鍾敬文：《民俗學概論》，上海文藝出版社，1998 年版，第 186 頁。

悼念。

林語堂曾說過「北平最大動人處是平民」〔註202〕，張恨水所擅長的就是寫北平的平民日常生活起居、衣食住行，處處充滿了閒情逸致的北京風情，其最爲典型的代表作品莫過於《啼笑因緣》和《夜深沉》。小說中多以北京天橋、什刹海、北海、頤和園、西山等空間去展現故事中人物的愛恨情仇，而這些充滿了風土人情的人物活動場所儘管只是爲故事的發展起到烘託、渲染的作用，但是卻構建了最爲張恨水特色的北京味兒。如在《啼笑因緣》中，來自南方的樊家樹第一次遊歷北京的天橋時，先是寫他聽到梆子胡琴以及鑼鼓的聲音，然後一路走來所見的是各種鋪子、小吃店、戲園子以及遊走在街上的叫賣各種雜貨和熟食的小攤小販們，一派熱鬧與新奇的景象吸引住了他：

> 家樹順著一條路走去，那木屋向南敞開，到了先農壇一帶紅牆，一叢古柏，屋子裏擺了幾十副座頭，正北有一座矮臺，上面正有七八個花枝招展的大鼓娘，在那裏坐著，依次唱大鼓書。家樹本想坐下休息片刻，無奈所有的座位人都滿了，於是折轉身復走回來……一過去一排全是茶棚。穿過茶棚，人聲喧嚷，遠遠一看，有唱大鼓書的，有賣解的，有摔跤的，有弄口技的，有說相聲的。左一個布棚，外面圍了一圈人；又一個布棚，圍了一圈人。這倒是眞正的下等社會俱樂部。〔註203〕

短短的幾句話勾勒出了一幅北京市井風俗特色畫面，當然張恨水不僅僅是爲了凸顯風情，而是將主人公所見的與故事情節的發展緊緊地聯繫在了一起。樊家樹一邊心情愉悅地遊覽欣賞著充滿人間煙火味的天橋一帶，也爲後面沈鳳喜的出場做了很好的背景襯托。通過忠厚書生的視角引出了沈鳳喜這樣一位混跡在市井風情生活中的女子，張恨水實際上已經在這充滿平民世俗生活的情調與氛圍中以及預示著了他們必然的邂逅以及悲劇的愛情。張恨水是擅長於日常生活中的市井風俗的，他在小說中通過外來者的視角除了對天橋一帶的景致與風俗渲染外，還有很多日常生活中的風俗文化書寫，如在小說的第一回裏：

〔註202〕林語堂：《迷人的北平》，《上海人與北京人》，三聯書店，2001 年版，第 75 頁。

〔註203〕張恨水：《啼笑因緣》，北嶽文藝出版社，2003 年版，第 3 頁。

家樹在這裡站著看了好一會子，覺得有些乏，回頭一看，有一家茶館，倒還乾淨，就踏了進去，找個座位坐下。那柱子上貼了一張紅紙條，上面大書一行字：「每位水錢一枚。」家樹覺得很便宜，是有生以來所不曾經過的茶館了。走過來一個夥計，送一把白瓷壺在桌上，問道：「先生帶了葉子沒有？」家樹答：「沒有。」夥計道：「給你沏錢四百一包的吧！香片？龍井？」這北京人喝茶葉，不是論分兩，乃是論包的。一包茶葉，大概有一錢重。平常是論幾個銅子一包，又簡稱幾百一包。一百就是一個銅板。茶不分名目，泡過的茶葉，加上茉莉花，名爲「香片」。不曾泡過，不加花的，統名之爲「龍井」。家樹雖然是浙江人，來此多日，很知道這層原故。當時答應了「龍井」兩個字，因道：「你們水錢只要一個銅子，怎麼倒花四個銅子買茶葉給人喝？」夥計笑道：「你是南方人，不明白。你只帶葉子來，我們只要一枚。你要是吃我們的茶葉，我們還只收一個子兒水錢，那就非賣老娘不可了。〔註204〕

張恨水將生活的細節展示既充滿了北京特色，又有著文化的味道。這裡喝茶是有所講究的，無論是對茶的叫名、用量、結算還是小夥計的待客之道，都充滿了獨特的生活趣味。這就是城市底層平民的生活大舞臺，作家既像是將民風民俗生活做了原滋原味的記錄，又像是藝術加工後散發著濃鬱民俗特色的描摹書寫。在張恨水的《丹鳳街》中，一開篇就展示了一幅充滿南京風情味道的市井街巷生活畫卷。清晨的丹鳳街上，不論是男女傭工、節儉的主婦、善於烹飪的主婦、年長的老太爺和小孩子，還是米店、柴炭店、醬坊的老闆們，都帶著「一點悠閒表現」〔註205〕，這些悠然自得的人們在帶著濃厚生活氣息的節奏中開啓了一天俗世的生活。其實，在劉雲若的小說中，也有著張恨水相似的寫法：在《粉墨箏琶》的第一個章回裏，就寫到了南市，天津的南市也有著北京天橋相類似的地方；在《恨不相逢未嫁時》的第一回裏寫的大酒缸胡同，儼然就如丹鳳街般充滿了俗世的生活氣息；在《小揚州志》的第六回中關於小巷與街頭娛樂的描寫，幾乎就是張恨水《啼笑因緣》中北京天橋的翻版，如：

又向前走，出了曲巷，眼前便是寬闊而又腐臭的長街，巡街向

〔註204〕張恨水：《啼笑因緣》，北嶽文藝出版社，2003年版，第4頁。

〔註205〕張恨水：《丹鳳街》，人民出版社，1983年版，第2頁。

> 南，跨過一道黑流混濁的水溝，迎面便是東興市場。虎士舊年曾抱著好奇心理，探幽訪勝，來過這地方，知這下等娛樂場中，還分有貴族、平民兩派：市場之內，除了一行小街是小商店聚處，其餘房舍多是所謂坤書場，因爲有屋頂遮避風日，有女性快活心靈，顧客得花較多的錢，所以可稱爲貴族區域；市場的西方卻是一片空地，所有變戲法、拉洋片、說評書、摔跤、使槍棒賣藥的，一應低級娛樂無不齊備。〔註206〕

這段描寫是通過主人公秦虎士的觀察視角，展示了城市底層大眾的市井生活百態。緊接著還有各種關於說書的、唱大鼓的、算卦的、說相聲的、賣東西的等等各種遊藝表演的細節描寫，尤其是那些帶有市井民風的表演，無不體現出了天津的特色風情。這位男主人公並不如樊家樹那般作爲一個外來者的觀察視角，可以說所有這些充滿了生活氣息的場面就是劉雲若天天所耳濡目染的。劉雲若作爲一個天津人，他對於當地的文化生活已經爛熟於心，所以他筆下的環境描寫、風俗場景、人物設計等等都極其帶有天津風味。儘管劉雲若在影響力或者說傳播廣泛度上並不如張恨水，但是他專注於充滿天津風情的民風民俗的書寫而少顧及時代情緒以及異地讀者等因素，因此可以說他的小說不論是人物還是空間描寫其蘊含的風土人情更加醇厚與純正。

張恨水與劉雲若都擅長於鋪陳寫俗人俗事，都能將人們日常生活中的衣食住行、人生百態寫出濃鬱的市井趣味來，幾乎可以當成地方風俗考察資料。學者楊義在評價張恨水小說的民俗特徵時，他說「尚存禮拜六派的胎記；但他已經以一個報人對社會新聞的開闊視野，網羅了上至總理、總長、督辦，下至遺老、商人、妓女、會館寒士的種種人生形態，以至當時有人認爲，此書可以作爲民國初年北京野史來讀。」〔註207〕個人認爲，儘管楊義看到了張恨水的民俗書寫，但是他有意或無意地忽略了他民俗敘事的深度與廣度。其實，在充滿了民俗活動的五十多部小說創作中，張恨水不但通過民俗活動增加了故事情節發生的背景意義，同時他還以此來對自我、對傳統民俗文化進行重新的審視與關照，並深入思考鄉土中國的民俗以及文化何如才能在新的時代得以健康發展。如張恨水在很多小說裏都有寫到官宦顯貴階層俗世生

〔註206〕劉雲若：《小揚州志》，百花文藝出版社，1987年版，第325頁。

〔註207〕楊義：《張恨水：文學奇觀和文學史困惑》，楊義主編：《張恨水名作欣賞》（序言），中國和平出版社，2002年版，第1頁。

活，這些人多是接受了西式教育、文化以及生活形態所洗禮的新興階層，然而作者對他們的定位卻是虛僞、浮誇與淺薄。同樣，對於官僚遺老的作風習俗，張恨水也是飽含著批判與鄙夷的口吻。有學者曾這樣總結張恨水小說的社會價值：「從《春明外史》、《京城幻影錄》到《斯人記》活脫是民國的『儒林外史』與『官場現形記』」〔註 208〕。確實，在《春明外史》裏，作者以北京新聞記者楊杏園爲原點，輻射到了軍閥官僚、總理、政客、學生、老師、妓女、演員等等各色人物，酣暢淋漓地寫出了軍閥官僚的豪華奢侈生活，揭露出了官場陰暗的一面。在《小西天》裏，張恨水以西安一家名爲「小西天」的旅館作爲故事發生的背景，展現了濃鬱的地方世俗生活氣息，同時作者也將自己的社會批判理想鎔鑄在了這又愛又恨的風俗畫面中。如小說一開始就這樣描述了西安潼關：

> 路上的塵土，終日的捲著黃霧飛騰起來，那便是暗暗的告訴我們，由東方來的汽車，一天比一天加多。這些車子，有美國來的，有德國來的，也有法國或其他國中來的。車子上所載的人，雖然百分之九十九都是同胞，但都是載進口的貨……這種趨勢，和潼西公路展長了那段西蘭公路，將來還要展長一段蘭迪公路一樣，是有加無減的。〔註 209〕

在小說的開頭，張恨水就著力描寫了兩個充滿了當地風情味的描寫，一個就是以上這段關於從潼關到西安黃土紛紛揚揚的公路描寫，一個是周陵遊覽的路途上各色人物的心態描寫。從飛揚跋扈的官僚、生活無望的貧民以及各種投機取巧之徒的描寫中，作者突出的是外來文明對於傳統社會的破壞性，或者說是反映了代表美、德等資本主義國家的經濟資本對於中國民族生活與經濟的嚴重侵蝕與摧殘。特別是寫到在咸陽古渡時，張恨水通過情節書寫和心理刻畫展現出了唯利是圖和鼠目寸光的李士廉、感時傷事與憂國憂民的程志前等人物形象。小說在這樣一個充滿了既荒涼又有著當地特色的畫面中展開，既預示的是一幅充滿了悲劇性的民俗生活畫卷，同時看得出作者對於民族國家的榮辱衰敗帶來的深切痛苦與無限辛酸之感。從這一點來說，張恨水其實也並非完全爲藝術而藝術，而是通過藝術化了的民俗生活百態突

〔註 208〕陳平原、王德威：《北京：都市想像與文化記憶》，北京大學出版社，2005 年版，第 203 頁。

〔註 209〕張恨水：《小西天》，北嶽文藝出版社，1993 年版，第 1 頁。

出社會主題以及寄託自己的思想感情。爲此，完全可以理解學者趙孝萱關於張恨水的研究思想了，她說：「張恨水寫的北京全是他當時『當下』之生活觀察。他不討論留在歷史陳跡中的城市，也不在歷史過往的灰燼中去追尋記憶中的城市。不像有些寫北京的小說，人們是住在記憶中的古蹟裏，過著充滿民俗節慶傳說的『非日常』生活，而非現代的眞實生活。」〔註 210〕她的這段話也就是說，張恨水在對城市市井生活百態的描寫中，當之無愧地承載了歷史文化傳統中的民俗，但他還能在這種承繼中滲透出對於當下現實的關照與思考。

張恨水對於充滿了鄉土中國傳統蘊味的北平民風民俗書寫，可以看得出來他的這份留戀背後的深重憂患，一種既意識到了現代商業文明以及西方文明對於中國傳統民俗文化的侵襲與破壞，又看到了在傳統與現代、城市與鄉村的轉化過程中的緊張與不適。應該說，張恨水之所以能傳達出這一一種雍容嫻雅的傳統特質，還是在於他對於傳統文化的敬重與堅持，才使得他的小說有著濃鬱的北平文化風情味。正如一位作家所形容的：「我總以爲北平的地道精神不在東郊民巷，東安市場，大學，電影院，這些在地道的北平精神講起來只能算左道。摩登，北平容之而不受其化，任你有跳舞場，他仍保存茶館，任你有球場，他仍保存鳥市，任你有百貨公司，他仍保存廟會。」〔註 211〕

在三十年代，將市民文學中「俗」的一面推向藝術頂峰的當屬書寫上海的張愛玲、蘇青、予且、潘柳黛等人，她們都將創作的關注點放置在現代都市裏最爲日常的生活習慣中，尤其是在都市裏女性的瑣碎故事與日常生活的反映上，可以說都在精神氣質與審美趣味上傳承著傳統文化的精神根基。顯然，其中最爲代表性的非張愛玲莫屬。陳思和先生就曾在其研究中這樣說道：「民間文化形態在現代都市文學中出現，即新文學傳統與現代都市通俗文學達成了藝術風格上的眞正融合，卻是在淪陷中的現代都市上海完成的。這種歷史性轉變是以一個當時才二十歲出頭的小女子的名字爲標誌：那就是張愛玲的傳奇創作。」〔註 212〕從民俗文化的審美角度來分析張愛玲作品，可

〔註 210〕陳平原、王德威：《北京：都市想像與文化記憶》，北京大學出版社，2005 年版，第 186 頁。

〔註 211〕張玄：《北平的廟會》，收入《北京的回憶》，文化生活出版社，1975 年版，第 45 頁。

〔註 212〕陳思和：《民間和現代都市文化——兼論張愛玲現象》，《上海文學》，1995 年

以發現在其眾多的小說文本中，不論是從有形的物質文化、人生社會、娛樂遊戲還是精神信仰、個性心理等等，幾乎都受傳統民俗文化與精神所浸染，許多內容在其經意或不經意之間自然流露了出來。所以，學者許道明說：「張愛玲小說爲近代都市生活作了一個忠實的記錄，實現了一種社會風俗和時代歷史的文學重構」〔註 213〕。張愛玲之所以能寫出疏離時代精神的上海風情畫卷，除了她出身於一個傳統的大家庭之外，還得益於她對於中國古典小說的薰陶，她曾毫不避諱地直言：「我對於通俗小說一直有著一種難言的愛好」，「我是熟讀《紅樓夢》，但是我同時也曾熟讀《老殘遊記》，《醒世姻緣》，《金瓶梅》，《海上花列傳》，《歇浦潮》，《二馬》，《離婚》，《日出》」，「從初識字的時候起，就嘗試過各種不同體裁的小說，如『今古奇觀』體，演義體，筆記體，鴛蝴派，正統新文藝派等等」〔註 214〕。因此，她對於都市通俗小說的熟透以及都市文化（曲藝、京劇、服飾、娛樂）喜愛培育了她傳統的一面，儘管她有一個深受五四影響而大膽叛逆的母親，然而她似乎更樂意於陳舊的、傳統的生活趣味，在其文章裏去自由地談論舊京劇、舊服飾、男女情愛、家庭生活……，總之張愛玲能以更爲冷靜的態度對於傳統文化與傳統價值。

張愛玲對於傳統服飾民俗文化有著獨到的喜愛，在其小說中尤其擅長於細緻的描述人物的衣著服飾妝扮，以折射或渲染人物的不同心境與命運。如在《金鎖記》中通過曹七巧的衣著變化的描寫，充分展現了張愛玲的「服飾情結」。在曹七巧還未嫁入姜家時，張愛玲眼中的七巧是「十八九歲做姑娘的時候，高高挽起了大鑲大滾的藍夏布衫袖，露出一雙雪白的手腕，上街買菜去」〔註 215〕，「有時她也上街買菜，藍夏布衫褲，鏡面無綾鑲滾。」〔註 216〕那挽起的藍夏布袖子與露出的潔白手腕象徵著七巧是一個充滿了無限生命活力與蓬勃生機的姑娘，她如同一汪清澈的泉水那般充盈而明亮，說明了這時的曹七巧是一個多麼樸實自然、健康可愛的姑娘。接著，嫁入了姜家的曹七巧在小說中第一次出場是這樣描述的：「一隻手撐著門，一隻手撐了腰，窄窄的袖口裏垂下一條雪青洋縐手帕，身上穿著銀紅衫子，蔥白線鑲滾，雪青閃

10 月，第 67 頁。

〔註 213〕許道明：《海派文學論》，復旦大學出版社，1999 年版，第 368 頁。

〔註 214〕張愛玲：《女作家聚談會之發言》，《雜誌》，1944 年 4 月。

〔註 215〕張愛玲：《金鎖記》，收入《傳奇》，湖南文藝出版社，2003 年版，第 47 頁。

〔註 216〕張愛玲：《金鎖記》，收入《傳奇》，湖南文藝出版社，2003 年版，第 19 頁。

藍如意小腳褲子。」〔註 217〕婚後的曹七巧是一個淺嘗了婚姻生活的女人，按常理來說，這時應該是桃紅、粉紅或者鮮紅的顏色描述一個女人洋溢著幸福的外表裝飾，顯然精通服飾文化的張愛玲有意的製造了這一切，通過雪青、銀紅、蔥白、閃藍等對比強烈的顏色來掩蓋住她此時青春的身體，畢竟七巧嫁的是一個患有骨癆的「活死人」，一方面象徵著她婚姻的淡然無味，另一方面又折射出了七巧的既張揚又自卑的性格特徵。而年老的曹七巧，作者在幾處的描寫分別是：「這些年了，她帶著黃金的枷鎖，可是連金子的邊都啃不到，這以後就不同了。七巧穿著白香雲紗衫，黑裙子」，「七巧扶著頭站著，倏地掉轉身來上樓去，提著裙子，性急慌忙，跌跌絆絆，不住的撞到那陰暗的綠粉牆上，佛青襖子上沾了大塊的淡色的灰」，「只見門口背著光立著一個小身材的老太太，臉看不清楚，穿一件青灰團龍宮織緞袍，雙手捧著大紅熱水袋」〔註 218〕。從這幾處穿著的細節描寫中，我們看到七巧主要的衣著顏色是黑、佛青、青灰等等，感覺七巧身上充滿了詭異、陰暗與死亡的氣息，尤其是那個「黃金枷鎖」的比喻，簡直有如神來之筆寫活了七巧那絕望又扭曲的心理。可以說，張愛玲對於清代傳統的服飾有著非一般的熟悉與瞭解，通過她筆下的藝術加工，恰如其分地將曹七巧這個人物在不同階段的不同性格特徵一一凸顯了出來。

張愛玲其實最擅長的是以其細膩的筆調對人物心理的刻畫以及對人性的發掘，但實際上，從她「柴米油鹽，肥皂，水與太陽之中尋找實際的人生」〔註 219〕一句對「俗」的理解中，我們就知道她已經將五彩斑斕的民俗生活碎片完全融進了小說都市場景生活之中。縱觀張愛玲小說，發現相對較多民俗書寫的是關於結婚儀式的描寫。尤其是小說《鴻鸞禧》，基本上就是以玉清與大陸操辦結婚喜事的全過程為主線，同時穿插了一條婁家父母兩人的婚姻生活作為副線而展開的，婚禮結束故事就講完了。張愛玲通過上海都市裏新人們籌辦新式婚禮與傳統家庭的古法婚禮的對比，向我們展示了這兩種新舊婚姻模式下的真實的婚姻生活狀況。這種婚禮習俗在張愛玲的筆下展現出的是如此一種蘊味：

〔註 217〕張愛玲：《金鎖記》，收入《傳奇》，湖南文藝出版社，2003 年版，第 7 頁。

〔註 218〕張愛玲：《金鎖記》，收入《傳奇》，湖南文藝出版社，2003 年版，第 19、25、44 頁。

〔註 219〕張愛玲：《必也正名乎》，《張愛玲文集》（卷四），安徽文藝出版社，1991 年版，第 89 頁。

婁太太的心與手在那片光上停留了一下。忽然想起她小時候，站在大門口看人家迎親，花轎前嗚哩嗚哩，迴環的，蠻性的吹打，把新娘的哭聲壓了下去；鑼敲得震心；烈日下，花轎的彩穗一排湖綠，一排粉紅，一排大紅，一排排自歸自波動著，使人頭昏而又有正午的清醒白醒，像端午節的雄黃酒。轎夫在繡花襖底下露出打補丁的藍布短褲，上面伸出黃而細的脖子，汗水晶瑩，如同罎子裏探出頭來的肉蟲。轎夫與吹鼓手成行走過，一路是華美的搖擺。看熱鬧的人和他們合爲一體了，大家都被在他們之外的一種廣大的喜悅所震懾，心裏搖搖無主起來。

隔了這些年婁太太還記得，雖然她自己已經結了婚，而且大兒子也結婚了——她很應當知道結婚並不是那回事。那天她所看見的結婚有一種一貫的感覺，而她兒子的喜事是小片小片的，不知爲什麼。〔註 220〕

在這兩段話中，我們可以看得出婚禮過程的熱烈喧鬧與看熱鬧的人婁太太心理的悲涼形成了鮮明的對比，凸顯出了一個清醒的已婚者對於婚姻實質的無奈感歎。在婁太太看來，不論是西式的婚禮程序還是傳統的婚禮場面，對於女人來說永遠不變的是女人的悲劇宿命。正如小說中所寫的玉清對於新婚的冷漠我們可以看得出來婚姻在這對新人的心目中的分量。婚前的玉清出生於沒落的貴族家庭，常年的物質生活匱乏讓她過度壓抑、自卑，不但身體變得瘦弱而且內心也變成冷漠。所以當玉清從壓抑與貧窮中解脫出來時，她心理變態似的用金錢來滿足自己的物欲。實際上，在張愛玲的計劃中婁太太就是未來的玉清，婚後的玉清也必將同婁太太一樣，用婚姻換取了物欲這種模式必將使人變得空虛寂寞，甚至人格扭曲。在張愛玲的另一篇小說《怨女》中，也寫到了銀娣結婚出嫁的場面。銀娣要嫁的姚家是上海一個大戶人家，自然他們的婚禮少不了隆重與熱鬧，新娘大轎在鞭炮聲中緩緩停下，兩排人力車載滿了看熱鬧的男女僕人，戴著鑲有紅玉瓜皮帽的新郎與百褶裙上弔有金鈴鐺的新娘出現：「一擔擔方糕已經挑到門口，一疊疊裝在朱漆描金高櫃子裏……兩輛綠呢大轎是特意雇的，新娘子跟在後面，兩個喜娘攙著，戴著珍珠頭面，前面也是人字式，正罩住前劉海」，喜娘一邊敬糖果一邊還念叨著「新郎官新娘子吃蜜棗，甜甜蜜蜜，吃歡喜團，團團圓圓，吃棗子桂圓，早生貴

〔註 220〕張愛玲：《鴻鸞禧》，收入《傳奇》，湖南文藝出版社，2003 年版，第 324 頁。

子」〔註 221〕。在張愛玲筆下這個充滿了民俗氣息的場面描寫看起來是新娘銀娣幸福生活的開始，然而張愛玲正是需要借助表面熱鬧喜慶的婚禮場面來反襯銀娣婚後生活的悲劇，在婚禮中銀娣只不過是一個不可缺少的道具，在婚姻中她也還是那個男權社會的犧牲品。風光無限的婚禮就如同一扇開啓黑暗的閘門，過了這道門的銀娣即將面臨的是無盡的痛苦與不幸。文學作爲生活的鏡像，在某種意義上來說，張愛玲就是以其自身的生命體驗作爲了創作的基點，去關注都市裏女性的生存環境、生活遭遇，並塑造出一批批與命運抗爭的女性。但毋庸置疑的是，張愛玲作品基調的沉鬱蒼涼使得她的小說散發著沉重的悲觀主義色彩。爲此，張愛玲以日常生活爲底色來譜寫都市裏眾生生老病死、愛恨情仇，既淋漓盡致地展現了人性舞臺上的豐富想像，又遊刃有餘地發揚了傳統民俗的個性化書寫，使得傳統民俗在沉澱了生命體驗的小說文本與充滿想像的語言構築中具有更爲持久的生命活力。

憑藉其自傳體小說《結婚十年》而與張愛玲合譽爲「文壇雙璧」的蘇青，也是一位擅長於將民風習俗不動聲色地融入自己創作的作家，在她的小說和散文中涉及到了婚姻、服飾、飲食、生育、時令節假、禮儀等多種民風習俗，在她審美意蘊的關照下，原汁原味的浙東地區民風民俗敘事書寫彰顯的是地域獨有的文化景觀與自然景觀，以及淳樸的人性。在《結婚十年》一開篇，就寫到了蘇懷青的婚禮，從「抱上轎」、「坐花轎」、「鬧洞房」等等一系列的婚俗給人留下了深刻的印象。可以說，在情節與婚俗水乳交融的描寫中，使得故事的開展、情節的連接、人物的刻畫都顯得眞實自然。可以說，蘇青的民俗是不帶有任何目的性的，它們只是一種生活的呈現，就像是從人們心底裏生長出來的花。同時，也正是由於蘇青內心這種根深蒂固的民俗意識與民俗情結，才使得她的作品呈現出鮮明的民俗特色，尤其是經典的女性形象，就如《結婚十年》中的蘇懷青，在借助了婚俗、禮儀、禁忌、信仰等一系列民俗的活動場景中，一方面生動地刻畫出了一個自立、剛強的女性形象，另一方面也折射出了蘇青對於世俗婚姻的關注與理解。因此，我們在閱讀蘇青的作品時，發現蘇青不僅是極其的熟悉浙江地區的風土人情與禮儀習慣，同時她還能水到渠成地構建一個日常民俗的審美空間。

同樣，對於民俗文化有深入研究的錢鍾書，他在《圍城》中也有大量民

〔註 221〕張愛玲：《怨女》，《張愛玲全集》（第三卷），北京十月文藝出版社，2012 年版，第 115 頁。

風習俗的書寫。首先從題目來看，就已經將婚姻當成了「圍城」心理民俗，並且借助這個永恒主題，通過諷刺的筆調勾勒出了一定歷史背景下知識分子的精神狀態。如一開始就寫到出國留學前的方鴻漸，由父母做主接受了同「點金銀行」周經理之女周淑英的包辦婚姻。儘管方鴻漸也不同意，但是在方父的痛罵之下還是向包辦婚姻妥協了。可巧的是周淑英在這個時候意外去世，方鴻漸也因爲一封弔唁之信而贏得了並非正是意義上的老丈人的欣賞。「遊學」歸來的方鴻漸寄居在「丈人」家並獲得了「丈人」的「點金銀行」職位。然而方鴻漸與周家構成的暫時和虛擬的「圍城」使得他受到了眾多的桎梏，對於這樣一個善於投機取巧的人來說，傳統的翁婿之道文化已經阻礙不了方鴻漸的逃離。看得出來，虛擬的「圍城」尚且如此，更何談眞實的「圍城」生活。因此，錢鍾書他熟悉瞭解中國的傳統婚姻民俗文化，所以他將自己的深層用意深深地用民俗的外衣包裹了起來，在看似熱鬧的各種民俗心理與行爲中完成對知識分子形象的諷刺與刻畫。如在小說的第一章裏，錢鍾書通過諷刺的手法寫到方鴻漸的家鄉民風：「他們那縣裏人僑居在大都市的，幹三種行業的十居其九：打鐵，磨豆腐，抬轎子。土產中藝術品以泥娃娃爲最出名；年輕人進大學，以學土木工程爲最多。鐵的硬，豆腐的淡而無味，轎子的容量狹小，還加上泥土氣，這算他們的民風。」〔註 222〕錢鍾書辛辣的諷刺手法以及初步顯現在了這「民風」的描述中，顯然是將方鴻漸家鄉的民俗與方鴻漸之類的人性做了一個對等的比喻，爲後面的故事發展埋下了伏筆，比如對於方家舊式家庭裏的繁縟禮節、妯娌之間的明爭暗鬥、方老爺的虛僞迂腐、方母的膽小平庸等等的描寫都構成了一個幽默的映襯。

通過以上城市文本中出現的風俗敘事分析和研究，儘管不一定全部都是具有美感和藝術性，但是在主流意識形態盛行的社會環境裏，自由作家們能花大力氣、大篇幅去描述鄉土中國下的民俗傳統在城市裏的延續，也就是說他們都試圖通過民俗文化去體現民眾眞實的生存方式和文化動態，在表現的藝術眞實中去尋找民族的精神與靈魂。我們知道，對於中國的民俗文化敘事，往往都參與了情節的建構與主題的揭示，從最爲表層的外形或方式中去折射內在的民族精神，這是一貫以來的文學傳統。然而，在這樣一個新舊交替、傳統與現代並存的社會裏，現代知識精英們於夾縫中極力維護與堅守傳統文

〔註 222〕錢鍾書：《圍城》，《圍城　人・鬼・獸》，生活・讀書・新知三聯書店，2009 年版，第 17 頁。

化，可以說是成功的，也證明了傳統民俗強大的生命活力。正如豐子愷在討論中國民間的花紙與戲文兩種藝術時他說：「民間所能存在的藝術，只是以美味別的目的的手段的一種藝術，即以美爲加味的一種藝術。在這種美術中，美雖然是一種附飾，一種手段，一種加味，但其效用很大，設想除去了這種加味，花紙兒缺了繪畫的表現，戲文缺了唱工做工的表現，就都變成枯燥的故事，不足以惹起人們的注意與興味了」，同時他又進一步說「倘能因勢利導借這兩種現成的民間藝術爲宣傳文化的進路，把目前中國民眾所應有的精神由此灌輸進去，或者能收速效亦未可知」〔註 223〕。誠如他所言，消散在日常生活中的各種民風習俗在民眾看來已然就是生活的一部分，一旦經過作家們的藝術加工，在文藝創作中加入審美情感，那麼文學作品自然就洋溢或滲透出民族精神與民族靈魂，蘊含著豐富的文化內涵和思想價值。

學者余英時說：「相對於人和文化傳統而言，在比較正常的狀態下『保守』和『激進』都是在緊張之中保持一種動態的平衡。例如在一個要求變革的時代，『激進』往往成爲主導的價值，但是『保守』則對『激進』發生一種制約作用，警告人不要爲了逞一時之快而毀掉長期積累下來的一切文化業績。相反的，在一個要求安定的時代，『保守』常常是思想的主調，而『激進』則發揮著推動的作用，叫人不能因圖一時之安而窒息了文化的創造生機。」〔註 224〕余先生用「激進」與「保守」來描述社會文化的發展，確實有他的合理性。在中國現代文學三十年裏，這二者共同影響和制約了中國的社會思想與時代風貌。可以說，自由視角下的民俗敘事實際上就是一種文化「保守」心態，它退回到了傳統文化的內部，將民俗文化看成了一方詩意棲居之地，呈現出無限眷顧與懷念的姿態。我們知道，現代精英知識分子在面對改造中國文化之路時，對於民俗文化大致存有「激進」與「保守」之態。「激進」姿態者通過理性審視傳統文化，反思民俗文化中桎梏民眾精神與靈魂的落後因素，並以「改造國民性」作爲目的大肆加以發掘與批判，從而構成了文化重建、民族重建、國家重建的啓蒙——批判的言說體系。正如錢理群對於新文學時期的民俗整理時所總結的：「從一開始就是五四時期『改造國民性』的探索的有

〔註 223〕豐子愷：《深入民間的藝術》，《豐子愷文集》（藝術卷三），浙江文藝出版社，1990 年版，第 382～384 頁。

〔註 224〕余英時：《中國近代思想史上的激進與保守——香港中文大學 25 週年紀念講座第四講》，載李世濤編：《知識分子立場：激進與保守之間的動蕩》，時代文藝出版社，2000 年版，第 24 頁。

機組成部分」，「它是以國民的生活整體（習俗、日常生活、信仰以及民間文藝）爲對象……從民族生活史入手，研究與把握民族精神文化」〔註 225〕。而另一群採取文化「保守」姿態的精英知識分子們則是從關注底層平民的日常生活角度出發，意識到都市文明對於傳統鄉村文明的衝擊與破壞之後，他們無所適發現再也回不到過去的故鄉，這種深深的眷戀與緬懷導致了他們只能從精神世界裏去重構這個記憶中的理想鄉村家園，一個文化的烏托邦，於是，他們對於傳統文化的意義與價值的肯定以及希望弘揚延續從而構成了認同——審美的言說體系。

在前面我們就已經分析過，民風習俗一方面是我們的祖先在社會歷史實踐中逐漸形成的一筆精神與物質寶貴財富，同時它也不可避免地存在流弊與沉屙，畢竟它產生於封建社會時期，其知識水平還不足以滿足某些社會需求。比如只有中國才有的女子裹小腳的陋習，壓制在女人頭上的三從四德封建男尊女卑思想，相信風水、鬼神等信仰，等級、尊卑等陳腐的封建禮俗，這些陋習惡俗在一定程度上造成了中國文化的保守和落後。其實周作人在強調民俗文化中美好的一面的同時，他也看到了隱藏在各種民俗背後的某些愚昧荒誕的思想，這些甚至可以扼殺人類美好的人性，借著封建禮教之名而保留下來的一些原始的婚嫁喪葬習俗、與巫術相結合的草菅人命的偏方神藥等等帶給人們的無盡痛苦，所以他滿懷激憤地加以痛批：

> 杭州英國教會裏的一個醫生，在一本醫書上做一篇序，稱中國人爲土人，我當初頗不舒服，仔細再想，現在也只好忍受了。土人一字，本來只說生在本地的人，沒有什麼惡意。後來因其所指，多係野蠻民族，所以加添了一種新意義，彷彿成了野蠻人的代名詞。他們以此稱中國人，原不免有侮辱的意思；但我們現在，卻除承受這個名號以外，實是別無方法。因爲這類是非，都憑事實，並非單用口舌可以爭得的。試看中國的社會裏，吃人，劫掠，殘殺，人身賣買，生殖器崇拜，靈學，一夫多妻，凡有所謂國粹，沒一件不與蠻人的文化恰合。拖大辮，吸鴉片，也正與土人的奇形怪狀的編發及吃印度麻一樣。至於纏足，更要算在土人的裝飾法中，第一等的新發明了。〔註 226〕

〔註 225〕錢理群：《周作人論》，上海人民出版社，1991 年版，第 170～171 頁。
〔註 226〕周作人：《隨感錄四十二》，《周作人文類編》，湖南文藝出版社，1998 年版，

由此可見，作爲民俗文化的提倡者也不得不面對其中一些野蠻殘酷的陋習事實。受西方民俗學的影響，周作人開始改變了對於民俗的看法，他說：「現代文明國的民俗大都即是古代蠻風之遺留，也就是現今野蠻風俗的變相……有些我們平常不可解的神聖或狠褻的事項，經那麼一說明，神秘的面目倏爾落下，我們懂得了的時候不禁微笑，這是同情的理解，可是威嚴的壓迫也就解消了」〔註227〕。一旦去掉舊文化的陰影之後，他找到重新發現民俗的途徑，受日本民俗學者柳田國男的影響，周作人從「民間生活」出發，去發現民俗文化的多面性與豐富性，將民俗文化中的潛藏的民族精神與靈魂激發出來，從而給民俗文化注以新鮮的活力。於是，在周作人等人的影響下，越來越多的知識分子們關注到了民俗文化中來。在鄉土小說作家中，魯迅、廢名、沈從文、蕭紅等等都曾帶著回望、懷舊、眷念、審美的眼光營造了帶有民俗風情的鄉土世界。

當對於民俗文化的關注轉而到激發潛藏的民族文化與民族精神時，也就是說從民俗文化的啓蒙言說轉而到主動過濾掉了其中很多惡俗陋習的一面去予以記憶中的故鄉審美關照時，根據這種思想轉變的產生機制，我們將其視爲是一種「懷舊」心理。賓德評價荷爾德林的「故鄉」時這樣闡釋：

> 故鄉本身並不直接就是——而由於那個在其中獲得家園感的人才是——一個空間。……只有處於我與世界的具體的交互關涉中，故鄉才能獲得其本眞含義。因此，歸鄉者的安全感在詩中呈現爲一種被環繞和被擁抱感，一種親切的聯繫和信賴。〔註228〕

賓德在這裡強調了「故鄉」與「記憶」之間的關係，由此也可以看得出來「懷舊」在「歸鄉」中的巨大作用。也就是說，經由懷舊所建構起來的記憶世界，它能給人以一種貼近人心、讓人生有所歸宿的感覺。「審美是懷舊最核心也最內在的本質，回歸審美的內核就是回歸懷舊本身。」〔註229〕確實，作爲一種審美的創作行爲，懷舊它不僅僅是一種基於回憶之上的想像性建構，同時還必須是對象與主體之間拉開了一定的時空距離、心理距離。懷舊所建構的虛擬世界不再是當下所處的世界，是一種藉以想像而存在的另一種世界。因爲

第166頁。

〔註227〕周作人：《知堂回想錄》（下卷），河北教育出版社，2002年版，第224頁。

〔註228〕賓德：《荷爾德林詩中「故鄉」的含義與形態》，劉小楓、陳少明編：《荷爾德林的新神話》，華夏出版社，2004年版，第120頁。

〔註229〕趙靜蓉：《懷舊——永恒的文化鄉愁》，商務印書館，2009年版，第53頁。

懷舊的主體所切身感受到的世界是美醜、善惡並存的，而想像中的世界是美好的，甚至有些是理想化的世界，其中的「丑」被有意識的忽略或者最小化，而「美」被懷舊主體所發揚光大。因此，「懷舊不再是對現實客體（過去、家園、傳統）原封不動地複製或反映，經過想像對它有意識地粉飾和美化，懷舊客體變成了審美對象，充溢著取之不竭的完美價值。」〔註 230〕

懷舊作爲一種研究理論，總是顯得單調呆板。但是如果貼近中國現代文學三十年的都市文本中的民俗敘事，我們會驚喜的發現裏面藏著這樣一個令人驚喜的秘密。確實，自由作家們是在遠離的宏大社會歷史主流，另闢蹊徑回到文學傳統、回到日常生活本身，去發現潛藏在民眾日常生活行爲習慣中的美，他們避開了炮火年代下流離失所、飢寒交迫、疾病纏身、妻離子散等等現實生活中的種種不堪，而溫情脈脈地眷念記憶中那個美好的家園以及平靜和諧的生活秩序。正是因爲懷舊，我們可以從想像世界中返回、喚醒、再現或者恢復那個曾經的記憶。在懷舊的想像中，一種朦朧的氣味、一個微小的事件、一個不起眼的動作、一個普通的食物或者任何可能看起來都是微不足道的事物，但是一經我們想像馬上就會把過去的整個世界帶回到我們的眼前。這些看似輕微的事物「雖說更脆弱卻更有生命力；雖說更虛幻卻更經久不散，更忠貞不矢，它們依然對依稀往事寄託著回憶、期待和希望，它們以幾乎無從辨認的蛛絲馬蹟，堅強不屈地支撐起整座回憶的大廈。」〔註 231〕所以，在老舍、劉心武、鄧友梅等作家的構築的民俗北京裏，就算是寫人物的職業或者職業行爲，比如通過寫職業名稱、動作方式、叫賣聲音等等都能透出濃濃的「京味」。如《四世同堂》中的棚匠（專管搭蓋天棚的），「窩脖兒的」（專門爲人搬家、扛重家什的），「打鼓兒的」（一邊收破爛一邊搖小鼓的）；《找樂》中專門爲人出殯撒紙錢的人，「賣瞪眼兒食的」（專門販賣飯館裏的殘羹剩飯的人）；《我這一輩子》裏的裱糊匠（專門房屋塡補窟窿的）；《煙壺》中「跑合」的（專門給人買賣做中間人），以及還有很多在最爲特色的地方——北京舊天橋一帶幹各種行當的民眾，只要一寫到這些人，無不就是最濃鬱的北京風情特色。還有如關於聲音記憶書寫來象徵城市民俗文化的。如《四世同堂》裏老舍寫到中秋節前後北平的果販們在精心擺好了水果攤後，然後用他們清脆的嗓子唱出帶有音樂感的「果贊」：「唉——一毛錢來耶，你就挑一

〔註 230〕趙靜蓉：《懷舊——永恒的文化鄉愁》，商務印書館，2009 年版，第 59 頁。
〔註 231〕普魯斯特：《追憶似水年華》，李恒基譯，譯林出版社，1990 年版，第 49 頁。

堆我的小白梨兒，皮兒又嫩，水兒又甜，沒有一個蟲眼兒，我的小嫩白梨兒耶！」〔註 232〕老舍寫這美妙的歌聲在香氣中顫動，彷彿就是給蘋果葡萄的靜麗配樂，使得北平人放慢了腳步來欣賞北平的美麗之秋。這種通過地道特色的聲音傳神藝術寫法在張愛玲的《金鎖記》中也有出現：「漸漸馬路上有了小車與塌車轆轆推動，馬車蹄聲嘚嘚。賣豆腐花的挑著擔子悠悠吆喝著，只聽見那漫長的尾聲：『花……嘔！花……嘔！』再去遠些，就只聽見『哦……嘔！哦……嘔！」〔註 233〕張愛玲將清晨小巷中的小販叫賣聲寫的略帶淒涼之感，同即將破曉的太陽這一意象構成了鮮明的對比，愈發顯得上海這個早晨的薄涼之意，同時也象徵了張愛玲整篇小說的蒼涼基調。

既然我們揭開了民俗文化的審美視角心理機制，那麼，我們進一步的研究是知識分子們爲什麼會產生這樣的懷舊心理呢？是什麼促使了他們產生了懷舊心理機制並選擇了民俗敘事作爲懷舊書寫的載體與工具？個人覺得，主要是源於「灰色的故土」以及「人性的失落」這樣一個文化語境。三十年代的中國社會，不論是大到民族國家還是小到家庭個人，都在急劇動蕩的社會政治與思想意識中無所適從。尤其是對於知識分子來說，戰亂時代使得他們失去了對世界的詩意想像同時也看不到希望和出路。正如沈從文所說的「都好像被革命變局扭曲了，弄歪了，全不成形……地方屬於自然的一部分，雖然好像並未完全毀去，佔據著地方的人，卻已無可救藥。」〔註 234〕沈從文的這句話至少代表了很多知識分子的心聲，他們既找不到記憶中的那個桃園般美好的故鄉，在都市裏也感受不到人性的美好。由於資本主義經濟的發展、西方價值觀念的不斷侵襲，以及自五四以來推翻傳統道德文化導致都市社會裏傳統道德的顛覆，人與人之間的情感在金錢的衝擊下開始變得冷漠自私。都市裏天天上演著有錢人爲一己之利而不顧他人生死，資本家威逼利誘、壓榨豪奪工人的血汗，奸商瞞天過海倒賣救急糧食，腐敗官僚中飽私囊、搜刮民脂民膏……處於經濟統治地位的人往往爲了追名逐利益而不擇手段，處於社會最底層的貧民百姓卻成爲了異態化都市裏的可憐犧牲品。如沈從文的《八駿圖》，小說所寫的這群飽讀詩書的大學教授們在置身於都市文明中的異化心理，他們囿於道德的制約而掩蓋情慾的種種可笑行爲，有的教授躲在蚊帳中

〔註 232〕老舍：《四世同堂》，北京出版社，1996 年版，第 111 頁。
〔註 233〕張愛玲：《金鎖記》，收入《傳奇》，湖南文藝出版社，2003 年版，第 6 頁。
〔註 234〕沈從文《小砦》，《沈從文全集》（第十卷），北嶽文藝出版社，2002 年版，第 189 頁。

偷看裸體美女圖，有的去香豔詩中尋找精神上的滿足，有的爲了某個神秘的迹象而推遲回家的計劃等等。比如海派文學所表現出來的光怪陸離的都市風情描寫，他們在都市裏狂歡、沉淪、糜爛甚至死亡，其實反映出的就是對於異化的、妖魔化的「都市病」揭露，是對於快速發展的都市文明的強烈不適應感，折射出的是拒絕都市病態文明的文化批判心理。因此，知識分子們一方面要通過文學創作的手段表達對理想的嚮往，另一方面他們不得不「向後轉」，從記憶中找到曾經美好的事物再進行藝術加工，流露出的是無法割捨的懷舊欲望、價值取向以及文化心態。而民風習俗書寫剛好滿足了知識分子們寄託思想情懷又能審美關照傳統文化，湧現出了諸如老舍、張愛玲、張恨水、劉雲若、蘇青等等一大批致力於敘寫都市裏民俗文化的作家。

審美關照下的都市文本中的民俗敘事，一方面凸顯出了作家的懷舊文化心態，同時，也反映了鄉土民俗文化與民俗精神的巨大力量。儘管隨著社會城市化進程的加快，加入了許多新的民俗內容，但是其原本的精神與目的還是清晰可見。對於民俗敘事的研究，既要看到民俗的歷時性，我們還得看到它在不同空間裏的共時性。也就是說，在都市社會裏，民俗依然保留的是鄉土社會的風貌，作爲廣闊的時空範圍內存在並產生巨大的影響。比如，不論是在城市還是在農村，過年祭祖的傳統風俗習慣幾乎家家都保存著。儒家思想作爲中國傳統文化中的核心思想，其中「以孝治天下」的古訓便就是祭祖民俗活動最爲直接的緣由。在傳統中國，家庭是一個社會的基礎單位，社會、國家就是建立在家庭、家族基礎上的，由此而形成家國同構。而祭祖就是爲了加強家庭、家族成員之間的溝通聯繫，也是促進社會、國家穩定的行爲。儘管不同的地方祭祖的方式各有不同，有的是去野外瞻拜祖墓，有的地方是去宗祠祭拜，有的則是在家中設置祖先牌位，然而依次陳列各種齋祭供品再上香跪拜。但是不管採取的哪一種方式，也不論是農村還是在城市裏，他們都表現出了對於先祖、神靈的崇敬以及一種祈福的心態。實際上，通過家庭倫理的不斷鞏固與強化，由家而國的社會倫理也得以不斷的加強，使得親情關係、社會關係得以健康發展。因此，鄉土社會裏的民風習俗也在隨著人們腳步的進程而跨入了不一樣的空間，其頑強的生命力使得民俗文化在不同的空間裏依然得以生存發展，儘管在外在的某些形式上有所變化，但是其根本的內核是沒有變的。

在任何一個城市的誕生於發展過程中，其實都是多元化因素合力作用下的結果，如地理環境、經濟條件、政治風氣以及社會文化等都參與了城市化進程。而其中民俗文化又是城市社會整合的一個關鍵因素，它不僅僅厚實了城市的歷史文化，同時又是最能體現城市的發展變化以及市民的文化心態。在中國的城市發展來說，先有悠久的農村歷史，而城市是脫胎於農村這個母體。因此，在農村社會基礎上形成與發展起來的城市，不可避免地從歷史上傳承了鄉土農村文化與民風習俗，同時也保留著整個民族特定的文化心理與情感操守。近代以來，由於西學東漸，城市社會的快速發展以及生活節奏的加速，人們對於世界先進技術以及文化表現出了一種開放的接受心態；與此同時，大量移民湧入城市，農民越來越城市化，儘管這些在一定程度上都會對城市民俗產生一定的影響，或者說構成了一定的衝擊，但是事實卻使我們意識到，在現代都市意識與傳統民俗之間並不是一種此消彼漲的對抗性因素，而更多的是強大的中國傳統民俗對於他者的融合與滲透。中國傳統民俗與人們生活的內在關係其根本性是不可能變的，它是一個城市的靈魂，也是一個民族的根與魂。

中國現代文學城市文本中的「城俗」敘事，起始於五四時期，由新文學的倡導者魯迅、周作人、胡適等先驅在其各自的創作中共同構成了不同言說體系的民俗敘事，由此看出中國新文學的建構是基於民族文化土壤而生根發芽的，從另一方面來說，民俗敘事實際上已成爲了考察鄉土中國的生存面貌以及歷史變遷的主要歷史參照物和藝術載體。五四啓蒙視角下的「城俗」敘事，其目的就是要揭露導致國民愚昧、落後劣根性背後的傳統民俗文化中的野蠻陋習，以此來作爲國民性改造的重要依據。左翼視角下的「城俗」敘事，其運作策略是通過階級的眼光人爲地將民俗文化歸入了階級文化的內涵，以此來爲階級革命、暴力革命提供思想動力。審美視角下的「城俗」敘事，是在把握了民族精神與靈魂作爲前提的基礎上來審視傳統民俗文化，通過認同與鑒賞的審美姿態構建出想像世界裏的風俗畫，無不滲透出或濃或淡的眷念與懷舊之情。這三種不同的「城俗」文化觀照方式，讓我們看到了民俗文化諸多的優秀因子，它既可以是救治民族文化的良方，也可以是勢不兩立的隱性意識形態，同時它還可以是返璞歸眞的田園牧歌。爲此，在城市化進程與民俗文化的變遷中，我們既看到了民俗文化作爲優秀文化傳統的一面，同時我們也能看到民俗文化爲滿足不同需要而不斷自我調整與適應的強大生命力。我們知道，一個文化的發展，它從來都是如同人類自身進化史般漫長而神聖的。正如英國學者吉登斯所言：「傳統不完全是靜態的，因爲它必然要被從上一時代繼承文化遺產的每一新生代加以再創造。」〔註 235〕從吉登斯的話語爲我們理解傳統民俗文化它有著自身發展變化的一面提供了有力的思想支撐。由此，我們完全有理由認爲，傳統民俗文化以其自身特有的姿態參與了社會思想的重構，只是在不同的文化語境中它有著不一樣的形態而已。

〔註 235〕【英】J 女東尼・吉登斯：《失控世界》，周紅雲譯，江西人民出版社，2001 年版，第 192 頁。

結語　博弈在傳統與現代之間的城市

中國現代文學中的城市到底是什麼樣的？本文用啓蒙、革命、審美的三維視角來透視城市文學中最爲關鍵性的城景、城紳、市民、城俗，竟然得到了一種有如陳思和先生的一種生活經歷之感受：

> 前不久的一天，天色正暗淡，我應朋友之約去黃浦江邊的一處臨江西餐，它設在一座巍峨大廈的頂端，大約是五十幾樓，當時正是下班高峰，我在人聲嘈雜和車流不息的污濁空氣中下了車，上了樓，入了座，眼前頓是一幅魔術般的燦爛夜景，浦東的環樓燈光和霓虹廣告五彩繽紛，透天光明，餐館内極爲寧靜，隔著巨大的玻璃牆往下看去，千萬人頭蟻動，玩具車輛無聲潮湧，極像一組無聲電影的鏡頭，一霎那間，擁擠、混亂、煩躁、喧鬧全然不見。很難說這兩個場景中哪一個更爲眞實。都市文學研究也是這樣，對於研究者來說，最不重要的是自己先陶醉於贊美，而是應該清醒地看一看，在現實城市與文學修辭之間有哪些巨大的裂縫與分離，需要我們從中找出其一致來。〔註1〕

這是陳思和先生在策劃主編都市文學書系裏說的一段話，城市在瞬間出現的兩幅面孔讓人措手不及。這段高深莫測、隱義豐富的話語給了我很深的震撼。難道我們一直以來所研究的文本城市不就是如此嗎？城市就如同希臘神話中那個有著多重面孔的斯芬克斯之謎，哪一個才是它眞正的面孔？俄狄浦斯可以幸運地破解盤踞在忒拜城上的謎，然而我們人類卻沒有這麼幸運，或者說

〔註1〕陳思和：《都市文學研究書系》，載於《文匯讀書週報》，2007年1月17日。

我們只能盡可能的去無限靠近它，但是誰也不敢說得到了終極的答案。然而，儘管我們不能完全把握住它變幻無窮的身影，但是我們可以或者儘量去發現其最爲本質性與根性的存在。從現代到當代的城市敘事研究，還存在有許多研究上的缺陷與不足，其實，這樣的思考早就在學者蔣述卓先生的論著中談及，他說：「大量的文章僅就 90 年代的城市文學本身來談論城市文學，鮮有將其納入整個城市文學發展的視域，對其生成與變異，在宏觀考察的基礎上，進行深刻的理論透視，從而揭示出城市文學本身的特性及其發展規律的文章。」〔註 2〕由此可見，對於城市文學的研究要想眞正有所突破必然要回到現代城市發生的最初狀態去追本溯源，從根性上思考探究城市敘事背後的文化與文學形態。

當我們一再把城市文學作爲一個特殊現象看待的時候，都市裏的繁榮、繁華，人的思想的前衛、進步，有學識、有思想，人的行爲有規範、有道德、體面，我們發現都市裏還是少了一點東西，那就是我們現在的都市人是從哪裏來的？是一代一代的鄉村人不斷進城，從而不斷形成了現代都市的市民，由於他們從鄉土社會而來，必然會把大量的農村意識、農村的思維模式、行爲方式、風俗人情的習慣、宗教信仰等等都帶進了城市裏來，就形成了我們所看到的很多都市裏的風俗與行爲習慣於鄉俗有著相似性和同一性，這就使我們意識到中國的都市化過程是一個不斷演變的過程，都市在空間上不斷的膨脹靠的是鄉紳、鄉民進城，鄉紳們於是轉變爲了現代的知識分子，鄉民轉化爲了市民，他們沒有脫離同土地根性的聯繫，那麼他們進城後也必然帶入了「土地」的文化進入城市，於是形成了本書所涉及到的傳統與現代在城市裏相遇與博弈的問題。

儘管在當時的城市裏已經出現有大量的外來風俗習慣，從衣食住行、娛樂、婚喪嫁娶、禮儀、教育等方方面面都有所變化。如在「食」上，西餐、糖果、雪茄、洋酒等已爲許多洋派市民所接受；在「住」上，西式的小洋樓、別墅也已不再少見；在「行」上，汽車、火車、飛機已成爲了人們生活中的交通工具；在「娛樂」上，上咖啡館、看電影、跳舞、逛公園已是城市市民的主要娛樂活動；在「婚喪嫁娶」上，西式教堂婚禮大大簡化了繁文縟節的中式婚禮，喪葬上也有學西方帶黑紗、火葬、公墓等新興形式。然而，儘管

〔註 2〕蔣述卓：《城市的想像與呈現》，中國社會科學出版社，2003 年版，第 240 頁。

過聖誕節、去教堂、改長衫爲西裝領帶等等這些西風再盛行，看上去似乎已經脫離鄉村的東西，但是其本質的東西是沒有改變的，中國都市人拋棄不了鄉土中國的生活習俗與思想文化，如現在每到春節的全民大遷徙，清明的回鄉祭祖，中秋的家庭團圓聚會以及祠堂文化，這些作爲文化之根的東西是不可能丟棄的，就算再多的移風易俗現象的出現，這些都是沒法改變中國的傳統文化之根，如在巴金的《家》裏，描寫到成都這座城市的生活形態，在高老太爺家裏完完全全保持了一種傳統的生活、文化傳統，《四世同堂》裏寫的北京這座古老的都城就更有著傳統的生活氣息，祁老太爺帶領下的全家老小從家居擺設、婚喪嫁娶、節日習俗等等無不就是傳統鄉土生活的再現。

在不斷深化的城市敘事研究中，越來越吸引我的是在中國現代城市的發展過程中傳統與現代二者表現出來的相互作用以及知識分子的創作心態。英國學者湯因比說過，在一個民族文明的發展進程中，當傳統與現代兩種文化發生撞擊、融合時，知識分子在其中的存在作用就如一個變壓器。因此，城市敘事研究既要關注它與民族文化傳統的關係、與文學思潮的關係、與文學流派的關係，也還要側重作家主體的心路歷程、人格精神以及期待視野等等，是一個考察多種因素「合力」的綜合研究，具有深遠的思想意義與現實意義。毋庸置疑，在中國20世紀初現代化歷史進程中，大量的作家與知識分子正經歷著這個一個文化轉型與重構的時代，他們把對於社會的觀察、人生的體驗、時代的感知和心靈的悸動全部演繹成了文學文本，尤其是像魯迅、郭沫若、郁達夫、廬隱、丁玲、蔣光慈、茅盾、張天翼、巴金、老舍、張恨水、張愛玲、蘇青等等一大批致力於城市文學文本創作的作家，他們更是將對世界、對鄉土、對歷史、對文化的研究滲透到了城市傳統與現代的層面，體現出了對於城市傳統文化建構的獨特智慧。從他們的城市文學文本的創作中，我們既看到了他們對於西方文化的回應、選擇與消化，同時更是看到了他們對於民族傳統文化的繼承、發揚與深化。我們知道，在幾千年來的中國傳統文化中，它作爲一種精神與物質存在，儘管有封閉落後、消極惰性的一面，但是它更多的是代表一種民族文化的智慧與精神。因此，我們看待傳統文化也要有一分爲二的思維，既不能崇古守舊地將之神聖化，也斷然不能夠將其視爲封建文化而加以否定，走向任何一個極端都將陷入兩難尷尬境地。而在城市文本的書寫過程中，就是大量存在著這中有目的性的置換，文本中的城市在不同視域下體現出的是不同的傳統文化特徵。然而，對於任何文化的發展，我們應該看到它本源上的因襲以及發展中的變革。在二十世紀初中國社會的轉型時期，在傳統文化與現代化強烈交流碰撞的現代城市裏，作家們通過自身理性的文化審視、尋求現代與傳統的契合，以此建構出來的文學中的城市，其如此強大的傳統文化因素帶給了我們深深的思考：中國傳統文化在這樣一個緊張的文化空間裏是何如做到堅守的呢？

英國學者湯因比給了我們這樣一個文化建構的標準，他說：「(這個標準是）無法在對於外部環境的征服中發現的，不論這個外部環境是屬於人類的還是屬於自然界的；這個標準毋寧說是重心存在於不同場所的不斷轉移之中，在這些場所中所挑戰和應戰的行爲以不同的地位出現。在這些所謂不同的場所裏，挑戰並不是從外部來，而是從內部湧現的，勝利的應戰也不以克服外部的障礙或外部敵人這種形式出現，而是以內部的自行調劑或自決的形式出現。」〔註3〕確實，對於一個文化的研究，內部的因素才是起決定性的作用。法國藝術哲學家丹納直接將生命力強大且具有相對穩定性的傳統文化形象地比喻成了「原始的花崗石」。學者陳平原在研究現代文學的起源於變革中強調了傳統文化的作用：「研究一個國家的文學，自然必須從那個國家的歷史和現狀出發。外來影響只能起刺激和促進作用，眞正起決定作用的變革動力應該來自這一文學傳統內部。否則，變革不可能獲得成功。」〔註4〕確實，儘管是在一個轉型時期，但是中國現代文學中文本城市裏凸顯出來的傳統文化，不論是通過變形也好置換也罷，抑或是奉爲民族精神，都給了我們一個深刻的啓示，那就是傳統文化其自身的強大的生命力展示，它可以通過自身的調適去展現再生長的生機與活力。像吳福輝就曾盛讚老舍、張愛玲對於民族文化的開掘成就，他說「高可以與世界文學、與中國文人文學的高峰相連，深可以同民間文學、傳統的市民文學相通，眞正兼有現代化與中國化的雙重品質」〔註5〕。誠如其所言，現代文學中的城市敘事，立足點依然是強大的傳統文化，其鄉土中國裏的根性的東西依然存在於城市文本之中。當然，強調傳統文化的傳承，並不是說忽略現代化在城市裏的展現，並不意味著固守源頭，而是要撥開雲霧去尋找文化在流傳、變革、延伸、承襲、發展中它的根

〔註3〕【英】湯因比：《歷史研究》，上海人民出版社，1966年版，第251頁。

〔註4〕陳平原：《新文學：傳統文學的創造性轉化》，《二十一世紀》，1992年第四期。

〔註5〕吳福輝：《都市漩渦中的海派小說》，湖南教育出版社，1995年版，第225頁。

性所在。哲學家黑格爾對於此有一個非常精闢又經典的比喻，他說「(傳統)是生命洋溢的，有如一道洪流，離開它的源頭愈遠，它就膨脹得愈大」〔註6〕。黑格爾這一深邃的辯證思想彰顯出了傳統與現代之間的隱秘關係，也道出了傳統與文學的共時性與歷時性關係。

總之，中國現代文學中的城市敘事，其凸顯出來的強大傳統文化生命力，讓我們看到了它在中國傳統文化與西方現代文化雙重背景下經歷的風風雨雨，以及它所體現出來的文化精神、創作原則、風格特徵與思想傳統，這不僅僅是中西文化交流與文學融匯的產物，同時也是中國傳統文化自身發展的結果。然而，隨著文學城市走過的這一百年的歷程，尤其是發展到當下以消費、娛樂爲主的文本城市，其物質文明高度發達到登峰造極，都市裏的高科技文明帶給了人們想要的各種舒適的物質享受。然而，作爲研究者，對於當下都市文本與物質都市裏體現出來的文化精神，我感到了茫然。生活沒有秩序，城市失去了歷史根基，到處散發的是無序、散亂、破碎、淩亂的氣息。想像世界裏的都市已然是消費精神橫行的世界，擁擠、價值缺失、精神崩潰、自殺、犯罪、腐敗、墮落，都市就如同一個魔鬼，無情地摧毀著人性，都市人失去了存在感、歸屬感，在快速消費的節奏中被拋入了無家可歸的境地。都市生活變得碎片化，如瞬息萬變的商品，縱橫交錯的街道，密密麻麻的人群，所有這些紛亂喧嘩的都市意象都強烈地刺激著都市人的神經。從最近發生的幾件大事來看，無不深深地傷害著都市裏脆弱的靈魂：不公平、失業、資源短缺、環境污染以及騷亂、恐怖活動、自殺、疾病時刻都在都市裏上演。尤其是前不久柴靜的紀錄片《穹頂之下》一播出，立即引發了轟動效應。柴靜通過採取多元的視角和縱深的調查層層剖析，她說：「既有對事件的調查，有對政府和產業的剖析，也通過翔實的數據和專家訪談，爲公眾闡明科學道理，還試圖從他國的經驗中尋找治理策略。全片既有對霧霾問題的發展、變化與認知的梳理，又展現了各國對產業、能源和治理政策的比較，是一種『時空攪拌機』般的操作手法。」柴靜以一個「受害者母親」身份敘述的視角，暫且不討論其傳播的策略，至少在關注我們都市生存空間這一個問題上就值得我們深思。所以連人民網都要發表評論說「穹頂之下別讓柴靜太孤單」。生存問題儼然已成爲了都市裏最爲揪心的話題。

也正是由此，面對灰色的都市，我們不能再有一個無根的靈魂。傳統與

〔註6〕黑格爾：《哲學史講演錄》(第一卷)，商務印書館，1982年版，第8頁。

現代要如何才能完美的融匯發展？何處才能安放我們流失已久的疲憊的靈魂？何處才能找回我們失落的家園與自由？回頭看我們中國剛剛起步發展時的現代城市文本中去追本溯源，於是成了本書的初衷。然而，在研究過程中，又不得不再一次陷入困境。站在鄉土中國與現代中國的夾縫之處，我看到了城市裏彌漫著、籠罩著的是鄉土情深，以及知識分子的那份文化理想，自然文明、科技文明的痕跡僅僅停留在了城市物質的層面，而文明的精神只能是飄蕩在城市的上空成爲了最孤獨的靈魂，城市依賴的依舊是強大的傳統社會鄉土文明。面對傳統與現代這兩種幾乎是走向極端化的城市精神，我想，城市化的進程或許是曲折的、漫長的，鄉村與城市的二元對立是否也將一樣漫長到以不同形式繼續糾纏下去？我不知道。就如同我這個文學中的現代城市研究一樣，還有很多開放性的、沒有觸及到的議題，等著我進一步去探索，去思考。

參考文獻

工具書

1. 《大辭典》，臺北三民書局，1985 年版。
2. 《辭海》，上海辭書出版社，2009 年版。
3. 《現代漢語詞典》，商務印書館，2012 年版。

專著類

1. 【英】貝克與畢格編：《歷史視野中的景觀與意識形態的關係》，劍橋大學出版社，1992 年版。
2. 【英】莊士敦：《獅龍共舞——一個英國人筆下的威海衛與中國傳統文化》江蘇人民出版社，2014 年版。
3. 【英】J 女東尼・吉登斯：《失控世界》，周紅雲譯，江西人民出版社，2001 年版。
4. 【俄】巴赫金：《小說理論》，河北教育出版社 1998 年版。
5. 【蘇】波斯彼洛夫：《文學原理》，三聯書店，1985 年版。
6. 【蘇】杜捷可夫：《科學與迷信》，吳克堅編譯，中國青年出版社，1957 年版。
7. 【法】普魯斯特：《追憶似水年華》，李恒基譯，譯林出版社，1990 年版。
8. 【法】白吉爾：《中國資產階級的黃金時代（1911～1937）》，上海人民出版社，1994 年版。
9. 【法】白吉爾：《上海史：走向現代之路》，上海社會科學院出版社，2005 年版。
10. 【德】賓德：《荷爾德林詩中「故鄉」的含義與形態》，劉小楓、陳少明編：《荷爾德林的新神話》，華夏出版社，2004 年版。

11. 【德】黑格爾：《歷史哲學》，上海人民出版社，2005 年版。
12. 【美】費正清編：《劍橋中華民國史 1912～1949 年》（上卷），中國社會科學出版社，1994 年版。
13. 【美】勒內・韋勒克：《文學理論》，生活・讀書・新知・三聯書店，1984 年版。
14. 【美】施堅雅（G. William Skinner）主編，《The City Imperial China》（《中華帝國晚期的城市》），中華書局，2000 年版。
15. 【美】勒內・韋勒克：《文學理論》，生活・讀書・新知・三聯書店，1984 年版。
16. 【美】傑羅姆・B・格里德爾著，單正平譯，《知識分子與現代中國》，南開大學出版社，2002 年版。
17. 【美】本傑明・史華茲：《尋求富強：嚴復與西方》，葉鳳美譯，江蘇人民出版社，1989 年版。
18. 【美】裴宜理著，劉平譯：《上海罷工——中國工人政治研究》，江蘇人民出版社，2011 年版。
19. 【美】舒衡哲：《中國啓蒙運動——知識分子與五四遺產》，新星出版社，2007 年版。
20. 【美】史書美：《現代的誘惑：書寫半殖民地中國的現代主義（1917～1937）》，何恬譯，江蘇人民出版社，2007 年版。
21. 【美】西德尼・D・甘博著，陳愉秉、袁嘉、齊大芝、李作欽、鞠方安、趙漫譯，《北京的社會調查》，中國書店，2010 年版。
22. 【美】格里德爾著，單正平譯：《知識分子與現代中國》，廣西師範大學出版社，2010 年版。
23. 【美】盧漢超：《霓虹燈外——20 世紀初日常生活中的上海》，段煉、吴敏譯，上海古籍出版社，2004 年版。
24. 【美】路易斯・芒福德：《城市發展史——起源、演變和前景》，宋俊嶺、倪文彥譯，中國建築工業出版社，2005 年版。
25. 【美】RE・帕克等：《城市社會學：芝加哥學派城市研究文集》，宋俊嶺譯，華夏出版社，1987 年版。
26. 【美】魯思・本尼迪尼特：《文化模式》，張燕等譯，浙江人民出版社，1987 年版。
27. 【臺灣】蔣興立：《左翼上海》，秀威信息科技股份有限公司，2012 年版。
28. 【臺灣】汪榮祖：《晚清變法思想論叢》，聯經出版事業公司，1983 年版。

29. 【臺灣】葉文心：《上海繁華：都會經濟倫理與近代中國》，時報文化出版公司，2010 年版。
30. 【臺灣】葉文心：《上海繁華：都會經濟倫理與近代中國》，時報文化出版公司，2010 年版。
31. 【日】丸尾常喜：《「人」與「鬼」的糾葛——魯迅小說論析》，秦弓譯，人民文學出版社，2006 年版。
32. 李澤厚：《中國近代代思想史論》，人民出版社，1979 年版。
33. 李澤厚：《中國現代思想史論》，東方出版社，1987 年版。
34. 蔣述卓：《城市的想像與呈現》，中國社會科學出版社，2003 年版。
35. 孟悅：《人・歷史・家園：文化批評三調》，人民文學出版社，2006 年版。
36. 袁熹：《1840～1949 北京近百年生活變遷史》，同心出版社，2007 年版。
37. 李文海編：《民國時期社會調查叢編》（城市〈勞工〉生活卷）（上），福建教育出版社，2005 年版。
38. 熊月之、周武主編：《上海：一座現代化都市的編年史》，上海書店出版社，2007 年版。
39. 張鴻聲：《文學中的上海想像》，人民出版社，2011 年版。
40. 易嘉（瞿秋白）、鄭伯奇、茅盾、錢杏邨、華漢（陽翰笙）：《〈地泉〉五人序》，《中國新文學大系（1927～1937）》第一輯，上海文藝出版社，1987 年版。
41. 李歐梵：《上海摩登——一種新的都市文化在中國（1930～1945）》，毛尖譯，人民文學出版社，2010 年版。
42. 劉建輝：《魔都上海——日本知識人的「近代體驗」》，甘慧傑譯，上海古籍出版社，2003 年版。
43. 陳思和：《中國現當代文學名篇十五講》，北京大學出版社，2003 年版。
44. 王德威：《寫實主義小說的虛構：茅盾，老舍，沈從文》，復旦大學出版社，2011 年版。
45. 谷春帆：《中國工業化通論》，商務印書館，1947 年版。
46. 李文海主編：《民國時期社會調查叢編》（城市生活卷），福建教育出版社，2005 年版。
47. 趙園：《北京：城與人》，上海人民出版社，1992 年版。
48. 陳平原、王德威主編《北京：都市想像與文化記憶》，北京大學出版社，2005 年版。
49. 楊義：《中國現代小說史》，人民文學出版社，2001 年版。
50. 吳福輝：《都市漩流中的海派小說》，復旦大學出版社，2009 年版。

51. 葉中強：《上海社會與文人生活》（1843～1945），上海辭書出版社，2010年版。
52. 熊月之：《上海通史》，上海人民出版社，1995 年版。
53. 梁漱溟：《梁漱溟全集》第二卷，山東人民出版社，1991 年版。
54. 曹聚仁：《魯迅年譜（校注本）》，生活・讀書・新知三聯書店，2011 年版。
55. 蘇雲峰：《民初之知識分子（1912～1928）》，載於《第一屆歷史與中國社會變遷研討會論文集》（下），三民主義研究所
56. 章中如：《清代科舉制度》，黎明書局，1931 年版。
57. 康有爲著，樓宇烈整理：《康南海自編年譜（外二種）》，中華書局，1992年版。
58. 胡適：《吳虞文錄序》，吳虞著《吳虞文錄》，黃山書社，2008 年版。
59. 羅志田：《近代中國社會權勢的轉移——知識分子的邊緣化與邊緣知識分子的興起》，載許紀霖主編：《20 世紀中國知識分子史論》，新星出版社，2005 年版。
60. 張耀傑著：《北大教授》，文匯出版社，2008 年版。
61. 金觀濤、劉青峰：《開放中的變遷：再論中國社會超穩定結構》，法律出版社，2010 年版。
62. 成仿吾：《從文學革命到革命文學》，引自霽樓編《革命文學論文集》，上海書店，1986 年影印版。
63. 茅盾：《論無產階級藝術》，《茅盾全集》（卷 18），人民文學出版社，1989年版。
64. 馮雪峰：《關於「藝術大眾化」——答大風社》，《文學理論史料選》，四川教育出版社，1998 年版。
65. 李洪華：《中國左翼文化思潮與現代主義文學嬗變》，中國社會科學出版社，2012 年版。
66. 吳奚如：《左聯大眾化工作委員會的活動》，《左聯回憶錄》，中國社會科學出版社，1982 年版。
67. 宋劍華：《生命閱讀與神話解構——20 世紀中國文學經典文本的重新釋義》，廣東人民出版社，2010 年版。
68. 馬良春、張大明編著，《三十年代左翼文藝資料選編》，四川人民出版社，1980 年版。
69. 沈承寬、黃侯興、吳福輝編著，《中國文學史資料全編・現代卷・張天翼研究資料》，知識產權出版社，2009 年版。
70. 夏志清：《中國現代小說史》，復旦大學出版社，2005 年版。

71. 魯迅：《上海文藝之一瞥》，《魯迅論文學與藝術》，人民文學出版社，1980年版。
72. 中共中央馬恩列斯著作編譯局編：《五四時期期刊介紹》卷三。
73. 梁實秋：《文學是有階級性的嗎？》，《中國現代文學史參考資料》第一卷（上），高等教育出版社，1959 年版。
74. 梁實秋：《文學與革命》，《文學運動史料選》第三冊，上海教育出版社，1979 年版。
75. 陳平原主編：《中國文學研究現代化進程二編》，北京大學出版社，2002年版。
76. 黄獻文：《論新感覺派》，武漢大學出版社，2000 年版。
77. 嚴家炎：《新感覺派小説選・前言》，人民文學出版社，1985 年版。
78. 楊義：《中國現代文學流派》，人民文學出版社，1998 年版。
79. 許紀霖、羅崗：《城市的記憶：上海文化的多元歷史傳統》，上海書店出版社，2011 年版。
80. 王敏、魏兵兵、江文君、邵建：《近代上海城市公共空間（1843～1949）》，上海辭書出版社，2011 年版。
81. 張仲禮：《近代上海城市研究》，上海人民出版社，1990 年版。
82. 李文治編《中國近代農業史資料》，生活・讀書・新知三聯書店，1957年版。
83. 王先明：《變動時代的鄉紳——鄉紳與鄉村社會結構變遷 1901～1945》，人民文學出版社，2009 年版。
84. 楊東平：《城市季風——北京和上海的文化精神》，新星出版社，2006 年版。
85. 李俊國：《中國現代都市小説研究》，中國社會科學出版社，2004 年版。
86. 賀仲明：《中國心象——20 世紀末作家文化心態考察》，中央編譯出版社，2002 年版。
87. 王德威：《想像中國的方法》，生活・讀書・新知三聯書店，2003 年版。
88. 孫頻捷：《市民化還是屬地化：失地農民身份認同的建構》，上海社會科學院出版社，2013 年版。
89. 謝桃坊：《中國市民文學史》，四川人民出版社，1997 年版。
90. 陳獨秀：《文學革命論》，《中國現代文學史參考資料》（第一卷），中國人民大學出版社，1959 年版。
91. 《文學運動史料選》第一冊，上海教育出版社，1979 年版。
92. 解洪祥：《中國現代文學精神》，山東教育出版社，2003 年版。

93. 樂黛雲、王寧編：《西方文藝思潮與二十世紀中國文學》，中國社會科學出版社，1990年版。
94. 林毓生編：《五四：多元的反思》，三聯書店，1989年版。
95. 張福貴：《「活著」的魯迅：魯迅文化選擇的當代意義》，社會科學文獻出版社，2010年版。
96. 魯迅：《燈下漫筆》，多人著：《燈下漫筆》，中國社會科學出版社，1995年版。
97. 徐甡民：《上海市民社會史論》，文匯出版社，2007年版。
98. 李孝悌編：《中國的城市生活》，北京大學出版社，2013年版。
99. 沉寂、朱曉凱編：《陳獨秀：人生哲語》，安徽人民出版社，1995年版。
100. 錢理群、溫儒敏、吳福輝：《中國現代文學三十年》，北京大學出版社，1998年版。
101. 《蔣光慈研究資料》，寧夏人民出版社，1987年版。
102. 陳建華著：《「革命」的現代性——中國革命話語考論》，上海古籍出版社，2000年版。
103. 劉明逵、唐玉良：《中國工人運動史》，廣東人民出版社，1998年版。
104. 中國社會科學院文學研究所現代文學研究室：《「革命文學」論爭資料選編》，人民文學出版社，1981年版。
105. 湯哲聲：《流行百年》，文化藝術出版社，2004年版。
106. 費孝通：《鄉土中國》，人民文學出版社，2008年版。
107. 趙園：《論小說十家》，浙江文藝出版社，1978年版。
108. 王曉文：《二十世紀中國市民小說研究》，黃山書社，2009年版。
109. 費勇：《張愛玲傳奇》，廣東人民出版社，2000年版。
110. 李今：《海派小說與現代都市文化》，安徽教育出版社，2000年版。
111. 陶鶴山：《市民群體與制度創新——對中國現代化主體的研究》，南京大學出版社，2001年版。
112. 伍江：《上海百年建築史（1840～1949）》，同濟大學出版社，1997年版。
113. 曹聚仁：《上海春秋》，上海人民出版社，1996年版。
114. 李少兵：《民國時期的西式風俗文化》，北京師範大學出版社，1994年版。
115. 吳秀明：《轉型時期的中國當代文學思潮》，浙江大學出版社，2001年版。
116. 夏曉虹：《覺世與傳世—梁啓超的文學道路》，上海人民出版社，1991年版。

117. 高端全主編：《中國現代性與城市知識分子》，上海古籍出版社，2004 年版。
118. 王文英：《上海現代文學史》，上海人民出版社，1999 年版。
119. 楊幼生、陳青生：《上海「孤島」文學》，上海書店，1994 年版。
120. 湯哲生：《中國現代通俗小說流變史》，重慶出版社，1999 年版。
121. 石興澤：《老舍與二十世紀中國文學和文化》，人民文學出版社，2005 年版。
122. 袁進：《張恨水評傳》，湖南文藝出版社，1988 年版。
123. 裴毅然：《二十世紀中國文學人性史論》，上海書店出版社，2000 年版。
124. 趙伯陶：《市井文化與市民心態》，湖北教育出版社，1996 年版。
125. 陳立旭：《都市文化與都市精神》，東南大學出版社，2002 年版。
126. 桑兵：《晚清學堂學生與社會變遷》，學林出版社，1995 年版。
127. 李長莉：《近代中國社會文化變遷錄》，浙江人民出版社，1998 年版。
128. 董玥：《民國北京城：歷史與懷舊》，生活·讀書·新知三聯書店，2014 年版。
129. 羅崗：《現代國家想像與 20 世紀中國文學》，上海人民出版社，2014 年版。
130. 方朝輝：《爲「三綱」正名》，華東師範大學出版社，2014 年版。
131. 黃進興：《從理學到倫理學——清末明初道德意識的轉化》，中華書局，2014 年版。
132. 夏曉虹：《晚清女性與近代中國》，北京大學出版社，2014 年版。
133. 劉國光主編：《中外城市知識辭典》，中國城市出版社，1991 年版。
134. 烏丙安：《民俗學原理》，遼寧教育出版社，2001 年版。
135. 鍾敬文：《民俗學概論》，上海文藝出版社，1998 年版。
136. 鍾敬文：《民俗文化學：梗概與興起》，中華書局，1996 年版。
137. 鍾敬文：《民俗文化的民族凝聚力》，《中國民俗學研究》，中央民族大學出版社，1994 年版。
138. 仲富蘭：《中國民俗文化學導論》，浙江人民出版社，1998 年版。
139. 鄭土有等：《五緣民俗學》，同濟大學出版社，2013 年版。
140. 陳華文：《民俗文化學》，浙江工商大學出版社，2014 年版。
141. 陳勤建：《文藝民俗學》，上海文化出版社，2009 年版。
142. 嚴復：《論世變之亟》，見牛仰山編：《天演之聲——嚴復文選》，百花文藝出版，2002 年版。

143. 劉穎：《中國文學現代轉型的民俗學語境》，安徽人民出版社，2007年版。
144. 蘇桂寧：《20世紀中國市民形象與市民文化》，中國社會科學出版社，2013年版。
145. 陳獨秀：《敬告青年》，《獨秀文存》，安徽人民出版社，1987年版。
146. 傅斯年：《五四時期的社團》，北京三聯書店，1979年版。
147. 胡繩武、程爲坤：《民初社會風尚的演變》，《近代史研究》，1986年第4期。
148. 梁啓超：《中國積弱溯源論》，夏曉虹編：《梁啓超文選》，中國廣播電視出版社，1992年版。
149. 曹林紅：《民俗學研究視野與現代文學國民性主題的發生》，《求索》，2008年第11期。
150. 石雪：《民俗與迷信》，重慶出版社，2002年版。
151. 胡適：《新思潮的意義》，載《新青年》第七卷第四號，1919年12月。
152. 姜文振：《中國文學理論現代性問題研究》，人民文學出版社，2005年版。
153. 張光芒：《啓蒙論》，上海三聯書店，2002年版。
154. 嚴家炎：《五四新文化運動與中國的家庭制度》，《魯迅研究月刊》，1999年第10期。
155. 季新：《〈紅樓夢〉新評》，《小說海》第一卷第一號，1915年
156. 萬建中：《民國的風俗變革與變革風俗》，《西北民族研究》，2002年第二期。
157. 吳虞：《家族制度爲專制主義之根據論》，《吳虞文錄》，黃山書社，2008年版。
158. 楊永泰：《新生活運動與禮義廉恥》，見黃進興著：《從理學到倫理學——清末民初道德意識的轉化》，中華書局，2014年版。
159. 周予同：《「孝」與「生殖器崇拜」》，朱維錚編：《周予同經學史論著選集》，上海人民出版社，1983年版。
160. 宮東紅：《她們的言說——二十世紀女性作家創作述評》，華齡出版社，1996年版。
161. 阿英：《晚清小說史》，人民文學出版社，1980年版。
162. 錢杏邨：《阿英全集》（第二卷），安徽教育出版社，2003年版。
163. 錢杏邨：《野祭》，方銘編：《蔣光慈研究資料》，寧夏人民出版社，1983年版。
164. 皇甫曉濤：《蕭紅現象——兼談中國現代文化思想的幾個困惑點》，天津

人民出版社，2000 年版。
165. 林禮明：《鬼蜮世界——中國傳統文化對鬼的認識》，廈門大學出版社，1992 年版。
166. 陳平原：《神神鬼鬼（導讀）》，復旦大學出版社，2005 年版。
167. 孫文：《三民主義》，轉於黃進興：《從理學到倫理學——清末民初道德意識的轉化》，中華書局，2014 年版。
168. 紀彬：《農村破產聲中冀南一個繁榮的村莊》，《中國農村經濟論文集》，千家駒編，中華書局，1935 年版。
169. 蔡尚思：《中國現代思想史資料簡編》（第五卷），浙江人民出版社，1982 年版。
170. 李初梨：《怎樣地建設革命文學》，《「革命文學」論爭資料選編》（上冊），人民文學出版社，1981 年版。
171. 馬克思：《共產黨宣言》，《馬克思恩格斯選集》（第 1 卷），人民出版社，1972 年版。
172. 蔣光慈：《無產階級革命與文化》，《蔣光慈文集》（第四卷），上海文藝出版社，1988 年版。
173. 毛澤東：《在延安文藝座談會上的講話》，《毛澤東選集》，人民出版社，1964 年版。
174. 毛澤東：《中國社會各階級的分析》，《毛澤東選集》（第一卷），人民出版社，1991 年版。
175. 毛澤東：《湖南農民運動考察報告》，《毛澤東選集》（第一卷），人民出版社，1991 年版。
176. 毛澤東：《新民主主義論》，《毛澤東選集》（第二卷），人民出版社，1991 年版。
177. 毛澤東：《新民主主義論》，《毛澤東選集》（第二卷），人民出版社，1991 年版。
178. 唐弢、嚴家炎：《中國現代文學史》（第一冊），人民文學出版社，1979 年版。
179. 蔣智由：《海上觀雲集初編・風俗篇》，廣智書局，光緒二十八年出版，見劉穎著：《中國文學現代轉型的民俗學語境》，安徽人民出版社，2007 年版。
180. 陳思和：《新文學整體觀》，上海文藝出版社，1987 年版。
181. 杜文瀾：《古謠諺》，嶽麓書社，1992 年版。
182. 楊義：《張恨水：文學奇觀和文學史困惑》，楊義主編：《張恨水名作欣賞》（序言），中國和平出版社，2002 年版。

183. 許道明：《海派文學論》，復旦大學出版社，1999年版。
184. 豐子愷：《深入民間的藝術》，《豐子愷文集》（藝術卷三），浙江文藝出版社，1990年版。
185. 余英時：《中國近代思想史上的激進與保守——香港中文大學25週年紀念講座第四講》，載李世濤編：《知識分子立場：激進與保守之間的動蕩》，時代文藝出版社，2000年版。
186. 錢理群：《周作人論》，上海人民出版社，1991年版。

期刊報紙類

1. 張英進：《都市的線條：三十年代中國現代派筆下的上海》，載《中國現代文學研究叢刊》，1997年第三期。
2. 王一川：《晚清：中國文學現代性的發生時段》，載《江蘇社會科學》2003年第2期。
3. 胡適：《文學改良芻議》，載1917年1月《新青年》第2卷第5號。
4. 杜衡：《關於穆時英的創作》，載於《現代出版界》第9期。
5. 胡覽乘（胡蘭成）：《張愛玲與左派》，載於1945年6月《天地》第21期。
6. 梁軼群：《霞飛路巡禮》，載1943年4月1日《新上海》第1卷第7期。
7. 徐蘇靈：《黑眼睛》，載1933年11月1日《新上海》第1卷第2期。
8. 梁啓超：《論小説與群治之關係》，載於《新小説》，1902年（創刊號）
9. 田麥農：《論魯迅創作中的頹廢色彩》，載《魯迅研究月刊》，2010年8月。
10. 宋劍華、鄒婧婧：《〈傷逝〉：魯迅對思想啓蒙的困惑與反省》，載《河北學刊》2010年7月。
11. 宋劍華：《五四與傳統：我們「成功」地「斷裂」了嗎——兼與陳平原教授的論點進行商榷》，《理論與創作》，2009年第128期。
12. 宋劍華：《「玩偶」被「娜拉」：一個啓蒙時代的人造神話》，《南開大學學報》（哲學社會科學版），2013年第6期。
13. 宋劍華：《論左翼文學運動的精英意識》，載《雲夢學刊》，2002年7月。
14. 鄧中夏：《貢獻於新詩人之前》，《中國青年》，1923年12月22日。
15. 沈澤明：《文學與革命的文學》，《民國日報・覺悟》，1924年11月6日。
16. 蔣光慈：《關於革命文學》，《太陽月刊》，1928年2月第二期。
17. 錢谷融：《曹禺戲劇語言藝術的成就》，載《社會科學戰線》，1979年第二期。
18. 辛憲錫：《〈雷雨〉若干分歧問題探討》，載《中國現代文學研究叢刊》，1981年第1輯。

19. 華忱之：《論曹禺解放前的創作道路》載《江西師範學院學報》，1981 年第一期。
20. H.O.龔：《中國六大城市的人口增長》，載《中國經濟雜誌》，1937 年 3 月。
21. 汪熙：《關於買辦和買辦制度》，載《近代史研究》，1980 年第 2 期。
22. 蘇雲峰：《民初之商人，1912～1928》，載《近史所集刊》，1982 年第 11 期。
23. 楊鵬程：《試析辛亥革命時的譚延闓政權》，載《近代史研究》，1985 年第 2 期。
24. 李培德：《江西縣長之分析研究》，《地方建設》第一卷第 4、5 期合刊。
25. 史書美：《性別，種族和半殖民主義：劉吶鷗的上海都會觀》，《亞洲研究雜誌》（第 55 卷第 4 期），1996 年 11 月。
26. 應國靖：《施蟄存年表》，《文教資料簡報》，1983 年第 7 期。
27. 陳映芳：《徵地農民的市民化——上海市的調查》，華東師範大學學報，2003 年。
28. 鄭杭生：《農民市民化：當代中國社會學的重要研究主題》，《甘肅社會科學》，2005 年第 4 期。
29. 陳獨秀：《東西民族根本思想之差異》，《青年》第 1 卷第 4 號。
30. 陳獨秀：《袁世凱復活》，《新青年》第 2 卷第 4 號。
31. 沈雁冰：《談談〈玩偶之家〉》，《文學週報》第 176 期，1925 年。
32. 淩叔華：《綺霞》，《現代評論》第六卷第 138 期。
33. 賀桂梅：《性／政治的轉換與張力——早期普羅小說中的「革命加戀愛」模式解析》，《中國現代文學研究叢刊》，2006 年 5 月。
34. 馮雪峰：《中國文學中從古典現實主義到無產階級現實主義的發展的一個輪廓》，《文藝報》，1952 年第 14 號。
35. 老舍：《一點點認識》，載於重慶《新民報副刊》，1994 年 5 月 26 日。
36. 張廣崑：《市民性：上海文化的主色調》，《上海大學學報》，1997 年第 6 期。
37. 禾金：《造形動力學》，載於 1934 年 10 月 1 日《小說》（梁得所主編）第 9 期。
38. 陳大齊：《論中國風俗迷信之害》，《廣益報》，1908 年第 183 號。
39. 貫劍秋：《郭沫若左翼文藝觀及其影響》，《四川戲劇》，2014 年第 12 期。
40. 閻麗傑：《民俗文藝——東北作家群的抗戰策略》，《作家雜誌》，2009 年第三期。

41. 成仿吾：《從文學革命到革命文學》，載《創造月刊》，1928年第1卷第9期。
42. 董曉萍：《民族覺醒與現代化》，載《民俗研究》，1998年第2期。
43. 郭沫若：《一個宣言——為中華全國藝術協會作》，《創造週報》，1923年10月7日第22號。
44. 郭沫若：《一個宣言——為中華全國藝術協會作》，《創造週報》，1923年10月7日第22號。
45. 阿英：《中國維新運動期的一步鬼話小說》，《文藝畫報》第一卷第四期，1935年4月15日。
46. 李易水（馮乃超）：《新人張天翼的作品》，《北斗》，1931年創刊號
47. 李輝英：《我創作上的一個歷程》，《申報・自由談》，1934年12月10日。
48. 灌嬰：《橋》，《新月》，1932年5月。
49. 舒乙：《論老舍著作與北京城》，《文史哲》，1982年第四期。
50. 老舍：《三年寫作自述》，《抗戰文化》第七卷一期，1941年1月1日。
51. 趙德利：《論文藝民俗的審美特徵》，轉引自《新華文摘》，1990年第10期。
52. 謝家順：《張恨水小說民俗學闡釋》，《池州師專學報》，2005年第二期。
53. 陳思和：《民間和現代都市文化——兼論張愛玲現象》，《上海文學》，1995年10月。
54. 張愛玲：《女作家聚談會之發言》，《雜誌》，1944年4月。
55. 王嘉良：《眷顧與批判：民俗敘事的兩重視角與兩種姿態——民俗文化視域中的現代中國文學》，《河北學刊》，2011年第一期。
56. 鐵漢：《臨妝鏡》，《晚清小說期刊——小說林》第九期，上海書店。

文本類

1. 魯迅：《藥》，人民文學出版社，2005年版。
2. 魯迅：《孔乙己》，人民文學出版社，2005年版。
3. 魯迅：《祝福》，人民文學出版社，2005年版。
4. 魯迅：《傷逝》，人民文學出版社，2005年版。
5. 魯迅：《在酒樓上》，人民文學出版社，2005年版。
6. 魯迅：《孤獨者》，人民文學出版社，2005年版。
7. 魯迅：《阿Q正傳》，人民文學出版社，2005年版。
8. 魯迅：《黑暗中國的文藝界的現狀》，《魯迅選集》（第三卷），人民文學出版社，1983年版。

9. 魯迅：《魯迅小說全集》，張紅梅編輯，北京燕山出版社，2009 年版。
10. 魯迅：《兩地書》，1925 年 3 月 18 日，《魯迅全集》，人民文學出版社，2005 年版。
11. 魯迅：《狂人日記》，《魯迅全集》（第一卷），人民文學出版社，2005 年版。
12. 魯迅：《文化偏至論》，《魯迅全集》（第一卷），人民文學出版社，2005 年版。
13. 魯迅：《〈中國新文學大系〉小說二集序》，《魯迅全集》，人民文學出版社，2005 年版。
14. 魯迅：《娜拉走後怎樣》，《魯迅全集》（第一卷），人民文學出版社，2005 年版。
15. 魯迅：《我們現在怎樣做父親》，《魯迅全集》第一卷，人民文學出版社，2005 年版。
16. 魯迅：《〈自選集〉自序》，《魯迅全集》第四卷，人民文學出版社，2005 年版。
17. 魯迅：《習慣與改革》，《魯迅全集》（第四卷），人民文學出版社，2005 年版。
18. 魯迅：《破惡聲論》，《魯迅全集》（第八卷），人民文學出版社，2005 年版。
19. 班固：《前漢書》，《二十五史》，上海古籍出版社，1986 年版。
20. 李大釗：《北京貧民生活的一瞥》（1921），收入姜德明編：《如夢令：名人筆下的舊京》，北京出版社，1997 年版。
21. 陳獨秀：《北京十大特色》，收入姜德明編《如夢令》，北京出版社，1997 年版。
22. 陳獨秀：《東西民族根本思想之差異》，《德賽二先生與社會主義——陳獨秀文選》，上海遠東出版社，1994 年版。
23. 陳獨秀：《調和論與舊道德》，《獨秀文存》，安徽人民出版社，1987 年版。
24. 郁達夫：《中國新文學大系・散文二集・導言》，上海良友圖書公司，1935 年版。
25. 邵飄萍：《北京的街道及公共衛生》，收入姜德明編：《如夢令：名人筆下的舊京》，北京出版社，1997 年版。
26. 章依萍：《春愁》（1929），收入姜德明編：《如夢令：名人筆下的舊京》，北京出版社，1997 年版。
27. 蔣標等輯：《錫金遊庠同人自述彙刊》，景民國二十一年（1932）鉛印本，第 1 頁，江慶柏主編，廣陵書社，2007 年版。

28. 丁玲：《莎菲女士的日記》，王列耀選編：《中國現代短篇小說名著選評》（第四卷），暨南大學出版社，1997 年版。
29. 丁玲：《兩個家庭》，卓如編：《冰心全集》，海峽文藝出版社，2012 年版。
30. 丁玲：《1930 年春在上海》，《丁玲全集》（第 3 卷），河北人民出版社，2001 年版。
31. 丁玲：《我的創作與生活》，范橋、盧今編：《丁玲散文》（下），中國廣播電視出版社，1997 年版。
32. 丁玲：《丁玲集》（第三卷），四川人民出版社，1984 年版。
33. 丁玲：《不算情書》，《丁玲全集》（第五卷），河北人民出版社，2001 年版。
34. 瞿秋白：《「Apoliticism」——非政治主義》，《瞿秋白文集》（文學編第一卷），人民文學出版社，1985 年版。
35. 王統照：《生與死的一行列》，李葆琰選編：《文學研究會小說選》（上），人民文學出版社，1991 年版。
36. 王統照：《湖畔兒語》，李葆琰編：《文學研究會小說選》，人民文學出版社，1991 年版。
37. 王以仁：《流浪》，王列耀選編：《中國現代短篇小說名著選評》（第三卷），暨南大學出版社，1997 年版。
38. 馮鏗：《販賣嬰兒的婦人》，王列耀選編：《中國現代短篇小說名著選評》（第六卷），暨南大學出版社，1997 年版。
39. 馮鏗：《重新起來》，《中國現代小說經典文庫》（第二十卷），大眾文藝出版社，2005 年版。
40. 洪靈菲：《家信》，《中國現代小說經典文庫》（第二卷），大眾文藝出版社，2005 年版。
41. 洪靈菲：《流亡》，《洪靈菲選集》，人民文學出版社，1982 年版。
42. 馮鏗：《重新起來》，《中國現代小說經典文庫》（石評梅、馮鏗）（卷 20），大眾文藝出版社，2007 年版。
43. 盧隱：《兩個小學生》，李葆琰編：《文學研究會小說選》，人民文學出版社，1991 年版。
44. 盧隱：《「女子成美會」希望於婦女》，錢虹編：《盧隱選集》，福建人民出版社，1985 年版。
45. 盧隱：《何處是歸程》，錢虹編：《盧隱選集》，福建人民出版社，1985 年版。
46. 沙汀：《獸道》，王列耀選編《中國現代短篇小說名著選評》（8），暨南大學出版社，1996 年版。

47. 沙汀：《在祠堂裏》，收入吳福輝編：《沙汀鄉鎮小説》，上海文藝出版社，1992 年版。
48. 葉聖陶：《潘先生在難中》，朱棟霖主編《中國現代文學作品選》（1917～2000）（第二卷），高等教育出版社，2002 年版。
49. 郭沫若：《郭沫若全集》（文學編第一卷），人民文學出版社，1985 年版。
50. 郭沫若：《上海印象》，《郭沫若全集》（文學編第一卷），人民文學出版社，1982 年版。
51. 郁達夫：《郁達夫文集》（第三卷），花城出版社，1982 年版。
52. 郁達夫：《零餘者》，《郁達夫經典作品選》，當代世界出版社，2004 年版。
53. 郁達夫：《茫茫夜》，《郁達夫經典作品選》，當代世界出版社，2004 年版。
54. 郁達夫：《蔦蘿行》，《郁達夫經典作品選》，當代世界出版社，2004 年版。
55. 郁達夫：《北平的四季》，收入姜德明編：《夢回北京：現代作家筆下的北京（1919～1949）》，生活・讀書・新知三聯書店出版社，2009 年版。
56. 郁達夫：《薄奠》，劉佳編：《郁達夫小説》，九洲圖書出版社，1995 年版。
57. 陳翔鶴：《不安的靈魂》，華夏出版社，2009 年版。
58. 石評梅：《一瞥中的上海》，楊揚編《石評梅作品集》（戲劇、遊記、書信卷），書目文獻出版社，1985 年版。
59. 殷夫：《血字》，朱棟霖主編：《中國現代文學作品選》（1917～2000）（第二卷），高等教育出版社，2002 年版。
60. 柔石：《爲奴隸的母親》，《柔石作品集》，河南大學出版社 2004 年版。
61. 吳奔星：《都市是死海》，灕江出版社，1988 年版。
62. 瞿秋白：《讀〈子夜〉》，《瞿秋白文集》（第二卷），人民文學出版社，1986 年版。
63. 于青等：《蘇青文集》，上海書店出版社，1994 年版。
64. 聞一多：《致梁實秋》（1923 年 5 月），孫黨伯、袁謇正主編《聞一多全集》第 12 卷，湖北人民出版社，1993 年版。
65. 聞一多：《紅燭》，孫黨伯、袁謇正主編《聞一多全集》（第一卷），湖北人民出版社，1993 年版。
66. 梁啓超：《亡友夏穗卿先生》，《飲冰室合集・文集之四十四（上）》，中華書局，1936 年版。

67. 聞一多：《天安門》，姜濤編：《聞一多作品新編》，人民文學出版社，2009年版。
68. 蔣光慈：《短褲黨》，《蔣光慈文集》（第一卷），上海文藝出版社，1982年版。
69. 蔣光慈：《野祭》，《蔣光慈文集》（第一卷），上海文藝出版社，1982 年版。
70. 蔣光慈：《衝出雲圍的月亮》，《中國現代小說經典文庫》（卷八），大眾文藝出版社，2007 年版。
71. 蔣光慈：《十月革命與俄羅斯文學》，《蔣光慈文集》，上海文藝出版社，1988 年版。
72. 茅盾：《虹》，《茅盾全集》（第二卷），人民文學出版社，1984 年版。
73. 茅盾：《子夜》，《茅盾作品》，北嶽文藝出版社，2002 年版。
74. 茅盾：《鄉村雜景》，《茅盾全集》（卷十一），人民文學出版社，1984 年版。
75. 茅盾：《幻滅》，《茅盾全集》（第一卷），人民文學出版社，1984 年版。
76. 茅盾：《動搖》，《茅盾全集》（第一卷），人民文學出版社，1984 年版。
77. 茅盾：《寫在〈野薔薇〉的前面》，《茅盾全集》第九卷，人民文學出版社，1985 年版。
78. 茅盾：《從牯嶺到東京》，《茅盾全集》（第十九卷），人民文學出版社，1991 年版。
79. 茅盾：《再來補充幾句》，《茅盾全集》（第三卷），人民文學出版社，1984年版。
80. 茅盾：《茅盾文藝雜論集》，上海文藝出版社，1981 年版。
81. 茅盾：《「革命」與「戀愛」的公式》，《茅盾全集》（第二十卷），人民出版社，1982 年版。
82. 茅盾：《回憶錄》，《茅盾全集》（34），人民文學出版社，1997 年版。
83. 周作人：《廠甸》，姜德明編：《夢回北京：現代作家筆下的北京（1919～1949）》，生活・讀書・新知三聯書店出版社，2009 年版。
84. 周作人：《兩個鬼》，張明高、范橋編《周作人散文》，中國廣播電視出版社，1992 年版。
85. 周作人：《北平的春天》，錢谷融、陳子善主編：《燈下漫筆》，中國社會科學出版社，1995 年版。
86. 周作人：《北京的茶食》，鄭勇編《北京城雜憶》，上海畫報出版社，2001年版。
87. 周作人：《清嘉錄》，《周作人文類編》，湖南文藝出版社，1998 年版。

88. 周作人：《文藝上的異物》，《周作人閒話》，江蘇文藝出版社，2010 年版。
89. 周作人：《周作人文類編三》，湖南文藝出版社，1988 年版。
90. 周作人：《故鄉的野菜》，《周作人閒話》，江蘇文藝出版社，2010 年版。
91. 周作人：《神話的趣味》，《周作人散文全集》（第三卷），廣西師範大學出版社，2009 年版。
92. 周作人：《周作人文類編二》，湖南文藝出版社，1998 年版。
93. 周作人：《隨感錄四十二》，《周作人文類編》，湖南文藝出版社，1998 年版。
94. 周作人：《知堂回想錄》（下卷），河北教育出版社，2002 年版。
95. 張恨水：《春明外史》，北嶽文藝出版社，2003 年版。
96. 張恨水：《丹鳳街》，人民文學出版社，1983 年版。
97. 張恨水：《京塵幻影錄》，中國文聯出版社，2005 年版。
98. 張恨水：《夜深沉》，北嶽文藝出版社，2003 年版。
99. 張恨水：《春明外史》，北嶽文藝出版社，2003 年版。
100. 張恨水：《啼笑因緣》，江蘇文藝出版社，2003 年版。
101. 張恨水：《金粉世家》，陝西師範大學出版社，2007 年版。
102. 張恨水：《小西天》，北嶽文藝出版社，1993 年版。
103. 林語堂：《迷人的北平》，收入姜德明編：《夢回北京：現代作家筆下的北京（1919～1949）》，生活・讀書・新知三聯書店出版社，2009 年版。
104. 林語堂：《京華煙雲》，時代文藝出版社，1987 年版。
105. 林語堂：《動人的北京》，選自《林語堂名著全集》，東北師範大學出版社，1994 年版。
106. 老舍：《想北平》，收入姜德明編：《夢回北京：現代作家筆下的北京（1919～1949）》，生活・讀書・新知三聯書店出版社，2009 年版。
107. 巴金：《家》，人民文學出版社，2013 年版。
108. 巴金：《愛情三部曲・附錄》，《巴金選集》第六卷，人民文學出版社，1988 年版。
109. 老舍：《想北平》，收入王培元編：《老舍的北京》，當代中國出版社，2004 年版。
110. 老舍：《四世同堂》，北京出版社，1996 年版。
111. 老舍：《正紅旗下》，《老舍文集》，內蒙人民出版社，2001 年版。
112. 老舍：《駱駝祥子》，《老舍文集》，內蒙人民出版社，2001 年版。
113. 老舍：《離婚》，《老舍文集》（第一卷），四川人民出版社，1982 年版。

114. 老舍：《我怎樣寫〈離婚〉》，《老舍作品集》（第二十一卷），譯林出版社，2012 年版。
115. 老舍：《趙子曰》，《老舍文集》（第一卷），人民文學出版社，1981 年版。
116. 老舍：《我怎樣寫〈二馬〉》，《老舍文集》（第十五卷），人民文學出版社，1990 年版。
117. 老舍：《老舍生活與創作自述》，人民文學出版社，1997 年版。
118. 劉吶歐：《禮儀與衛生》，《中國現代小說經典文庫》（卷 13），大眾文藝出版社，2007 年版。
119. 劉吶鷗：《遊戲》，《中國現代小說經典文庫》（卷 13），大眾文藝出版社，2007 年版。
120. 劉吶鷗：《兩個時間的不感症者》，《中國現代小說經典文庫》（卷 13），大眾文藝出版社，2007 年版。
121. 劉吶鷗：《風景》，《中國現代小說經典文庫》（卷 13），大眾文藝出版社，2007 年版。
122. 穆時英：《夜總會裏的五個人》，《中國現代小說經典文庫》（卷 12），大眾文藝出版社，2007 年版。
123. 穆時英：《上海的狐步舞》，孔範今主編：《中國現代文學補遺書系》（小說卷二），明天出版社，1990 年版。
124. 穆時英：《黑牡丹》，孔範今主編：《中國現代文學補遺書系》（小說卷二），明天出版社 1990 年版。
125. 穆時英：《熱情之骨》，孔範今主編：《中國現代文學補遺書系》（小說卷二），明天出版社，1990 年版。
126. 穆時英：《上海的狐步舞》，《中國現代小說經典文庫》（卷 12），大眾文藝出版社，2007 年版。
127. 穆時英：《公墓》，孔範今主編：《中國現代文學補遺書系》（小說卷二），明天出版社，1990 年版。
128. 穆時英：《白金的女體塑像》，孔範今主編：《中國現代文學補遺書系》（小說卷二），明天出版社，1990 年版。
129. 施蟄存：《編後記》，《小珍集》，上海良友出版公司，1936 年版。
130. 施蟄存：《上元燈》，施蟄存著：《石秀之戀》，人民文學出版社，1991 年版。
131. 施蟄存：《扇》，施蟄存著：《石秀之戀》，人民文學出版社，1991 年版。
132. 施蟄存：《桃園》，施蟄存著：《石秀之戀》，人民文學出版社，1991 年版。
133. 施蟄存：《漁人何長慶》，施蟄存著：《石秀之戀》，人民文學出版社，

1991 年版。

134. 張愛玲：《紅玫瑰與白玫瑰》，《張愛玲文集》（第二卷），安徽文藝出版社，1992 年版。

135. 張愛玲：《到底是上海人》，《張愛玲散文全編》，浙江文藝出版社，1992 年版。

136. 張愛玲：《童言無忌》，《張愛玲文集》（第四卷），安徽文藝出版社，1992 年版。

137. 張愛玲：《中國的日夜》，見《傳奇》增訂本，上海山河圖書公司，1946 年版。

138. 張愛玲：《金鎖記》，孔範今主編：《中國現代文學補遺書系》（小說卷 4），明天出版社，1990 年版。

139. 張愛玲：《傾城之戀》，《張愛玲文集》（第二卷），安徽文藝出版社，1992 年版。

140. 張愛玲：《鴻鸞禧》，收入《傳奇》，湖南文藝出版社，2003 年版。

141. 張愛玲：《怨女》，《張愛玲全集》（第三卷），北京十月文藝出版社，2012 年版。

142. 曹禺：《雷雨》，《曹禺文集》第一卷，中國戲劇出版社，1988 年版。

143. 曹禺：《原野》，收入田本相編：《中國現當代著名作家文庫・曹禺代表作》，河南人民出版社，1986 年版。

144. 張天翼：《華威先生》，黃修己編：《中國現代文學作品選》（下冊），北京十月文藝出版社，1986 年版。

145. 張天翼：《豬腸子的悲哀》，《張天翼文集》（第一卷），上海文藝出版社，1985 年版。

146. 張天翼：《移行》，《張天翼文集》，上海文藝出版社，1985 年版。

147. 張天翼：《鬼士日記》，《張天翼諷世喜劇小說》，中國華僑出版社，1999 年版。

148. 蔣光慈：《菊芬》，《蔣光慈文集》（第一卷），上海文藝出版社，1982 年版。

149. 沈從文：《紳士的太太》，《沈從文小說選》，人民文學出版社，2003 年版。

150. 沈從文：《大小阮》，《沈從文小說選》（下），人民文學出版社，2003 年版。

151. 沈從文：《八駿圖》，《沈從文小說選》（下），人民文學出版社，2003 年版。

152. 沈從文：《習作選集代序》，《沈從文選集》（第五卷），四川人民出版社，

1983 年版。
153. 沈從文：《論施蟄存與羅黑芷》，《沫沫集》，大東書店，1934 年版。
154. 沈從文：《論馮文炳》，《沈從文全集》（第十六卷），北嶽文藝出版社，2002 年版。
155. 沈從文：《德譯〈從文短篇小說集〉序》，《沈從文全集》（第十六卷），北嶽文藝出版社，2002 年版。
156. 沈從文：《長河》，《沈從文集》（長河卷），北京十月文藝出版社，2013 年版。
157. 沈從文：《龍朱》，《沈從文集》（蕭蕭卷），北京十月文藝出版社，2013 年版。
158. 沈從文《小砦》，《沈從文全集》（第十卷），北嶽文藝出版社，2002 年版。
159. 錢鍾書：《人・鬼・獸》，開明書店，1946 年版。
160. 錢鍾書：《圍城》，《錢鍾書集》，生活・讀書・新知三聯書店出版社，2002 年版。
161. 徐雉：《賣淫婦》，李葆琰編：《文學研究會小說選》，人民文學出版社，1991 年版。
162. 樓適夷：《鹽場》，引自《春風沉醉的晚上——1919～1949 工業題材短篇小說選》，工人出版社，1984 年版。
163. 李守章：《秋之汐》，引自《春風沉醉的晚上——1919～1949 工業題材短篇小說選》，工人出版社，1984 年版。
164. 夏衍：《包身工》，轉自《中國現代散文選》（第六卷），人民文學出版社，1983 年版。
165. 夏衍：《泡》，《春風沉醉的晚上——工業題材短篇小說選（1919～1949）》，工人出版社，1984 年版。
166. 劉一夢：《失業以後》，引自《春風沉醉的晚上——1919～1949 工業題材短篇小說選》，工人出版社，1984 年版。
167. 錢杏邨：《革命的羅曼蒂克——序華漢的三部曲〈地泉〉》，《阿英全集》（第一卷），安徽教育出版社，2003 年版。
168. 傅斯年：《萬惡之源》，《傅斯年全集》（第一卷），湖南教育出版社，2003 年版。
169. 傅斯年：《論學校讀經》，《傅斯年全集》（第六卷），聯經出版公司，1980 年版。
170. 顧頡剛：《對舊家庭的感想》，《新潮》，1920 年第 2 卷第 5 號。
171. 佚名：《什麼話》，《新青年》，1921 年 8 月 6 日。

172. 陳大悲：《幽蘭女士》，現代書局，1928 年版。

173. 孫俍工：《家風》，李葆琰選編：《文學研究會小説選》（上），人民文學出版社，1991 年版。

174. 壯者：《掃迷帚》，《繡像小説》，1905 年第四十三期。

175. 潘漠華：《冷泉岩》，李葆琰選編：《文學研究會小説選》（上），人民文學出版社，1991 年版。

176. 蕭紅：《呼蘭河傳》，收入傅光明編：《生死場》，京華出版社，2005 年版。

177. 蕭紅：《生死場》，《蕭紅全集》（第一卷），黑龍江大學出版社，2011 年版。

178. 賈德永譯注：《禮記・孝經譯注》，上海三聯書店，2013 年版。

179. 張玄：《北平的廟會》，收入《北京的回憶》，文化生活出版社，1975 年版。

180. 劉雲若：《小揚州志》，百花文藝出版社，1987 年版。

後　記

本書是由我的博士學位論文修改而成。本書所關注的是現代文學三十年這樣一個動亂的時空，通過對文學文本、歷史文本的對話與錯位研究，發現中國的知識分子、作家們在城市敘事過程中表現出來或悲觀絕望、或激情滿天、或閒適淡雅心境多種不同鏡像，其實就是在本能地展示傳統鄉土社會裏的田園生態觀與人文思想。儘管我堅定地相信城與鄉、傳統與現代二者之間存在巨大差異，但我堅守的一點是，中國城市的現代化是一個艱難且漫長的過程，鄉土社會強大的傳統文化根性在幾十年甚至幾百年間也難以被取代，更確切地說，只要我們還是黃皮膚黑眼睛、說漢話或者民族存在，都市裏儘管有著各種現代文明與科技帶來的先進，但它的背面永遠都是傳統的文化圖景，更何況是在舉世高呼傳統文化的今天！

人們常說改文章比寫文章更難，確實，寫論文的時候會憧憬完稿時如釋重負的感覺，然而改論文卻是倍受煎熬，有時恨不得刪了重來，只會覺得還有很多話沒說、還有很多地方需要進一步深化和完善。當書稿眞正要交付編印的時候，仍然誠惶誠恐。在此，我最想表達的是對每一位關心我、幫助我、鼓勵我的良師益友的謝意。首先要感謝的是宋劍華教授對我論文寫做到出書全過程細緻具體的指導。老師對文學的滿腔熱情、對現代文學的明察秋毫，深深地感染著我，爲老師的博學與銳利所折服。從論文的選題到大綱、從資料的蒐集到奉獻私家藏書、從寫作指導到反覆修改，一路都飽含著恩師的心血。師母對我生活上的關心照顧也深深地感動著我，她母親般的胸懷讓我永生難忘。感謝暨南大學文學院的諸多教授和老師，是他們的授課啓發以及他們的研究成果，爲我研究城市文學提供了莫大的幫助。感謝花木蘭文化出版社的大力支持，沒有他們的辛勤工作，本書將難以順利面世。最後還要感謝我的家人，之所以能夠放棄一切靜心讀書寫作，得益於背後一個溫暖而幸福的家在支撐。有家人對我的摯愛，是我在無論怎樣的困難處境中都能夠選擇自己要走的路的極大保證！

本書從構思到出版，我受到了太多人的關心和幫助，我只有將愛銘記心間並轉化為動力，希望與大家攜手共進。

梁建先

2016 年 8 月